ハナコの愛したふたつの国

シンシア・カドハタ
もりうちすみこ＝訳

小学館

ハナコの愛したふたつの国

ウェイン・コリンズ氏に捧げる

INDEX

Ⅱ

日本への旅

1

これは秘密なのだが、ハナコは年寄りというものがどうもよくわからない。たいてい年寄りはただすわっているきりで、別に何をするでもない。ときどき若い者にぞんざいな態度をとったりするが、そんなときにも、こちらは非常に礼儀正しく応じなくてはならない。それでいて、たまに年寄りの機嫌がよかったりすると、いろんなことを聞いてくる。それは、もう、たくさんのことを！

　ハナコの母方の祖父母はすでに亡くなっている。祖父は、酔っぱらってトラクターにひかれたらしい。祖母のほうは、ハワイの海岸で大波にさらわれたのだそうだ。日本がハワイの真珠湾を攻撃するよりずっと前のことだから、ハナコは二人に会ったことがない。

　でも、父のレストランを手伝っていたときには、年寄りにたくさん会った。家族につれられて食事にきた年寄りのほとんどが、ただ静かにすわっていた。

　今、ハナコの家族は、日本にいる父方の祖父母といっしょに暮らすために、この巨大な船で太平洋をわたろうとしている。

　日本は、ハナコにとって未知の国だ。これまで両親は、アメリカ人になることがいかに重要なことかを、ハナコにずっといいきかせてきた。人と話すときは大きめの声で話し、相手の目をまっすぐ見ること。笑うときは、日本人の女の子がよくやるように口を手でかくしたりしてはいけない。つまり、日本人がアメリカで暮らすには、アメリカ人以上にアメリカ人らしくしなければならないのだと、いい続けてきた。

それなのに、今はこんなことをいう。

「これからはハナコも、もっと日本人らしくするよう気をつけなければならないだろうね」

ハナコの家族は、ハナコが八歳のころから四年間、アメリカの収容所に入れられていた。今はやっと自由になったものの、外の世界がどうなっているのか、これから先どうなるのか、ハナコには見当もつかない。ただ思うのは、あんなふうに閉じこめられて銃を向けられるのだけは、二度とごめんだということだ。

「ハナコ、まだキャンディ持ってる?」

ふりむくと、弟が、パジャマをかかえ、下着姿で立っていた。髪の毛はまっ黒でふさふさしているのに、まゆは薄く、右目のまわりには、まるでアイパッチみたいなワインカラーの大きなシミがある。ハナコはそのシミによくキスする。オーストラリア大陸が縦になったような形のシミは、キスせずにいられないほどきれいだ。

ポケットに手をつっこんで、ハナコはとっくにキャンディを一個つかんでいたが、探しているふりをした。

「うーん、あったかな……、あっ、あった!　ほうら!」

キャンディをとりだし、弟の顔の前にぶらさげると、アキラはにっこり笑って、すぐにキャンディをつかみとった。ハナコは弟を喜ばせるのが楽しくてたまらない。ときどき、そのために生きているんじゃないかと本気で思うこともある。キャンディはアキラの大好きなバタースコッチで、二、三週間前、ツールレイク収容所内の店で一袋買った残りだ。

カリフォルニア州北部にある監視のきびしいその収容所には、一万九千人の日系人が収容されていた。ハナコの家族は三か所の収容所を転々としたが、それぞれさまざまにひどいところだった。

そのうえ、最後の一年間近く、父は刑務所ですごさなければならなかった。ノースダコタ州のビスマークという酷寒の地の刑務所に、ドイツ人の捕虜といっしょに入れられていた。ツールレイク収容所も年に何日かものすごく寒い日があって、ハナコはそれがいやでたまらなかったが、凍えるほどの寒さは知らない。ビスマークにいた父によれば、人間は凍えそうになると、まず足先がひどく痛むのだそうだ。

「わーい、バタースコッチだ！」

アキラがキャンディをかざし、大理石でも見るようにうっとりと見つめた。

アキラの声は細いきいきい声で、ときどきハナコには、てのひらサイズの小動物みたいに聞こえる。ネズミのような声、目のまわりのワインカラーの大きなシミ、ふつうの五歳児より五、六センチも小さい体。実際、アキラは奇妙な小さい生き物だった。

アキラがまだ赤ん坊のころ、母がアキラのことを「不憫な子」といった。一度聞いたきりだが、ハナコは忘れられなかった。それ以来、アキラの顔にその「不憫」のきざしを探すようになり、そうすると、よく見つかるのだ。何も悪いことは起こっていないのに、アキラは今にも泣きそうな顔をすることがある。それって、さびしいから?

なんだかたまらなくかわいそうになって、キャンディを口に入れたアキラに、ハナコはパジャマを着せてやった。

不意に、アキラが聞いた。

「この船がしずんじゃったら?」

すぐに何かいってアキラを安心させたかったが、ハナコ自身も、こんな大きなものが浮いていること自体、信じられない。でまかせにこういった。

「ありえないわよ、しずむなんて。アメリカ海軍の船なんだから。たぶん、この船は、世界一安全な船ね」

船は「ＵＳＳゴードン」という名の軍艦で、全長はフットボール球場ふたつ分もある。飛行機がどうやって飛ぶのかも、船がなぜ浮くのかも知らないが、いまさらこわがったところで仕方がない。乗ってしまったんだし、おりるわけにはいかないのだ。

アキラが、いきなりハナコの手につめを立てた。弟のつめを、ハナコはいつもたのまれるままに、三角にとがらせて切ってやった。アキラはそれを「とんがり」と呼ぶ。自分を守るために「とんがり」が必要なのだそうだ。何から守るのかはいわないけれど。

手を引きぬこうとしたが、アキラはますますつめを食いこませてくる。ハナコはできるかぎり声を荒らげないように、アキラにたのんだ。

「アキ、手じゃなくて、コートの袖にしてくれる？」

「いいよ」

すぐにアキラは、ハナコの紫色のコートをつかんで引っぱりはじめた。ハナコは、ほんとはそれもいやだった。コートはハナコの大のお気に入りだったから。でも、せいいっぱいがまんして、アキラをしからなかった。過去に二度もいわれたあの言葉をいわれたくなかったのだ。

「ぼくよりコートが大事なんだな！」

ハナコはまわりを見まわした。母はどこへ行ったんだろう？

母はつねに、今、何がどうなっているのかを知りたがって歩きまわっているが、収容所に入る前は、むしろ落ち着いた静かな人で、世の中で起こっていることにそれほど関心を持ったことはなかった。けれど、収容所に入れられて以来、とりつかれたように、飢えた目つきで、つねに新しい情報を探しまわるようになってしまった。

だけど、今ここにいる人たちの中で、自分たちの状況をちゃんとわかっている人が一人でもいるんだろうか？　簡易ベッドがぎっしりと並んだこんなきゅうくつな船室にいたら、状況どころか、何ひとつ見えやしない。ベッドの間の通路だって、幅五、六十センチくらいしかないのだ。

ハナコは簡易ベッドの最上段によじのぼり、並んだベッドを見わたした。思ったほど多くない。六十？　とすると、四段ベッドだから、二百四十人がここで寝るわけだ。おそらく、この船で日本に送られる日系人は、全部で何千人にもなるのだろう。

この部屋にいるのは女性と子どもだけで、男性と大きい男の子たちは別の船室にいる。こんなにたくさんの人がいるのに、異様なほど静かだ。たぶん、みんな不安で気持ちがしずんでいるせいだろう。

アキラが急にべそをかきだした。

「ハナコ、こわいよ。なんで、こんな船に乗んなきゃいけないの？」

あわててアキラのところへおりようとして、ハナコは床に転げ落ちた。けれど、すぐに起き上がって、コートのよごれをはらいながらいった。

「だって、うちの家族は、もうアメリカ人じゃなくなったからよ」

アキラが、右目をつむって首をかしげる。何かを真剣に考えるときのくせだ。

「そうかな。ぼく、アメリカ人だよ」

ハナコはもう一度考えてみた。このことは難しくて、どうもよくわからない。この船に乗っている人たちは、いったいどこの国の人といえばいいんだろう？　だって、今この時点では、自分の国というものがないのだ。

なぜ、ここにいる人たちがこの船に乗ることになったのかは、とてもややこしい話だ。まず、日本がハワイの真珠湾を爆撃した。四年ちょっと前、一九四一年十二月初めのことだ。次に、それによって、アメリカは第二次世界大戦に参戦することになった。そしてその結果、アメリカ西海岸に住んでいた十一万人以上の日系人が、正当な理由もなく、国内十か所につくられた収容所に閉じこめられた。その三分の二がアメリカの国籍をもっていたにもかかわらず。

その後、さらに約六千人が収容所で生まれた！　ハナコの家族も、ほとんど四年間閉じこめられていた。でも、いったい自分たちがどんな悪事を働いたというんだろう？　ロサンゼルスのリトルトーキョーでレストランをやっていただけなのに！

ハナコの一家は、まず近くの臨時の施設に送られ、それから、アーカンソー州につくられたジェローム収容所に入れられた。ひどい収容所だった。所長がとてもきびしい人で、冬場の暖房のために、収容された日系人を使って薪用の木を切りださせたりした。

父によると、木材の伐採作業はアメリカでも最悪だといわれるほどの重労働で、とくにジェロームにはまともな道具もないから、死ぬほど疲れるのだそうだ。やらされた人たちは、父をふくめ、伐採の経験がまったくなかった。なれない作業で父が死にはしないかと、ハナコはつねに心配だった。

他の収容所では暖房用に石炭が支給されていたが、ジェロームの所長テーラー氏にはそれががまんならなかった。まだ三十四歳で、道理のわからない男なのだと父はいっていた。それでも、父は、一度ハナコとアキラが所長のことを「テーラーが……」と、「さん」をつけずに話すのを聞いて、「失礼ないいかたをするんじゃない」としかった。

「でも、本人には聞こえてないのよ。ここにはいないんだから」とハナコはいい返した。

だが、父は、だまってハナコにまゆをしかめてみせた。

ハナコはこのことについて、アキラに不満をぶつけた。

「どうして所長のことをさんづけで呼ばなきゃならないの？　わかんない」

すると、アキラは、ハナコをなだめるようにこういったものだ。

「それは、所長がボスだからだよ、ハナ」

そのときアキラはまだ三歳！　でも、実際、ハナコもアキラのいうとおりだと思った。

二人は、大人には敬意をはらうよう育てられてきた。尊敬をしめすことが、泣きたくなるほど、はらわたが煮えくり返るほどいやでも。だから、その後は、所長のことは必ず「テーラーさん」と呼んだ。大きらいなことに変わりはないのだけれど。

ふと気がつくと、アキラがハナコを見つめている。

「ハナ、なんで怒ってるの？」

「怒ってなんかないわ！　あんたはベッドに入りなさい」

ハナコは冷たくいってやった。そんないいかたをすれば、たいていアキラはいうことを聞く。

ベッドは四段ベッド。最下段がハナコ、アキラがその真上だ。全部のベッドが船室の天井からくさりでつりさげられている。「ベッド」とはいっても、ただの一枚の帆布で、上下の間隔は五、六十センチしかない。くすんだ緑色の毛布が置いてあるきりで、シーツもまくらもない。

　大戦中は、このベッドに、世界を救いに行くアメリカ兵が寝てたんだわ。そう思ったとたん、収容所でときおり自分に銃をつきつけたアメリカ兵のことを思いだした。

　父はいう。

「兵士ってのは、というより、たいていの人間は、よくもあしくも命令されたことをするもんだ。命令にしたがって、勇敢な行為をしたり正しいことをおこなう場合もあるが、ときどきはまちがったこともする。だから、命令する人こそ正しい人間でなくちゃならないんだが、それがまた一番難しい。たぶん不可能なことなんだろうな」

　ハナコは考えた。自分だって、両親に知られないと思うと、ときどき悪いことをする。たとえば、収容所にいたとき、たまたま空きびんを見つけたので、他の子どもたちといっしょにバラックの壁めがけて投げつけた。ただおもしろ半分に。ハナコもみんなと走って逃げた。

　大人になれば、つねに正しいことが容易にできるようになるものだろうか？　それとも、むしろ難しくなる？　わからない。

　見れば、アキラはもう目を閉じている。どんな場所でもどんなときにも、アキラは十秒で寝入る。しかも、眠りが深いので、大声でどならないと目を覚まさないこともある。

　ハナコは紫色の大切なコートをぬぐと、厚地の布製のダッフルバッグといっしょにフックにかけようとした。でも、ひょっとしたら、フックでコートの生地がさけるかもしれない。そこで、たたんでベッドの上に置いた。でも、寝てる間にしわくちゃになっちゃったら？

とつぜん、ハナコは大声で泣きたくなった。コートがしわになるなんて、絶対にいや！　こんな船の中に二週間も閉じこめられるのも、いや！　日本に行くのも、いや！　どうして、こう、やりたくないことばかりやんなくちゃならないのよ?!　かといって、何をやりたいのかもわからない。

「だいじょうぶ？」女の人の声がした。

気がつけば、ぎゅっとつむった目に涙がにじんでいる。あわてて目をあけると、目の前に、疲れた顔の女の人が赤ん坊を抱いて立っていた。

「何も心配いらないのよ、わたしたちがいるから」とその人がいった。

孤児と思われたのだろうか？　ハナコははずかしくなった。

「ありがとう。だいじょうぶです。ごめんなさい、泣いたりして……」

そう、しっかりした子は泣かないものだ。

でも、もうその女の人は、ぐずりだした赤ん坊の顔を見ている。

すると、その向こうに母がいるのが見えた。なんだかとりつかれたような目つきで、見かけない女性のほうへ歩いていくと、その人の腕に手を置き、顔を寄せて何やら話しはじめた。母は、何か聞きだしたいとき相手に近寄りすぎるきらいがある。

ハナコはコートを毛布の上にのせておくことにして、着替えはじめた。まわりの女性や子どもたちもみな寝間着に着替えている。はずかしがる者などだれもいない。収容所ではシャワー室にも便所にも仕切りがなかった。プライバシーのまったくないところで何年間も生活してきたのだ。毎日毎日、赤の他人の前ではだかにならなくちゃならなかったとしたら、羞恥心をなくしても仕方がないではないか。

最下段のベッドにもぐりこむと、いつか見た雑誌の写真が思いだされた。こんな船室でアメリカ兵が寝ている写真。兵士たちは軍服を着たまま寝ていた。もしかしたら、その中の何人かは戦死したかもしれない。亡くなったのは、自分のこのベッドに寝ていた兵士かも。一瞬、ハナコはその兵士がそばにいるような気がした。その人だって、きっとこわかったにちがいない。それとも勇敢だったんだろうか。たぶん、両方だろう。

ベッドは床から五、六センチしかはなれていなかったが、きつく張られていたので、ハナコが寝ても帆布は床につかなかった。アキラのベッドもほとんどたわんでいない。まるでだれも寝ていないみたいだ。

ハナコはパジャマのぬい目にそっとさわった。アメリカ政府は、この船に乗る日系人家族に現金の持ちこみをたった六十ドルしか許さなかった。つまり、戦争が終わっても、政府は日系人のすることすべてを最後の最後までコントロールしたいというわけだ。

その六十ドルは母が持っているが、ハナコも別に二十ドル持っている。母がハナコのパジャマにぬいこんだのだ。アキラのパジャマにも二十ドルがぬいこんであるから、ハナコの家族は全部で百ドル持っていることになる。たしか、父もどこかにいくらか隠し持っているはずだ。

横になると、太い三つ編みが背中でごろごろした。髪をほどこうかな、と考えたが、輪ゴムをなくすかもしれないと思って、やめた。それは最後の輪ゴム。ハナコの豊かな髪はリボンやひもではしばれないから、その輪ゴムはとても大切だ。持っているものがほとんどないとき、人はたった一本の輪ゴムにさえ気持ちを寄せるものだ。

とにかく、寝る前は何かもっと楽しいことを考えなくちゃ。

そこで、ハナコは考えた。

「日本はきっといいところ、美しいところ。みんながわたしを好きになってくれるわ」

目をつむり、日本三景を思い浮かべる。松島、宮島、天橋立。もちろん行ったことなどないが、ツールレイクの学校にいたとき、みんなで日本三景を水彩絵の具で描いた。

松島というのは、二百六十もの小島が集まったところで、海の水がすばらしく青いらしい。宮島は、神の島。天橋立は、松林におおわれた砂州だ。つまり、日本の三つの美しい場所は、みな海の近くだ。宮島は、自分たちが向かう広島の海にある。広島も美しいところだといいなと、ハナコは思った。

2

ハナコが目を覚ますと、父がベッドのそばにいた。部屋のあちこちに、家族に会いにきている男たちがいた。船はゆるやかにゆれている。

「パパ！」

ハナコは思わず大声を出した。

父とは、きのう、この船に乗るのを待つ二、三時間のあいだ、いっしょに並んではいたが、それ以前は、一年間もはなれて暮らしていたのだ。

父がハナコを抱き上げた。

「きのうより、五百グラムやせてるぞ！」

おかしなことだが、父は、ハナコやアキラの体重が増えたり減ったりしたのを百グラム単位でいいあてることができた。母の話では、以前、父はある男から小麦粉を買っていたが、どうもその男が目方をごまかしているような気がした。そこで、小麦の袋をひとつひとつ持ち上げて、男がいったとおりの重さがあるかどうかたしかめてみるくせがついたというのだ。父によると、その男ははかりの目盛りが動かないよう細工していたらしい。

そんな両親をハナコはおもしろいと思った。だれでも信用するくせに、だれも信じない。変ないいかただが、二人は実際そうだった。

「きのうの朝から、なんにも食べてないせいよ」

父がそれに答える前に、船内放送が入った。

「面会時間、終了！」

えっ、もう?!

「どうして、来てすぐ起こしてくれなかったの？」

父の腕から身をくねらせて床におりながら、ハナコは父を責めた。

「あんまり気持ちよさそうに眠ってたからさ。ほら、そこにも」

父は、まだ眠っているアキラのほうを見た。それから、ハナコの頭のてっぺんにキスした。

「おれのかわいい眠り姫」

ハナコは父の胸にもたれかかった。父がハナコを抱きしめた。背たけはもう同じくらい。ハナコは、日本人にしては大柄だったという母方の祖父母に似たらしい。

抱きしめる父の腕は強かった。以前よりうんと強くなったみたい。ノースダコタ州の刑務所で、他の囚人たちといっしょに体をきたえたからだ。何もかもとりあげられると、唯一残された体を限界まで強くしたいと思うようになるんだと、父はいった。一日に三時間、週六日、ときには凍える寒さの中でトレーニングにはげんだのだそうだ。

たくましくなったこと以外に、父はなんとなくようすが変わった。前より老けて見えるし、ちょっと野蛮な感じになった。収容所に入る前は、服装も態度も都会的であかぬけていたのに。

平日レストランで働いているときは、飾り気のないシャツとズボンにエプロン姿で一日じゅうキッチンにいたが、金曜日になると、父はりっぱなスーツを着て、レストランの美しい木製のドアから入ってくる客を迎えたものだ。客の名前は一人残らず覚えていた。金曜日、家を出る前にいつも自分の姿を鏡に映して、こういった。

「ハナコのママは、ずいぶんなハンサムと結婚したもんだな」

その言葉を百回くらいは聞いただろうか。持っていたスーツはその一着、ネクタイは美しい青の一本だけだったが、父はそのふたつがとても気に入っていた。ちょうど、ハナコが紫色のコートが好きでたまらないのと同じように。父はスーツを収容所にも持っていったが、そこでどんな暮らしをしなければならないかがわかると、ポイと捨ててしまった。

「おれのあの時代は終わった」といって。

有刺鉄線に囲まれた生活にスーツはいらない。父はそのことをただちに現実として受け入れたのだ。

母が父といっしょに船室の出入り口のほうへ歩いていく。両親の姿が見えなくなると、ハナコは弟のことを思いだした。

「アキラ!」

ハナコの大声に、まわりの人々が驚いてふりむいた。でも、アキラを起こすにはこれしかないのだ。

アキラは目をあけると、怒ったように横目でハナコをにらんだ。なんでハナコにどなられなきゃならないんだよ！　という、いつもの反抗的な態度だ。

「なんだよ？」

「もう朝よ」

「だから何？　あっ！　船が動いてる」

「そうよ。だから、起きて」

「なんで？」

ハナコは答えられない。

「だって……」といったものの、ちゃんとした理由など思いつかない。「もういい。寝てて」

アキラはそのまま目を閉じた。以前、アキラがあんまり眠るので、母が心配して医者につれていったことがある。だが、睡眠の長さは子どもによってちがうといわれただけだった。

アキラがまた眠ってしまうと、出入り口のところに子どもが何人かいるのが目に入った。ハナコはそっちにかけていって、大声で名乗った。

「わたし、ハナコ！」

子どもたちがいっせいにふりむいた。中の女の子がいった。

「あたしたち、どこにも行くなっていわれたんだけど、こっから出ようと思うの！　あんたもおいでよ！」

みんな、すぐさまドアから出ていった。ハナコは一瞬ためらったが、すぐに追いかけた。まるで収容所にいたころのようだ。あのころ、子どもたちは好き勝手なことをやって、親の手に負えなくなっていたものだ。

ハナコたちは、船内のせまくて急な階段を、どこに通じているのかもわからないままかけ上がった。ハナコは興奮して顔がほてった。収容所で空きびんを投げたときみたい。

エネルギーのせいよ！　体の中にエネルギーがたまりにたまってるのよ！

やっと甲板に出ると、ハーハーいいながらとなりの女の子と顔を見合わせ、今度は、長々と続くせまい通路を全速力で走りだした。

とにかく、走りたい！　今はそれだけ！　この子たちのことは何も知らないけど、今だけは団結した仲間よ。

通路の先のドアの前で、みんなはいっせいにとまった。男の子の一人がぱっとドアをあけた。子どもたちは順番にせまい戸口に立って中をのぞいた。

アメリカ兵がテーブルを囲んでポーカーをやっていた。テーブルのまん中に無造作に積まれた紙幣の山。ハナコが今までに見たすべてのお金より、もっとたくさんのお金。アメリカ兵がこんなに高い給料をもらっているなんて思いもよらなかった。兵士たちは、大きくて強そうで、ものめずらしげにこっちを見ている。ハナコはぽかんと口をあけたまま、かれらに見入った。

それにしても、アメリカ兵を見てこれほど驚いたのはいったいなぜだろう？　とにかく、あまりにも日系人とちがっている。日系人とどれほどかけはなれた暮らしをしてきたか、一目でわかる。ひょっとしたら、ほんの最近まであの収容所で銃を持って見張りに立っていた兵士たちかもしれない。

そのとき、ドアをあけた少年がさけんだ。

「ハクジン！」

そして、バタンとドアを閉めた。

子どもたちは逃げだした。けたたましく笑いながら。

ハクジンとは、白人のこと。収容所では、こわくてだれも面と向かっては口にできなかった言葉。でも、もうここは収容所ではないのだ。

それから数時間後、ハナコはふたたび帆布のベッドに横になって、昼間見た兵士たちのことを考えていた。そういえば、収容所にいたころ、父がテーラー所長にものすごく腹を立てて、たしかこんなことをいっていた。

「テーラー氏だって人の子だ。赤ん坊だったころもあったはず。今は子どもがいるかもしれん。いないかもしれんが、これから親になるのかもしれん。つらい日もあれば楽しい日もあるだろう。人間は感情の動物だ。かれだって。そんなふうに考えると、殺してやりたいという気持ちも少しはおさまる」

ハナコにはかなりショックだった。ハエも殺せなかったレストランのオーナーの口から、そんな言葉を聞くなんて。だが、それが収容所にいたころの父なのだ。

だから、そういうことだ。あの兵士たちも人の子なのだ。子どもがいるかもしれないし、いないかもしれない。いつか親になるかもしれない。兵士も感情の動物で、赤ん坊だったときもあった。わたしと同じように。

そう、わたしと同じように。

3

次の朝、ハナコはへどのにおいで目が覚め、とたんに吐き気をもよおした。船が大きく上下にゆれていた。ぐーっと持ち上がったかと思うと、ずーんと落ちる。

そうか！　船はすでに外洋に出ていて、自分は船酔いしているのだ。

ハナコはベッドのはしから首を出し、吐こうとした。吐きだしてしまいたいのに何も出てこない。それでも吐き気はひっきりなしにおそってくる。これじゃ、悪魔に体を乗っとられたも同然！

「ママ！　アキラ！」

さけんでも返事がない。だが、頭上の帆布に弟の体の輪郭が見てとれた。

「アキラ！」

「うるさい！」

そうか、アキラも船酔いなんだ。

すぐに具合を見てやりたくて起き上がろうとしたが、また吐き気におそわれて、どうすることもできない。

「ハナコ！」

見れば、母がベッドの横にひざまずいている。指で持って、閉じそうになる自分の目を無理やり開いていて、正気とは思えない！

「ずーっと海が荒れててね！　あー、起きてられない！　面倒見てくれる人が、もうすぐ来るから！」

そう口走ると、いきなりかがみこんでゲーゲーやりだした。それから、ハナコの向かい側の最下段のベッドに倒れこんだ。

船室にはへどの強烈なにおいが立ちこめている。何時間かが過ぎた。あるいは、ほんの数分だったかもしれない。目を閉じていたが、頭の中にいろんな光が入りみだれ、眠れなかった。眠りたい。なんとしても眠りたい。この不快からのがれるには眠る以外ないのだ。いったい今何時なんだろう？　でも、それを知って何になる？

もうろうとした状態が、終わりのない悪夢のように続いた。ハナコはときどき眠り、ときどき泣いた。船酔いしていない人が、ときどき食べ物や水を持ってきてくれた。

ひどいめまいに悩まされながら、ふとアキラのことを思いだし、自分はもうだいぶよくなったから、アキラの世話ができるんだと思いこもうとした。だが、気力がまるで出ない。考えることすらできない。そこで今度は、怒りを呼びもどそうとした。収容所にいたときハナコの心を占領していた怒りを。

当時、ハナコはいつも怒っていた。怒りとともに目が覚め、腕が痛くなるほどこぶしをにぎりしめたものだ。でも、今はベッドの上でこぶしもつくれないほど弱っていた。

こんなところで身動きもできずに生きのびるくらいなら、死んだほうがマシ。

それでも、ハナコはぶつぶつ自分にいい続けた。

「こんなこと、いずれ終わる。そのうち終わる」

だが、それはなかなか終わらなかった。

4

とつぜん、それは終わった。ハナコが目を覚ますと、体が正常にもどっていた。

そうか！　船はもう外洋にはないのだ。生まれてずっと暮らしてきたアメリカを出て、悪夢のうちに地球を半分まわり、とうとう日本に着いたのだ！　きっとそうだ！

ベッドのまわりで、子どもと女性たちが目まぐるしく動きまわっている。母はもうちゃんと立っていて、他の女性と話していた。母に抱かれたアキラも笑っている。そんな光景がまだ現実には思えなかったが、ためしに立ち上がってみると、立てるし、気分も悪くならない。

「おはよう、ハナコ」

何ごともなかったかのように母が声をかけた。アキラを赤ん坊みたいに抱いている。アキラは母の首に両手をまわし、赤ん坊あつかいされるのを喜んでいる。

「今、朝？」とハナコはたずねた。

母がハナコにうなずいた。

「食堂から食べ物を持ってきてるよ。目が覚めるのを待ってたんだよ」

トレーの朝食を、ハナコは目を丸くして見つめていたが、いきなり飛びついて食べはじめた。

フォークも使わず、スクランブルエッグを指でかきこんだ。おいしいのかまずいのかも、よくわからない。味なんかどうでもよかった。たったの三分でトレーの食べ物をたいらげ、オレンジジュースを飲みほした。

そのとき、船内放送が浦賀港に着いたことを告げた。

やっぱり！　もう日本にいるんだ！　つまり、丸々二週間船酔いしていたわけだ！　その間、ほとんど何も食べられなかった。腕を出してみると、手首の骨がつきでている。

今日は一九四六年一月十二日の土曜だと、母がいった。ツールレイク収容所を出たのは、十二月二十六日だ。この船に乗ったのが、二日後の二十八日。それから二週間で、アメリカと八千キロもへだたってしまった。アメリカ人も八千キロのかなた。とはいえ、ハナコもアメリカ人なのだけれど。

トルーマン大統領も八千キロのかなただ。ハナコたち日系人を収容所に閉じこめたルーズベルト大統領は、すでに去年亡くなっている。たしか最後の言葉は、「ひどい頭痛がする」だった。まだ、みんなが収容所にいるときだったが、ハナコの知る日系人は、大統領の死を聞いてもだれも泣かなかった。父はルーズベルト大統領を憎んでいた。もちろん、ハナコだって。それでも、父は、いつも「ルーズベルト大統領」と呼び、「ルーズベルト」と呼び捨てにはしなかった。

アメリカでは、大統領を心の中で憎むだけでも法律に反するのだろうか？　とにかく、きらいだと大声でいうことは違法だったにちがいない。だって、父は、他人がだれもいないときでさえ、そうつぶやくだけだったから。

ルーズベルト大統領こそ、日系人の暮らしをめちゃくちゃにした張本人だ。それでも、ハナコは想像しようとした。大統領にも赤ん坊だったころがあって、子どもだっているのかも……。

おなかがいっぱいになったとたん、ハナコの頭もいろんな思いでいっぱいになった。

アキラみたいに母にしがみつきたい。父が今ここにいればいいのに。でも、収容所に入れられる直前に聞いた日本についてのおそろしいうわさは、ほんとだろうか。でも、収容所では、日本についてすばらしいことをたくさん聞いたから、そっちのほうを信じたい。

まだ少し吐き気がしたが、航海中のようにひどいものではない。まわりでは、だれもかれもぺちゃくちゃとしゃべっていた。

「どこに住む予定？」

「だれと？」

「仕事は何をするの？」

そんな人たちの前で、ハナコは服を着替え、下着をとりかえ、髪を結びなおした。アキラも自分で着替えていたが、どの下着を着ようかと決めかねて、一分間もはだかのまま立っている。

輪ゴムを切らないよう用心して髪をしばりながら、ハナコは一生懸命落ち着こうとした。でも、これからの生活のことを考えると、いても立ってもいられなくなるほど不安になる。

アメリカが日本との戦争に勝ったことは、たしかな事実だ。それでも、収容所の日系人の中には、それを信じない人たちのほうが正しいなんてことがあるだろうか？

　ハナコの家族は、広島の郊外で農業をしている祖父母のところに身をよせることになっている。広島は、数か月前、一発の大きな爆弾で破壊されたと聞いている。でも、収容所では、いろんなうわさが広まったり消えたり、中身を変えてまた現れたりした。自分たちが次にどこに送られるかについてのうわさや、食糧の配給や戦況についてのうわさ、またアメリカ政府が自分たち全員を殺すのではないかといううわさも、ジェローム収容所に送られる列車の中で広まったことがあった。

　それにしても、一発の巨大な爆弾？　そんなもの、飛行機で運べたんだろうか？　どうして大きな爆弾にする必要があったんだろう？　小さな爆弾をたくさん落としたほうが効率的じゃないの？

　何かのうわさが広まるたび、何か事件が起こるたびに、ハナコはそんなとりとめのない考えや心配や恐怖に苦しめられた。

　不安のあまり頭が痛くなると、ハナコはよく、ある年上の女の子と外出した。その子は石ころが好きだった。キラキラしたり、きれいな色の石ではなく、なんでもないただの石っころが。ツールレイクの石は、みな二百五十万年くらい前の噴火でできた火山岩で、どれも少しも美しくない。でも、そんな大昔にできた石を拾って手にのせると、なんだかなぐさめられるようで、気持ちが落ち着くのだった。

そんな石を一個、収容所のベッドのわきに置いていた。濃い灰色の玄武岩。ハナコはよくその石をひたいに当てた。二百五十万年が自分のはだに接している、そう思っただけで、たちまち気分がよくなったものだ。

けれど、ついに収容所を去る二、三時間前、他の人たちといっしょに敷地のはしまで歩いていって、その玄武岩をフェンスの向こうに投げ捨てた。それから、待っている列車に向かった。

あんなつまらない石なんか、もう二度と見たくないと、今ハナコは思う。

Ⅲ

上陸

5

船内放送が、上陸の順番をアナウンスしている。最初は、名字の頭文字がＡからＣまでの人。ハナコの名字はタチバナだから、しばらくは呼ばれないだろう。

「タチバナ」とは「みかん」のこと。「ハナコ」は、「花の子ども」という意味だ。つまり、自分は、「みかんの花の子」。だから、明るい色が好きなんだ、とハナコは勝手に理由づけた。

アキラを抱いていた母が、いつのまにかアキラを床におろしている。そのせいか、アキラはしかめっ面だ。

一人のアメリカ兵が、部屋を横切って歩いてくる。ハナコは心臓がドキドキしてきた。兵士を見ると、いつも緊張する。

兵士はそばを通りすぎるとき、ちょっと立ちどまってアキラを見た。アキラはいつも人目を引く。兵士はポケットをさぐっていたが、「はい、あげる！」と、アキラにわたしたのは、なんとフルーツガムではないか！

アキラがあんぐりと口をあける。そばでハナコの口もあいた。兵士はそのまま歩き去った。

戦争中、フルーツガムは一般市民の手に入らないぜいたく品になっていて、もう何年も目にしていなかった。入手できるのは兵士だけ。ただし、金持ちはどこかで買えたのかもしれない。

父はいう。幸福と永遠の命以外、ほしいものはなんだって手に入れるのが金持ちだと。ただ、フルーツガムなんか、ほしいものの中には入らないだろうけど。

「ひとりじめはダメよ」母がアキラにいった。

「わかってるよ」アキラがかん高い声でいい返す。

それから、真剣な顔つきでガムの包み紙を破り、五枚のガムのうち三枚をハナコにわたした。

ハナコはガムの一枚を口に入れ、二枚をポケットにしまった。

「おいしーい！　ありがとう、アキ！」

天にも昇るおいしさとはこのことだ。口の中いっぱいにあまい汁があふれ、ひとりでに顔がほころぶ。アキラがガムをかみながらほほえみ返した。

この味の強烈さは、父が収容所で飲んでいた自家製の酒に似ている。日系人が収容所内でつくった酒を、ハナコはほんの少し飲ませてもらったことがある。酒は体じゅうの血管をかけめぐり、またたくまに脳天に達した。このガムの衝撃もそんな感じだ。

そのとき、とつぜん船内放送が入った。

「本国へ帰る日系人で、名字がRからVの人、上陸を始めてください」

なんてでたらめな呼びだし！　Vのつく名字なんてあるわけないのに。放送をしているアメリカ人は、日本人の名前について何も知らないのだろう。

それに、収容所の先生によると、ハナコたち家族のような日系人は、「本国へ帰る人」ではなく、「本国から出る人」と呼ぶのが正しいらしい。だって、ハナコはアメリカで生まれ、日本には一度も行ったことがない。この船に乗っている日系人の多くがそうだ。

とつぜん、ハナコはひょいと抱き上げられた。

パパ！

でも、父はすぐハナコを床におろした。一家はひたいがふれるほどくっつきあい、輪になってしゃがんだ。こうしたのは今までに一度だけ。西海岸の日系人が収容されるという発表を聞いた直後だった。そのとき家族に寄りかかりながらハナコが考えていたのは、家族のことでも、どこに送られるかということでもなく、猫のことだった。

結局、飼っていたセイディという猫は、近所の人にあずけていくことになった。ハナコはその人に、セイディのえさ代として二十七ドルをわたした。六歳から二年間、父のレストランで働いてためたハナコの全財産だ。セイディは、草の葉のような緑色の目をした茶色い猫だった。

当時、父はいった。猫は犬とちがって、飼い主がいなくなってもなんともないんだと。本当にそうだといいけど。セイディが悲しむより、自分の胸がはりさけるほうがずっといい。

今、父はしゃがんだまま家族に話し出した。

「アメリカでは、だれもが物を所有することを学ぶ。家を持とう、レストランを持とう、車を持とうと。そして、だれもが、そんな将来のために一生懸命働く。だが、おそらく、日本ではそうじゃないだろう。日本で、おれたちは別のことを学ばなくちゃならん。それがなんなのか、おれにもまだわからんが」

「わたしたちに、何か将来はあるの？　パパ」ハナコは顔を上げて父を見た。

　父の目はぼんやりしていた。

「探してるんだ、それを……」

　そういって、まるでそれがそこにあるかのように、空中の一点を見つめた。だが、とうとう正直にいった。

「まだ見つからん。でも、探し続けるよ」

「日本でも一生懸命働いて、またレストランをやれないの？　それって、とってもいい将来だと思うけど！」とハナコはもう一おし、父の考えを聞こうとした。

　収容所にいる間じゅう、家族が収容所を出て、また一からやりなおすことを夢見ていたのだ。かせぐチャンスもない収容所の生活に比べれば、無一文から出発するほうがずっといいではないか。

「もちろん、一生懸命働くことはできるし、そうするつもりだ。だが、それは、いい将来のためじゃなくて、生きのびるためだ」

　生きのびる？　どういう意味だろう？「生きのびる」なんて、まるで砂漠か、ジャングルか、アラスカの氷原に放りだされたみたいだ。日本のことは収容所の学校でも勉強したが、簡単な日本語を習ったり、日本の美しい場所を絵に描いたりしただけで、だれも、「日本」を語るとき、

「生きのびる」なんて言葉は使わなかった。

ハナコたちは列に並び、二週間前に乗りこんだときと同じ出入り口に向かって進んだ。ハナコは、なんとなくそうしたくなって、アキラのほほにキスした。

「ありがとう」とアキラ。

ありがとうは、変じゃないの？　そこで、もう一度、アキラがなんというか知りたくて、キスした。

「ありがとう」とアキラがまたいった。

とつぜん、ハナコはめまいを感じた。まるで、いきなり頭を横合いからなぐられたよう。不安と緊張がドサッと音を立ててハナコをおそった。

「どうかしたの？」

母が目を細めて、ハナコの顔をのぞきこんだ。

ハナコやアキラの心を読もうとするとき、母はいつもこうする。

「なんでもない」ハナコは目を大きく見張ってみせた。「なんでもないってば！　だいじょうぶよ！」

それでも、母はハナコの顔を見つめ続けた。まるでハナコの脳の中に入りこもうとでもするように。それから、母はやっと安心したのか、ハナコの鼻をなでると向こうを向いた。

おおぜいの乗客がぎっしりと並んで出口に向かっているので、人以外何も見えない。甲板に出ると、今度は船腹に下がったはしごをおりて、モーターボートに乗り移った。空は一面雲におおわれ、収容所の空とまったく変わらなかった。なんとなく、日本の空は別だろうと思っていたのに。

　ボートの中は、すわれないほど混んでいた。だれもが手ぶらだった。荷物は別に陸揚げされるからだ。

　ハナコはコートのボタンをかけた。小さい子どもたちは、ほとんどが手編みの毛糸の帽子をかぶっている。ハナコくらいの子は、スカーフを首に巻いている子が少しいるだけだ。

　年上の男の子たちは、大人の男たちといっしょにいた。髪はみんな、ダックテール。髪の毛をうしろになでつけ、カモの尾羽みたいに見せる流行のヘアスタイルだ。たぶん、ロサンゼルスからきた青年たちだろう。おれたちは何もおそれないぞ。これまでたいていのものは見てきたんだからな。そんな顔つきだ。

　人々はみな、こざっぱりしたふつうのコートを着ていた。ハナコだけが、紫色のコート。もともとハナコはあまり目立ちたくないほうなのだが、このコートに関しては、ちがった。収容所で、通信販売のカタログの中にこのコートを見つけたとたん、どうしても手に入れたくなったのだ。母が注文してくれたあとも、送られてくるのがあまりにも待ち遠しくて、自分でも驚いた。それまでは、何かをそこまでほしいと思ったことはなかったからだ。コートが届いてみると、カタログと寸分たがわず、まさに完璧ではないか！　それ以来、まる五か月そのコートを着続けている。

　ハナコは父を見た。収容所に入ったときと同じ、なんのへんてつもない黒いコートを着た父は、ぎゅっと眉根を寄せ、まるでひどい痛みでもがまんしているような顔だ。ハナコは父の気分を少しでもよくしてやりたいと、腕を引っぱった。

「パパ、広島に着いたら、やっぱり宮島に行きたいでしょう？　日本三景のひとつだもの」

「ああ、日本三景はいつか必ず見に行こう」

　父はちょっと考えこんでいたが、ほんの少しほほえんだ。

「その日が楽しみだ。何かそんな楽しみもなくちゃな」

　最近、父はよく考えこむようになった。他の捕虜といっしょに刑務所に入れられている間にそうなったのにちがいない。実際、父たちは捕虜に等しかった。ルーズベルト大統領は、ドイツ兵やイタリア兵や日本兵だけでなく、アメリカ国籍を持つアメリカ人も捕虜にとったわけだ。

　ボートが進み出すと、強風が顔を打った。がっかりしたのは、日本の海が灰色で、青くも美しくもないことだ。空も同じ。太陽も見えない。まるで日本には太陽がないみたいに。

　そばで女の人が泣いている。こんなところにいたいとはだれも思っていないにちがいない。だって、ほとんどの人がアメリカで生まれ育ったのだから。それなのに、今ではもうアメリカ人ではなくなってしまった。

　どんよりくもった空の下、遠くのほうに、しみのような陸地が見えた。その風景があまりにも陰気なので、ひょっとしたら、松島と宮島と天橋立が有名なのは、日本には他にひとつも美しい場所がないからなのかもしれないと、そんなふうにさえ思えた。

岸に向かってまっしぐらに、ボートは進んだ。海に浮かんでいるという感じが少しもしない。まるでかたい道路を走っているようなゆれかただった。

上陸すると、追い立てられるように、わり当てられたトラックに乗せられた。

「心配しなくていい」と父はいったが、ハナコは不安だった。

トラックには幌がなかった。アメリカで最初に「集合センター」と呼ばれる収容所に送られたときでさえ、トラックには幌があったのに。

トラックの荷台で、ハナコは目を見張った。

これが、新しい自分の国？

正直いって、気のめいる風景だった。道路は石ころだらけ。建物はひびの入った木材で建てられている。どれもこれも、百年くらい前に建って以来一度も修理されていないように見える。それに、だれもかれもが元気のない暗い顔をしている。日本じゅうがこうなのだろうか。

そまつな宿舎の並んだ前で、みんなはトラックからおろされた。日本の兵隊が戦地へ送られる前に寝とまりしていた兵舎だと母がいった。聞きたがりの母がどっかで聞いてきた話なのだろう。軍服を着た日本人の男性が、「行き先の県ごとに、宿舎に入るように」と日本語でいった。その人に別の人が質問した。その人は答え、二人はたがいにおじぎをした。

軍服を着たその人は礼儀正しかった。しかし、ハナコは考えないわけにはいかなかった。戦争中はこの人も人を殺したのだろうか。だって、実際、たくさんの人が人を殺したのだから。

「あ、あれだ」

母が見つけた古いみすぼらしい宿舎に、「広島県」と書かれた札がかかっている。見た目は、アメリカで四年間住んでいた収容所のバラックとはちがっている。ここの宿舎は二階建てだ。でも、ペンキも何もぬられていない点は同じだった。

中に入る前に、ハナコはちょっと立ちどまった。戦争に行く前にこの宿舎ですごした日本兵は、いったいどんな気持ちだったんだろう。想像もつかない。自分とは反対側の歴史。

ハナコは中に入った。暗がりに目がなれるまでしばらくかかった。

これが日本。今、わたしは日本にいる。

6

目がなれてくると、宿舎は何もない縦長のそまつな部屋だということがわかった。一人の兵士が部屋の中を歩きながら、「カタパンだ」といって何かの袋をあちこちに放り投げている。だれもがわれがちに袋をつかみとっている。

ハナコも飛び出していって、手あたりしだいに袋を引っつかんだ。「カタパン」というものがなんなのかも知らないのに。これじゃまるで動物だ！　急にはずかしくなって、父と母に一袋ずつ、あとはみなアキラにわたしてしまった。すると、アキラが一袋ハナコにもどした。

「これ、ガム一枚ととりかえっこだ」

ハナコは取り引きに応じた。

あけてみると、「カタパン」というのは、「堅パン」というクラッカーだった。でも、たぶん世界一かたいクラッカーだろう。堅パンを食べるのは、まさに歯と堅パンとの闘いだった。すると、母が、しゃぶってやわらかくしてから食べるのだと教えてくれた。

堅パンには味がなかったが、おなかはふくれて、空腹はおさまった。みんなが食べ終わると、母が、何もすることがないから、もう寝なさいという。といっても、寝具は何もなく、かたい床があるばかりだ。

母をまねて、ハナコとアキラはコートを着たまま寝転がった。眠ろうとしたが、寒くて眠れない。きっとアキラも寒いだろうと、アキラの体を両腕で包んだ。

すっかり目がさえてしまった。バラックの暗闇の中で、ハナコはロサンゼルスにあった父のレストランのことを細かに思い浮かべた。眠れないときの儀式だ。

レストランの名前は、「ウェザーフォード・チャイニーズ・アンド・アメリカン・カフェ」。レストランは、家族にとって、とりわけ父にとって、人生そのものだった。そして、ハナコにとっても、六歳になった日からずっと生活の中心だった。収容所に入れられる前の夏休みは、父といっしょに毎朝四時半に起きて朝ごはんを食べると、レストランに働きに出かけた。まだたった八歳だったのに。

ほとんどの日系人の家庭では、子どもは役に立つ年齢になるとすぐ、弟や妹の子守をしたり、ごはんを炊いたり、床をはいたりという手伝いを始める。家業が食堂なら、テーブルの塩のびんに塩を入れ足したり、カウンターをふいたりする。

毎朝レストランに着くと、ハナコはグリルを温め、保温用スチームテーブルのスイッチを入れる。その間に父はコーヒーを煎れ、それから、ホットケーキとワッフルの生地をつくる。

客のほとんどが日系人だったが、朝食のメニューは典型的なアメリカの朝食だった。というのも、アメリカで生まれ育った日系人二世は完全にアメリカ流に育っていて、アメリカ人以上にアメリカ的だったからだ。

ハナコの次の仕事は、三十個入りの卵のケースを一ケースずつ用心しながら冷蔵庫から出し、十ケースをグリルのそばに置くことだ。それから、ハッシュブラウンやベーコンやソーセージをやはり冷蔵庫から出して、注文と同時にコックが料理できるようグリルのそばに並べる。客で混雑する朝食時、コックのために材料をつねに準備しておくのが、ハナコの仕事だった。

朝食の時間が終わると、父は昼食の用意を始める。毎日、その日のおすすめの定食とスープを決めていて、デザートは、パイとアイスクリームとゼリーの中から選べることになっていた。

午前十時になると、父は、その日のパイを六つ焼いた。パイは火曜から日曜まで、曜日ごとに、リンゴ、レモンメレンゲ、洋ナシ、パイナップル、チェリー、エッグカスタードと決まっていて、月曜は定休日だった。キッチンで父がパイをつくっている間、ハナコは休憩をとり、オフィスで猫のセイディと本を読むのが習慣だった。

店が混雑する昼食時、ハナコはふたたびコックの手伝いにキッチンに入る。コックたちは、冷蔵庫から出してほしいものを、どなるような大声でハナコに伝えた。昼食の時間が終わると、ハナコはアーモンドの湯むきをする。アーモンドはゆでると薄皮がはがれかかる。湯を捨ててアーモンドを指先ではさむと、とがったほうから薄皮がピュルリとむけて白い実が出てくる。難しいのは、その実を半分にわることだ。実の継ぎ目に包丁を入れて、上手にわらなくてはならない。

そのアーモンドを入れたクッキーを週に三回焼くことも、ハナコの仕事だった。一日に七十個、プラス、アキラとハナコが分け合って食べるための大きいクッキーを一個。それを何回かに分けて焼くうち、うんざりしてきて注意力がなくなり、ときどき最後の一回分をこがしてしまうこともあった。そんなとき、父はハナコをしかり、何ごとにおいても完璧主義者になることが成功の秘訣なのだといった。

レストランは九時に閉店するが、母が八時に迎えにきてハナコを家につれて帰った。

閉店後も、父は次の日のために店内のすべてのものをピカピカにするので、結局、父が何時に帰宅したのかハナコにはわからなかった。そのころには、もうぐっすり眠っていたからだ。猫のセイディもハナコと同じまくらで、ときにはハナコの頭にのっかって、いっしょに眠った。

赤ん坊のアキラが眠っている間に、母も働いた。ためておいた廃油にあくと水を混ぜ、食器洗いの石けんをつくった。何ひとつむだにしない暮らし。フライパンに残ったきたない油さえ捨てずに利用した。

そんなふうに、だれもが働きづめだったが、ハナコは働くのが好きだった。父の野心がハナコに乗り移ったのだ。生まれつき野心家の父は、りっぱなコックになるという野望を抱いていた。だが、それも昔のこと。海の向こうのアメリカにいたころのことだ。父は、もう一度料理をしたいという望みを胸の中に閉じこめてしまった。

父はいう。そのころの暮らしのすべて、何もかもが、終わってしまった。ぺしゃんこになってしまったと。そうなったのは、まず第一にルーズベルト大統領の責任だが、「アメリカ市民的自由連合」のせいでもあるといった。連合が日系人をささえなかったからだ。

父の話によると、「アメリカ市民的自由連合」というのは弁護士の組織で、市民の権利を守り憲法の精神を守るために結成された。したがって、誠実で高潔な人々の集まりのはずだった。ところが、その指導部は、国民を「追放する」こと、具体的には、日系人を「軍事地域」から、つまり、当時ほとんどの日系人が住んでいたアメリカ西海岸から「追放する」というルーズベルト大統領の命令に、反対しないことを決定したのだ。

そのことに、父は心から驚いた。父はいつも、世の中には特別な人たちがいて、その人たちは、たとえば自分がコックに生まれついているように、特別な能力を持って生まれていると信じていた。そのような特別にすぐれた人たちの中から、大統領が生まれ、そんな特別な人たちが「アメリカ市民的自由連合」を組織し運営しているのだと。しかし、結局、かれらだって、さほど特別ではなかったのだ。

そういうわけで、ハナコは今、ここにいる。父が、「将来は見えないが、生きのびることはできるだろう」という日本に。

「あの人たちも、おれやおまえと少しも変わらない。ただ、弁護士だという点を除けばな」

もし、自分がもっと賢かったら、時というものを父のように理解できるのだろうか。ハナコは、物事がそんなふうにいきなり終わってしまうということに、なかなか納得がいかなかった。以前の暮らしはもう二度ともどってこないということを、何度も何度も自分にいいきかせなくてはならなかった。心のどこかで信じられなかったのだ。父は観念していたのだろうが。

とつぜん、ハナコは、自分のそば、この見知らぬ奇妙な国のかたい床に寝ている父や家族が、いとおしくてたまらなくなった。それと同時に、怒りで顔がほてり、思わずぎゅっとこぶしをにぎった。

わたしに将来がないなんて！

でも、とにかく両親を信じるより他はない。そう考えると、怒りもしだいにおさまってくる。

父はまだ将来が見えないといったけれど、きっとまたすぐ見いだすだろう。もしかしたら父は、料理好きに生まれついているというより、生まれつき自分で将来を切り開いていくタイプの人間なのかもしれない。だからこそ自分たち夫婦はうまくいっているのだと、父が以前いったことがある。母が今の暮らしをやりくりし、将来の戦略を立てるのが父の役目だと。

それなら、ハナコとアキラは守ってもらえる。今も、願わくば、これからもずっと。

7

父は、九歳から十八歳まで日本で暮らしていた。今は三十五歳。だから、その夜、宿舎で横になったハナコは安心していた。日本でどうやって生きていくか、父には当然わかっているはずだ。

次の朝、ハナコが目を覚ますと、まるで火事場のような騒ぎだった。人々が出入り口に向かってかけだしている。ハナコは驚いて飛び起きた。家族で手をとりあって出入り口に走った。

いったい何ごと？

外に出ると、みんなが興奮してさけんでいる。

「広島出身者の荷物が着いたぞ！」

母がどなった。

「ハナ！　アキ！　下がってなさい！」

ハナコはうしろに下がってほっとした。群がった大人たちが、ものすごい形相で荷物の山をかきわけていたからだ。

何百ものカバンや袋が地面に放りだされている。がんじょうな黒いトランクもあれば、日に焼けたちっちゃなスーツケースが細ひもでしばられていたりする。それよりもっと多いのが、衣類を入れた布製の洗濯袋だ。それらが、もう数えきれないほど山積みになっている。厚い布製のダッフルバッグもあれば、いくつもの荷物を黄色と青のしま柄のシーツでしばった大きな包みもあった。

ハナコの立っているところから、「サトウ」と書いたスーツケースが三つ見えた。父の姿は見えないが、母はものすごい勢いで荷物の山を掘り進み、大きなバッグをまるで男のように左右に投げ飛ばしている。

ハナコの顔も興奮で熱くなった。みんなが必死になるのも無理はない。探している荷物の中に、それこそ全財産が入っているのだから。自分の荷物を見つけた人が一人一人と去っていく。だが、いつまでも探している人たちもいて、中には泣きだす人もいた。父と母は一時間も探したあげく、ハナコとアキラの小さなダッフルバッグはふたつともなくなっているという結論を出した。

急にまわりの空気が重苦しくなって、ハナコは泥水の中であえいでいるような気がした。

「他の県の荷物といっしょになってるんじゃない？　探しに行けないの？」

父も母も何もいわない。どうしてなのか、ハナコにはわからない。父が頭をかきむしりながらハナコに答えた。

「時間がない。広島行きの列車の一両を団体で借り上げてあるんだ。おれたちを駅までつれていくトラックが、もうあそこで待ってる」と指をさす。

がっかり、なんていうもんじゃない。にじみ出てきた涙をぬぐいながら、そこに転がっているだれかの荷物を引っつかんで逃げていきたい気持ちと、ハナコは必死で闘った。

「だいじょうぶよ。新しい服、つくってあげるから」と母がなぐさめる。

「何も貴重品は入れてなかったんだろう？」と父が聞いた。

「ママが、パジャマのぬい目に二十ドルぬいこんでたの。アキラのパジャマにも」

父が目をむいたのは、ほんの一瞬だった。

「そうか……、じゃあ、だれかが見つけるといいな。でも、もうおれたちのものじゃない」

「そんな！　まだわたしたちのものよ！」とハナコはさけんだ。

「だがな、ほら……」

父は、地面に転がっているカバンや袋をあごで指し、肩をすくめた。きっとそれらの荷物は他の県の人のもので、たぶんその人たちもあきらめているのだろう。

「ハナコ！」

母がきびしい声を出したので、ハナコは驚いて見つめた。母にはめずらしく目をつりあげている。

「バッグがここになければ、もううちのものじゃないの！　すぐにここを出なくちゃならないんだからね」

ハナコはやっと理解した。これが戦争というものなのだ。ものがあっさり消えるのが。家も、国も、スカートや下着の入ったダッフルバッグも。とにかく父と母の荷物はあったのだから、それでよしとしなければ。

アメリカでは、ハナコの家族はレストラン経営で成功していた。レストランは繁盛していたから、父は、ハナコとアキラを将来大学にやるための貯金ができると思っていた。しかし、所有していたものはというと、そう多くない。

家は借家だった。それに、レストランが建っている土地も借地だった。家族が持っていたもののうち、もっとも高価なものは、千ドル相当のレストランの在庫品と調理器具。しかし、政府が、まるでちりでもはらうように日系人を自分の家から追っぱらったとき、父にはその在庫品を売る時間がなかった。

借金を返すと、手もとに残ったのは三百ドルの貯金だけ。それを持って、家族は収容所に行った。そして、父がビスマークの刑務所に入れられている間に、家族はその貯金のおおかたを使ってしまった。収容所でも母は働いたが、低賃金のパートタイムがせいぜいだった。

三百ドルは、アメリカのふつうの人の月給よりほんのちょっと多いくらいだ。でも、収容所の中で日系人が働いても、月に二十ドルももらえなかった。たとえ医者でも！

「ハナコ！」父が呼んで、ハナコは現実にもどった。

「そんなしけた顔するな。いいか？　おれがビスマークにいたとき、おれには何もなかった。家族さえ、とりあげられていた。だが、それで、おれは自分が何者かがわかった。わかるな？　おまえは、今も、今からも、ハナコだ。ぬい目の中の二十ドルがなくなったからって、ハナコでなくなるわけじゃない。そうだろ？」

「うん、そうね」

「よし。じゃあ、見に行こうじゃないか。日本ってとこが、どんなとこか」

8

駅に向かうトラックが並んで待っていた。人々が次々に荷台に乗りこんでいる。きのうより暖かかった。髪を流行のダックテールにした青年たちは、前をはだけた上着の下にチェックのシャツをのぞかせている。この世にこわいものなど何もない、まだそんな顔つきだ。

そんな若者たちを、トラックの運転手がものめずらしげに見ている。不敵な面構えでゆったりと歩きまわっている姿は、見るなというほうが無理だ。何年も収容所や刑務所に閉じこめられたあとでさえ、この若者たちは背筋をぴんとのばし頭を高く上げているのだ。ハナコも思わず背筋をのばし、頭を起こした。

トラックにゆられて駅に向かう途中、にわかづくりの家が何軒か見えた。ハナコたちが泊まった宿舎よりもっとひどい。木の切れっぱしでつくられている。家というより、小屋。ヤギでも顔を出しそうだ。気がつくと、アキラもじっと見つめている。

アメリカの農場で働いていた日系人労働者も、あまりいいところには入れられていなかったが、それでも、こんな小屋よりはよほどマシだった。ハナコが出会った農場労働者はみな、自分たちは今に出世するのだと考えていたものだ。だが、ハナコは、目の前のみすぼらしい小屋に住んでいる人たちと出世とを結びつけて考えることがどうしてもできなかった。こんなヤギ小屋からのがれる方法がいったいあるのだろうか。

トラックがとまった。そこには、焼けた駅の一部らしい古ぼけた板敷きのホームがあった。みんなは荷台からおりた。よごれた帽子に貧相なあごひげの運転手が運転席からどなった。

「元気でね！」アキラのほうを見ている。

「元気でね！　さようなら！」

もう一度いうと、うなずいて走り去った。

「みんな、ぼくが好きなんだ」とアキラが満足げにいった。

母が、かわいくてたまらない、という顔で、かぶさるようにしてアキラの顔をのぞきこんだ。

「そうよ！　アキちゃん、もちろんよ！」

そばに切符売り場らしい窓口があるが、閉まっている。やがて列車が到着した。乗りこんでみると、ただの木のベンチのような座席が向かい合わせに並んでいる。家族は座席にすわった。母とアキラがとなり同士、向かいにハナコと父だ。

車掌がやってきて運賃を集めた。ようやく列車が動きだすと、ハナコはなんだかウキウキしてきた。

とうとう自由よ！　そうじゃない？　だって、アメリカ政府も、こんなところまで日系人を追いかけてはこないわ。

ハナコはアキラにほほえみかけた。向かいの窓際にすわっているアキラが、まじめな顔でハナコを見返した。

「なんでにこにこしてるの？」

「だって、わたしたち、出られたじゃない。ほら、収容所から」

でも、アキラは小さな顔をしかめると、母にもたれ、ぎゅっと目をつぶった。ハナコは、アキラのとなりに移ってやせた小さな体を抱きしめてやりたかったが、そうすると、父がさびしく思うかもしれない。そこで、ハナコはいった。

「アキ、これからはちゃんとした暮らしができるのよ。わたしがうけあうわ」
父によると、この列車は石炭で走っていて、すすが入ってくるので窓をあけられないのだそうだ。ハナコはガラス窓越しに、トラックが走り去るのを見つめた。このあたりは東京からそう遠くないところだ。東京はナパーム弾で完全に破壊されたと聞く。ナパームというのは火薬の中に入れられるベタベタした物質で、いろいろな物にくっついて長時間燃え続けるのだと何かで読んだことがある。ハナコは、天まで上がる炎が無数の建物を焼きつくしながら燃え広がり、あたり一面が火の海になっていくようすを想像した。

列車はあぶなっかしげにゆれながら進んでいた。今まで乗った中で一番やかましい列車だ。線路の上に石ころでものっかってるんじゃないかと思うほど、ガタガタゆれる。

アキラがまだ顔をしかめていたので、ハナコは手をのばして、アキラのひたいのしわをなで広げてやった。

「ぼく、日本が好きじゃない」
「まだ着いたばっかりじゃないの」
「でも、もうわかる」

通路をはさんだ座席で赤ん坊が泣きだして、なかなか泣きやまない。行儀が悪いとは思ったが、ハナコはつい赤ん坊のほうを見た。赤ん坊と母親以外、乗客はみんな無表情だ。ハナコは赤ん坊に「いない、いない、ばー」をしてやったが、赤ん坊は泣くばかり。母親がハナコに頭を下げていった。

「申しわけございません」

とてもていねいなおわびの言葉だ。ハナコは、日本語の授業のとき以外、まだ一度もその言葉を使ったことがない。それに、そんなにていねいにあやまってもらうなんて！　こっちはまだ子どもなのに！

その母親は、赤ん坊をおしつぶしそうなほどハナコのほうに身を乗りだし、さらに一生懸命くり返した。

「ほんとに申しわけございません」

ハナコの母が、その母親のほうを見ておじぎをし、「いいのよ！　いいの、気にしないで！」とでもいうように手をふった。

アキラが両耳に指をつっこんだ。赤ん坊の母親は見るからに疲れきっている。連れはいないようだ。泣きさけぶ赤ん坊とたった二人きりで、太平洋をわたってきたのだろうか？

「そうだ！　わたしが赤ん坊を抱いててあげる！　あなたは、寝て！」

ハナコが大声でいうと、母親はとても驚いて、どう返事していいのかわからないようすだ。

「わたし、赤ん坊をあやすの、得意なの！　弟が小さかったころ、面倒見てたから。赤ん坊のことなら、わたし天才なのよ！」

ハナコの言葉に、その人はほほえんで頭を下げると、ハナコに小さな子どもをさしだした。

ハナコは張り切って両手で受けとった。赤ん坊はハナコに抱かれても泣き続けていたが、若い母親はほっとしたように目を閉じた。

ハナコは赤ん坊をのぞきこんで話しかけた。

「こんにちは！　あなた、かわいいわねえ！」

そのとたん、赤ん坊は火がついたように泣きだした。ハナコはあわてた。この子、わたしがきらいなの?!　泣き声は一段と高くなり、まるで殺されそうな勢いで泣き続ける。ハナコは横目で若い母親を見たが、じっと目をつむったままだ。ハナコの母が、赤ん坊をハナコの腕から抱きとった。赤ん坊は助けを求めるかのように、母の胸にしがみついた。

ハナコは座席に背をあずけると、小さくなって窓の外を見た。列車がトンネルに入った。母があまったるい声で赤ん坊をあやしている。やがて、赤ん坊は泣きやみ、おとなしく母の指に吸いついている。

トンネルをぬけると、列車は駅に停車した。この車両は日系人が借り切っているはずなのに、カーキ色の軍服に軍帽姿の日本兵の一団がおし合いへし合い乗りこんできた。その中の一人は、なんとズボンをはいていない！　しかも、アキラのとなりのわずかなすきまにわりこんできた。

ハナコはとっさに立ち上がってさけんだ。

「あっちへ行って！」

心臓が早鐘のように打つ。アキラは棒でも飲みこんだみたいに体をこわばらせている。

その兵士が通路にもどったので、ハナコはほっとして、また座席に腰をおろした。兵士たちはコートを着ている者もいたが、軍服だけの者もいた。軍服の下にシャツも着ていないような者もいる。兵士は次から次に列車に乗りこんできて、すぐに車内のあらゆるすきまが、黒い目の、ほほのこけた、よごれた顔の貧弱な体の男たちによってうめつくされた。

兵士たちを一目見て、ハナコはわかった。その黒い目は、ハナコなんかとは比べものにならないほどひどいものを見てきたのだ。おそらく、そんなおそろしいことのいくらかを、かれら自身もやったのだろう。

これが一年前なら、日本兵というだけでふるえあがったにちがいない。でも、今、こうやって目の前にいるのは、背の低いよごれた男たち。こわがる必要など少しもない。

通路にぎっしり人が立っているので、だれもトイレまで行くことができない。列車が動きだすと、一人の男が小さな男の子をささえて窓からおしっこをさせた。

それからは、列車が停車するたびに、一人二人の男が窓から飛びだしていって用を足し、急いで窓から飛びこんでくるようになった。

あるとき、一人の男がまだもどらないうちに、列車が動きだした。その人はかけもどってきて、列車の窓枠につかまろうとした。が、列車がスピードを上げ、その人はとりのこされてしまった。ハナコは、ふり返ってその人の姿を見続けた。とうとうその人は見えなくなった。はるばる太平洋をわたってきたというのに、こんなところに置き去りにされるとは!

列車はガタゴトと走り続けた。窓の外に見えるのは、活気のない、眠ったような町並み。黒ずんだ木造の家々は、空襲にはやられていないようだが、年月によってじゅうぶん古びてこわれかけている。道路は舗装されておらず、屋根もかたむいている。

ときどき列車が村を通るとき、他にすることがないのか、線路のわきに立って列車をながめている人たちもいた。眠ったような町や村をすぎたあと、地平線に美しい山並みが現れた。ハナコは、今日だけでも、いろんな山を見た。尾根に雪をいただいた黒っぽい山々、緑におおわれた山々、それから、もうひとつ、青みがかった灰色の円盤状の雲を頭にかぶった、信じられないほど美しい山。おそらく日本でもとくに神聖な山のひとつだろう。

ハナコは収容所の学校で習ったことをおさらいしてみた。日本は山の多い国で、その多くは火山だという。日本という名前は、「日出ずる国」という意味だそうだ。

列車は進み、そんな山々を掘りぬいてつくられたトンネルをいくつも通った。長いトンネルに入ると、ハナコは不安で息苦しくなった。トンネルがいつまでも終わらないような気がしてしまうのだ。山の腹の中に入ったことなど、今まで一度もなかったから。

とびきり長いトンネルをやっとぬけると、もう夜のとばりがおりていた。窓の外にはまったく灯りが見えなかった。収容所では、つねに監視塔のサーチライトがあちらこちらを照らしながら動いていて、バラックの壁板のすきまから絶えず光が入ってきたものだ。こんなまっ暗闇は本当にひさしぶりだ。

赤ん坊は、子守唄を歌う母の肩に顔をうずめて眠ってしまった。アキラは、母のもう一方の肩にもたれ、遠くを見るようなぼんやりした目つきで、子守唄に聞き入っている。

ねんねこ　ねんねこ　ねんねこや
ねたら　おかかへ　つれていな
おきたら　ががまが　とってかま

おとなしく眠った子はお母さんのもとへつれていくが、いつまでも起きている子は鬼がとって食うぞ、という歌らしい。

赤ん坊のなんと安らかな顔！　ハナコはそれを見ながら、堅パンをとりだしてしゃぶりはじめた。が、ふと気配を感じて、まわりを見た。通路をうめつくした兵士のすべての目が、じっとハナコを見つめている。すぐに堅パンをもう一枚とりだすと、通路にすわりこんでいたあのズボンをはいていない兵士にさしだした。その人は口をあんぐりとあけて堅パンを受けとると、神妙な顔で深々と頭を下げた。

「ありがとう。ありがとう」

「どういたしまして」とハナコも日本語で返事した。

「おっ、そうだ」

父が気がついて、コートのポケットに手をつっこむと堅パンの袋をとりだし、近くの兵士たちに配った。兵士たちは次つぎに手をのばして受けとると、顔をかがやかせて「ありがとう」「ありがとう」と口々にいった。「ありがとう」といわれて初めて、ハナコは自分の幸せに気づいた。食べるものがあること、すわる座席があること。こんなしみじみとした幸せを感じたのは、ずいぶんひさしぶりだ。

父がハナコの肩を抱いて、頭のてっぺんにキスした。

「どうやって日本語を勉強したんだ？　ずいぶん発音がよかったぞ」

ちょっぴり得意な気持ちをおさえて、ハナコは答えた。

「たくさん習ったんだけど、全然上手にしゃべれないの。書くのもヘタだし。最初考えてたより、ずっと難しい」

「すぐうまくなるさ。じいちゃんとばあちゃんが教えてくれるよ」

ハナコは父の顔の深いしわをしげしげと見つめた。ひふがかたくなって、ひびわれたみたい。しわというより切り傷というほうがぴったりだ。こんなしわ、ツールレイク収容所にいたころはなかったから、ノースダコタの刑務所でできたのだろう。ためらいながらハナコは聞いた。

「ノースダコタって、たいへんなところだったの？」

父はちょっと考えてから答えた。

「そうだな、前にもいったが、ものすごく寒いところだ。ドイツ軍の捕虜が驚いてたよ。おれたちみたいなアメリカ人が、ドイツ兵捕虜といっしょに入れられてたんだからな。なんでアメリカ人なのに入れられることになったんだ？　と聞くから、ツールレイクの所長と交渉しようとしたせいだといったよ」

　実際には、こういう事情だ。

　あるとき、ツールレイク収容所で農業用トラックの事故があって、収容されていた日系人の五人がけがをして、一人が死んだ。そこで、作業していた者たちがストライキをした。仕事場の安全と労働状況の改善、それと、事故の被害者に対する補償を求めたのだ。

　それに対するベスト所長の対応は、作業していた者全員を解雇し、他の収容所から別の作業員をつれてくる、というものだった。その作業員たちには十五倍の賃金が支払われた。

　ストライキ中のある晩、自分たちががんばりとおせるようにと祈る父や他の日系人といっしょに、ハナコもひざまずいて祈った。みんなが何に祈っているのか、ハナコはわからなかった。祈っている者たち自身もわかっていなかったかもしれない。祈りを先導していた者の日本語が難しかったので、ハナコは理解できなかった。それでも、祈りは催眠術のような効果をおよぼし、一人もくじけずにストライキをやりぬくことができるとハナコは信じた。

　とうとう、全部の収容所を監督するマイヤー氏がツールレイクにやってきた。そんな高官がわざわざ現場に来ること自体、非常にめずらしいことだった。マイヤー氏はルーズベルト大統領の知り合いでもあった。

父にいわせると、各収容所を管理している役人たちは、程度の低い下っぱばかりなのだそうだ。そこで、みんなは、やってきたマイヤー氏がどう問題を処理するか、期待を持って見守った。マイヤー氏とベスト氏の二人と日系人の交渉委員会が、収容所内の不満について話し合いを持った。収容されている五千人以上の日系人が、委員会を支持するために管理棟の前に集まり、静かに交渉の終結を待った。

その夜のことだ。バラックの戸が激しくたたかれる音でハナコは目を覚ました。

「来てくれ！　来てくれ！　食料が盗まれているぞ！」

父が飛び起きて出ていった。ハナコも追いかけた。食料が盗まれてる?!　すでに大きな人だかりができていて、口々にさけんでいる。

「それは、おれたちの食料だぞ！」

とつぜん、群衆の中から、うめき声ともどなり声ともつかないさけびが伝わってきた。ハナコは思わず悲鳴を上げた。と同時に、人々がいっせいにかけだした。父がハナコを人ごみの中から引きずりだした。ハナコがふりむくと、警備員たちが人々をなぐりつけている。バットでなぐられている人もいる。

父がハナコを抱き上げて走りだした。父の靴が地面をたたく。ハナコの重みに父がうめき声を上げた。かなり走ったところで、息を切らせて父がいった。

「もう限界だ。自分で走れるか？」

「うん！」

いうなりハナコは父と並んで収容所を横切り、バラックまでかけ通しにかけて帰った。帰り着くと、ベッドに倒れこんで丸くなった。母とアキラは何も気づかず眠っていた。

翌朝、ハナコが学校へ行こうとすると、バラックの間を歩く人々に向かって、軍が催涙ガスを浴びせていた。日系人の抗議を暴動とみなした管理側が、軍に要請したのだ。収容所のいたるところに、戦車や、銃を山積みにしたジープが見られた。それからは毎朝、学校に行くハナコや他の子どもたちを、ジープに乗った兵士たちが、まるで犯罪者でも見るようにじっとにらむのだった。

ある朝、ハナコのバラックに兵士がノックもせずにおし入ってきて、「かくしてるものがあるだろう?!」とどなった。兵士たちは探しまわって、母の包丁を没収した。その間じゅう、母はむしゃぶりつくようにアキラを抱きしめていた。アキラは恐怖に顔を引きつらせたまま、母につぶされそうになっていた。

ハナコのほうは、そんなふうに兵士におし入られても、正直いって別段驚きも恐怖も感じなかった。ハナコの驚きはとっくに限界に達していたのだ。その日のそんな捜査も、同じような出来事がひとつ増えたにすぎない。

兵士たちは今度は手で床をさぐりはじめた。隠し戸があるとでも思ったのだろうか。ベッドの下を見ながら、「やつらをどこに隠した?!」とどなっている。父のほうを見て、また同じようにどなった。母に向かって大声を上げると、アキラが泣きさけびだした。

ハナコは急に度胸がすわって、少しもこわいとは感じなかったが、あることを思いだし、必死に心の中で警告した。

パパ、お願い、何もしゃべらないで。

「だれのことか、わかりません」と父は答えたが、ハナコは、それがうそだと知っていた。

兵士たちは交渉委員会の指導者たちを探しているのだ。収容所のどこかに隠れているのはわかっていたが、何しろ一万九千人も住んでいるから、見つけだすのは容易ではない。

だが、まもなく指導者たちは自分から出てきた。収容所の人たちにそれ以上迷惑をかけないためだ。

そして、ある日、兵士は父のところへもやってきた。父が何度か交渉委員会の人たちと会って、交渉のための手伝いをしたことがわかってしまったのだ。収容されている日系人の中に、管理側に密告したスパイがいたからだった。

父もふくめて二百人以上の人が、牢屋のような別の施設に閉じこめられた。長い人で九か月。聴き取りも裁判もなしでだ。アメリカ軍は拘禁の理由として、「よく、もめごとを起こす」「分不相応に教育を受けている」「反抗勢力の指導者である」などをあげた。

そして、その「分不相応に教育を受けている」というのが、ハナコの父が拘束された理由で、結局七か月間も入れられていた。だが、父は分不相応な教育など受けていない。日本の中学しか出ていない。でも、とにかく、父はそういってとがめられたのだ。

今、広島に向かう列車の中で、父は首をかしげたまま背中を丸めてゆられている。目は開いているが、ひとみは何も映していない。

ハナコは、同じ船で日本にやってきた若者たちを思った。背筋をしゃんとのばし、頭を高く上げ、えらそうに歩いていたあの若者たちを。かれらは打ちのめされていなかった。父のようには。顔に深いしわをきざみ、目がうつろになるほどには。

ふと、父の顔に奇妙な表情がよぎった。ほとんど無表情ともいえる表情。まるで、どうしようもなく疲れきって、これ以上進むのがとつぜんいやになったとでもいうような。

どういってあげればいいのかわからなかったので、ハナコはとりあえずこういった。

「だいじょうぶよ、パパ。今からわたしたち、史上最高の暮らしをするんだから！」

アキラだったら、こんな言葉は大いに効く。しかし、父にはハナコの言葉が聞こえてもいないようだ。

ふいに、父の目に生気がもどった。そして、やけっぱちのようにこういった。

「そうだ、そうとも。ハナ、アキ、おまえたちにはそうなってほしいよ。よし、それをおれたちの目標にしよう」

9

列車のひどいゆれにもかかわらず、ハナコはいつのまにか眠(ねむ)っていたらしい。ふと目を覚まして母を見たら、赤ん坊(ぼう)はいなくなっていた。通路の向こうに目を移すと、赤ん坊(ぼう)が若(わか)い母親の腕(うで)の中で、さも気持ちよさそうに眠(ねむ)っている。

なんだか、この世の中も悪くない、という気持ちになって窓(まど)の外に目を向けたとたん、ハナコは息をのんで、思わず小さなさけび声をもらした。

広島!

七つの川から成る町、広島。今、その町に赤い太陽が昇(のぼ)っている。ただ、なんということだろう! これは町じゃない! 見わたすかぎり、がれきの山。木材や石や鉄柱やコンクリートがめちゃくちゃに積み重なっている。あちこちにつきたっているのは、なんだったのかもわからない柱やまっ黒にこげた木……。骨組(ほねぐ)みだけになった建物がぽつんぽつんと残って……。

ハナコは息をするのも忘(わす)れて見つめた。破壊(はかい)は果てしなく広がり、遠くの山並(やまな)みでやっととまっていた。まるで、日本の山に住んでいるという山の神が、おし寄せてきた混沌(こんとん)をかろうじて食い止めたみたいに。日本の神についてはよく知らないが、そういうことってあるんだろうか？

それにしても、目の前の破壊は……あまりにもひどい。まったく理解を超えている。こんなことが現実にあるなんて！

ハナコは、自分がみるみる無感覚になっていくのがわかった。脳みそも凍りついたよう。父とアキラが何か話しているのに、声がとても遠くなって、何をいってるのかまったくわからない。ハナコは強く頭をふった。すると、目が覚めたように、目の前にあるものに対して頭が働きだした。

爆弾が落ちる直前まで、ここにはたくさんの人がいて、それぞれのことをしていたはずだ。それが、とつぜん、焼かれ、おしつぶされ、引きちぎられた。こんなに強大な破壊力のもとでは、人々の死にようもさまざまだったろう。その瞬間の光景が目の前に見えるような気がして、ハナコはあわてて目をそらした。

アキラは窓側からできるだけはなれ、顔をそむけて母に体をおしつけている。今にもまた爆弾が落ちてくるかのようにおびえきって。母のほうは、ぐっすり眠っていた。

爆撃機と爆弾。今回の戦争ではそのふたつが決め手だったという。ハナコはふと考えた。アキラが大きくなって、爆撃機を操縦して爆弾を落としたとしたら？　直後にアキラは思うにちがいない。「ぼく、なんてことやっちゃったんだろう?!」おそらく、戦争に行ったたくさんの人、アメリカ人だろうと日本人だろうとドイツ人だろうと、すべての兵士、すべての将軍、すべての指導者が、自分自身にその問いを発したのではないだろうか。

「いったい、自分はなんということをやったんだろう?」と。

ハナコはとつぜんわかった。人里はなれた収容所の小さなバラックに住んでいたこの数年の間に、世界では大変なことが起こっていたのだ。何百万人という人たちを巻きこんだ、ものすごく大きな、とてつもないことが。ハナコは顔を平手打ちされたような気がした。

となりにいる父が、青ざめた顔をハナコに向けた。そして、床に目を落として話しだした。

「ビスマークの刑務所でうわさを聞いた。アメリカが広島に原子爆弾を一発落としたと。こっちにわたる船の中でも聞いた。そのうわさは本当らしいと。だが、おれは信じていなかった。信じられなかったんだ。だっておかしいじゃないか……」

「爆弾はたった一個だったの?」とアキラが聞いた。

「そう、たった一発だ。おれには理解できん。船の中で聞いた話じゃ、何か、原子に関係する爆弾だそうだ。だから、原子爆弾と呼ぶわけだ。アキラは原子というものを知ってるか？」

「知らない」

「原子というのは、小さな、小さな、ものすごく小さなものだ。小さすぎて、人間には見えないそうだ。そこが、わからんところだ」

アキラが、そうかな？　という顔で父の顔を見た。

「みんなには見えなくても、ぼくには見えるよ。目がいいから」

それはうそではない。アキラの視力は、1・0以上だ。

父はちょっとほほえんだ。

「原子というのは、ものすごーく小さいから、おまえにも見えないな」

アキラは首をかしげた。からかわれていると思ったのだろうか。

父が、急にやけくそな感じでいった。

「アキ、そんなふうに、おれを笑わせてくれ。もっともっと」

だが、アキラは首をかしげたまま、父を見つめていいはった。

「でも、パパ、ぼく、なんだって見えるんだよ」

「おれにもよくわからんが、そんな見えないくらい小さな小さなものが、町ひとつを、一瞬で破壊できるんだそうだ。アキ、大きくなって科学を勉強したら、おれに説明してくれ」

「ぼく、大きくなりたくない」アキラはきっぱりそういうと、胸の前で腕組みをした。「ママ！ママ！」

母がはっと目を覚まし、窓のほうに顔を向けたとたん、目を見張った。

「ママ——！」

母はさけび続けるアキラを抱き寄せ、アキラのふさふさした髪の中に顔をうずめた。

ハナコはふたたび窓に目を向けた。爆弾が落とされたのは何時だったんだろう？

人々はそのとき通りを歩いていた。そして、とつぜんまわりのすべてが大爆発を起こした。

そうなったら、いったいどうなるんだろう？　ものすごく熱い？　それとも、竜巻みたいに風圧がすごい？　きっと両方だ。とすると、髪の毛に火がついたまま空中に吹き飛ばされる？家族のみんなが髪の毛を燃やしながら空のかなたへ……。

ダメ！　とどまることを知らない想像をハナコは無理やり打ち切った。

とても広島の町は歩けそうにない。でも、列車をおりたら町を歩くことになるの？

「でも、パパ？」

「なんだい？　ハナ」

涙があふれだしたので、ハナコはぎゅっと目をつむった。泣けば気分は軽くなる。だけど、それははずかしいことだ。

「もし、終わらないとしたら？」

「何が終わらないんだい？」

「こんなこと、すべて。こんな悪いこと全部が」

父の手が、ハナコのほほにこぼれ落ちた涙をはらった。

「終わったんだよ。戦争は終わった。窓の外のひどい景色、あれが戦争だ。でも、今は終わった。おれは、戦争のことはあまりちゃんと考えたことがなかった。だが、終われば復興しなくちゃならん。それはたしかだ。これからは、すべてがよくなる。だろう？　戦争はもう終わったんだから」

「でも、ひょっとして、終わっていなかったら？」

上がったものは落ちる。落ちたものはまた上がる。世の中の浮き沈みについて、以前父がいったことだ。でも、もし、まだ落ちていく途中だったら？

父がハナコの顔を両のてのひらにはさんだ。

「ハナコ、いいか？　戦争は終わった。おれたちは、百姓をしてるおれの実家に向かっている。戦争中も、農村ではそうひどいことにはならなかったんだ」

父は自ら納得しようとするように、両手にはさんだハナコの頭を痛いほど強くゆすった。

「どうしてそれがわかるんです？　最後に手紙をもらったのはいつでした？」

今度はいきなり母がたずねた。気持ちが高ぶっているのか、顔まで赤くなっている。

父は答えず、不機嫌な顔でそっぽを向いた。

「どうなの？　パパ」ハナコも答えをせまった。

父はしぶしぶ、とがった声で答えた。

「はっきりとしたことはいえん。だが、おれにはわかる」

母は疑わしげに父を見つめている。

「ほんとに、わかるんですね？」

父はどなったりはしなかったが、顔つきと体をこわばらせているようすから、そうとうにいらいらしているのがわかった。ハナコは思わず身構えたが、母も父もそれ以上いいあらそわなかった。ハナコ自身もしだいに落ち着いてきた。心配はそれだけではない。父がわかってるというのなら、わかってると思えばいいのだ。

「でも、パパ、わたしたち、広島の町の中に泊まるんじゃないわよね？　いなかのほうに行くんでしょ？　広島の駅で乗り換えるとき、町には入らないのよね」

　父がハナコの頭にキスした。

「そうだ。いなかの家で、おやじとおふくろがきっと待ってる。手紙は、七月にも八月にも、九月にも十月にも出してある。返事は来なかったが、郵便はずいぶん混乱してるからな。でも、手紙のどれかは届いてるはずだ」

　父はそこで話を切ったが、ハナコはそのまま父の顔の深いしわを見ていた。しわは、目の下から、ほほを分割するように走っている。でも、父が年寄りではないことは、一目でわかる。それが、父のしわの奇妙な点だ。

「わかってる。おれにはわかる。おやじもおふくろも、ちゃんと生きてるよ」

　ハナコはアキラと目が合った。二人とも同じことを考えていたのだ。

　でも、パパ、どうしてそれがわかるの？　と。

「もう窓のそばにはすわりたくない。もう外を見るのはいやだ」とアキラが宣言するようにいって、母と席を替わった。

「わたしも窓はきらい！」ハナコも窓に背を向けた。

「おれたちが行くところは、あんなふうにはなっていないはずだ」

父は一生懸命みんなを安心させようとしたが、ハナコの不安は消えなかった。父がさらにこうつけくわえても。

「おれたちの行くところは、小さな集落以外何もないところだ。そんなところに爆弾が落とされるわけがないだろう?」

だが、そういったとたん、父の顔がくもった。急に頭痛にでもおそわれたみたいに。

「ただ、生活は楽じゃないだろうな。日本じゃ今、だれもが貧乏だ。おまえたちが寝ている間に、母さんが兵隊さんの一人と話をしたんだ。その人がいったよ、『今、日本がどんなに貧しいか、あんたたちには想像もつかんだろう』ってな」

でも、ハナコには想像がつく。あの兵士たちの顔、トラックの運転手の顔、線路のわきでこの列車をながめていた人々の顔を見れば、わかるではないか。

父はいつもいっていた。「やれることはすべてやれ」と。たとえば、ハナコが「いつまで働かなきゃならないの?」と聞くと、父はいった。「やれることをすべてやり終えるまでだ」。それが父の信念だ。だが、ハナコがここで見ている人々の顔は、こういっているようだ。

「もう、やれることは何もありません」。

だって、そうではないか。戦場とはいえ人を殺し、餓死寸前の状態で日本に帰ってきた兵士に、いったい何ができるだろう?

10

やれることは何もない。やはり、それが答えだ。

車内放送が広島駅に着いたことを知らせた。父は網棚から荷物をおろした。終点だ。乗客は先を争っておりようとしたが、家族はみんながおりるのを待って、最後にドアに向かった。

すると、あんなにあせっておりようとしていた人たちが、信じられないという顔であたりを見まわしながら、のろのろとホームを歩いている。港ではえらそうに歩きまわっていた若者たちも、不安げに、いやおびえたようにまゆを寄せ、おとなしく人の流れにしたがっていた。

駅舎はひどくこわれていたが、そんな屋根の骨組みに足場をかけて作業している人たちがいる。屋根にあいた大きな穴から空が見える。ハナコは父のコートをしっかりにぎり、アキラは母のコートにしがみついた。ところが、アキラがその手をコートからはなして何かを指さし、かん高くさけんだ。

「ママ！　パパ！　見て！」

アキラが見ている先に一人の女がゴザにすわっていて、その人の前に、なんと餅菓子のようなものが置いてあるのだ！　ロサンゼルスのリトルトーキョーで売っていたいろんな色のついたおいしい菓子。これって、まぼろし?!

ハナコは興奮で体がふるえるようだ。もう丸四年も見なかった大好物の菓子。その餅菓子めがけてアキラがかけだした。

売っているのは髪の毛をひっつめた中年の女で、ハナコが列車の中で見てきたような、「できることは何もない」というようすの無気力な人たちとはまるでちがっていた。

反対にその女はやる気満々で、まだこちらが買うともいっていないのにすぐにハナコの両親と菓子の値段の交渉を始めた。逃がすものかという勢いで値段を持ちかけては引っこめ、引っこめては持ちかけるという具合に、ひっきりなしにしゃべり続ける。

とうとう父が餅菓子十個に二ドルはらおうというと、その女はやっと承知した。

ハナコは自分たちの幸運が信じられなかった。この飢えた国で、こんなりっぱな菓子を売ってる人に会えたなんて！　喜びで胸をふくらませながら、二人は淡い緑色と黄色とピンク色の餅菓子の中から五つずつ選びとった。

アキラは、菓子を落とすかもしれないと心配して、自分の分をハナコにわたした。ハナコは、五つを自分のハンカチに包んでコートのポケット深くおさめ、父がくれたハンカチにあとの五つを包んで反対側のポケットに入れた。

二人に母がいった。

「おじいちゃんちに着くまで、食べちゃダメよ。それに、おじいちゃんたちにもあげるのよ。

お二人とも、あまいものなんて、このところ召し上がっていないに決まってるんだからね」

「でも、ママ！　一個だけ食べちゃダメ？」

ハナコはそういって、助けを求めるように父を見たが、「母さんにたのみなさい」と父が身ぶりでしめしたので、母の手をとってもう一度たのんだ。

「ねえ、いいでしょう？」

母は迷っているようだったが、やはりいった。

「おじいちゃんとおばあちゃんにさしあげてからよ。お年寄りは尊敬しなくちゃいけません」

ハナコはどうしても理解できなかった。なぜ、今ここにいない人に敬意をはらわなきゃならないんだろう？　アメリカにいたころも、父母は、ハナコが級友や先生の批判をするのを許さなかった。日本人のこんな尊敬の表わし方には、ほんとに頭に来る！

もっとしつこくたのみこもうか、それとも、ちょっぴり涙を見せて泣き落とそうかと考えていると、驚いたことに、アキラが素直にこういった。

「ぼく、先にじいちゃんとばあちゃんにあげる」

ハナコは自分がはずかしくなった。

口につばがたまって仕方がなかったが、ハナコはしぶしぶいった。

「わたしもそうする」

母が、えらいわね！　という顔でアキラにほほえみかけ、ハナコには顔をしかめてみせた。

ハナコはいっそうはずかしくなった。

家族は父について駅の構内を歩きだした。その間も、ハナコの気持ちは重くふくらんだ両方のポケットに向いていた。

そのとき、ぎょっとしたように母がさけんだ。

「アキラは?」

ハナコはぱっとふり返ったが、アキラは見えない。

どこだろう? こんなにあっというまにどこに消えたんだろう?

すると、五、六十メートルほど向こうにアキラがつったっているのが見えた。

「あそこだ!」

ハナコはさけんでかけだした。が、アキラが何を見つめているかがわかると、ハナコの足は止まりそうになった。

アキラが見つめていたのは……人間、何十人もの人間だった。

たった一枚の新聞紙に横たわっている人、地べたにじかにすわりこんでただぼんやりとしている人。上半身はだかの人、列車の中で会った兵士のようにズボンをはいていない人、シャツ一枚しか身に着けていない男の人もいて、そのシャツがまっ黒によごれている。

子どもも十人以上いた。夜でもないのに、ほとんどの子が寝ている。まっぱだかの赤ん坊が女の人にしがみつき、どちらも眠っていた。シャツを着ていないよごれた少年が、まだ幼い女の子の上に片腕をのせて横になっていた。その女の子も全身まっ黒だ。

こんなに人をじろじろ見たりして、わたし、なんて失礼なことをしてるんだろう！

でも、見られている本人たちは、まったく気にしていないようだった。ぼんやりとハナコたちに向けられている目は何も映していない。

シャツを着ていない少年たちの一人は、はだかの胸が傷あとでびっしりとおおわれていた。しかも、片方の耳が欠けているようだ。顔はピンク色。はがれおちたひふの下から新しいひふができかかっているらしい。だが、少なくともその子には顔がある。すわっている人たちの中には、顔のない男の人も二人いた。いや、一方の人は男か女かもわからない。だぶだぶの服を着て、傷のかたまりのようなひふの中から目玉だけがじっと前を見ていた。

ひどすぎる。限界を超えている。もうこれ以上見ることもできないし、頭も働かない。

ハナコは思わず目をふせた。だが、ふたたび顔を上げると、今度はピンク色の顔の少年から目が離せなくなった。自分よりそれほど年上とも思えなかったからだ。少年は目を閉じて動かなかったが、眠っているのではなさそうだ。すぼまっていたくちびるが、ふとゆるんだから。

少年は何も持っていないようだ。実際、そこにいる人たちで、何か持っている人は少ない。靴すらだれもはいていない。ハナコは、自分たち日系人が船で持ってきた荷物、宿舎の前に山と積まれ、その中から自分のを血まなこになって探していた荷物のことを思いだした。

そう、日系人は物を持っていた。スカート、鉛筆、歯ブラシ、下着、シーツやまくらカバー。

それに比べて、この目の前にいる人たちは、一番運がいい人でも、自分がすわっている新聞紙一枚を持っているだけなのだ。

ふと見ると、いた。自分の物を持っている者が。一人の幼い女の子が花柄の布切れのようなものをにぎりしめていた。毛布というにはあまりにも小さいぼろ布。

それにしても、このピンク色の顔の少年は……。ハナコは催眠術にでもかかったように、その子のそばにひざをついた。自分を呼ぶ家族の声を遠くに聞きながら、その子にそっと日本語で話しかけた。

「すみません」

少年とそばにいた幼い子が、大儀そうに目をあけた。希望も何も映していない、疲れきった、ちょっといぶかしげな目だった。ハナコは両方のポケットに手を入れると、ハンカチの包みをとりだし、中身の餅菓子を二人の前においた。

少年が二、三度まばたきした。それから、とつぜん起き上がって動物のようなうなり声を上げた。少年と幼い子はたがいにどなりあいながら、菓子を自分たちの新聞紙にかきあつめた。

少年は十三、四歳、幼い子は三、四歳だろうか。ピンク色の顔の少年がその新聞の包みをとりあげ、一目散に走りだした。幼い子がうしろから必死についていく。二人はあっというまに人ごみの中に消えた。

気がつくと、そこにいる全員がハナコに期待の目を向けていた。でも、餅菓子はもうない。

ハナコは、顔のない人と面と向き合ったまま動けない。

父のいらだった声が耳に入った。

「ハナコ、急げ！　列車に遅れるぞ！」

ハナコは戸惑いながら、その場に立ちつくしていた。

「ハナコ！」

「もう、お菓子はないの！」ハナコはさけんだ。

もうできることは何もないの！　父の声のほうにふりむくと、おおぜいの人が列車めがけて走っていく。父がさっとアキラを抱き上げた。ハナコも走っていって母といっしょに列車へとおしかける人ごみの中にもぐりこんだ。グイグイ前に進みながら、ハナコはさっき自分が英語でさけんでしまったことに気がついた。

結局、おし合いへし合いしてたどりついてみれば、それは来た方向にもどる列車だった。

父は頭がこんがらがったふうで、二、三分うろうろ歩きまわっていたが、今度は案内板の前に立ちつくしている。今までずっと、アメリカ人になりきろう、なりきろうと努力してきた父だ。ひょっとして、もう日本語がちゃんと読めなくなってしまったんだろうか？

父を見ながら待っている間、ハナコは餅菓子を持って走り去った二人のことを考えていた。餅菓子をもらってうれしそうには見えなかった。それより、だれかに盗まれるんじゃないかという恐怖にとりつかれているみたいだった。あんな状態で、あのおいしい餅菓子の味がわかるんだろうか？　それとも、あの勢いであっというまに飲みこんでしまうの？

母が父に近寄って、片手で肩を抱いた。父は母をふり返ると、また案内板に顔をもどし、熱心に読み続けた。

「どうして、人に聞かないのかな？」とアキラがハナコにいった。

すっかり当惑している父の姿を見ると、ハナコは不安におそわれてめまいがしそうだ。父はもう日本人じゃなくなってるの？　しかも、両親はアメリカ人でもなくなっている。ということは、どこの国の人でもなくなってるってこと？　そう考えると、まるで家族全員がふわふわと浮き上がって、駅舎のやぶれた屋根の穴から空に放りだされるような気がする。

父によると、アメリカの法律は、戦争中もアメリカ国籍を持つ者が市民権をはく奪されることはないとつねに保障してきた。それなのに、ルーズベルト大統領は日系人を追いだす法律にサインした。つまり、大統領は日系人を追いだしたくて、それをおしとおしたのだ。とにかく、ルーズベルト大統領が非常に大きな権力の持ち主だったということは認めなくてはならない。

でも、それでもだ。ハナコにとっては、父のほうがずっと力を持っている。なぜって、大統領はハナコの面倒を見てはくれなかったし、ハナコを食べさせるために働いてもくれなかった。それをやってくれたのは、父だ。それと、母だ。そう思うと、ハナコの不安は消えていった。それに、ほら！　父がやっと自信ありげにうなずいて、はっきりといっているではないか。

「こっちだ！」

ちゃんと案内板の説明を理解し、どっちへ行けばいいのかわかったんだ！　ハナコは心からほっとした。両親はこれからも、できることはすべてやってくれるだろう。ハナコは弟の手をとると元気にいった。

「だいじょうぶよ、アキ。ママとパパがなんでもやってくれるから。わたしたち、最高の暮らしができるのよ。うそじゃない。わたしが保証するわ」

11

けれど、ハナコの不安はぶり返した。

家族は広島で別の列車に乗り換えたが、その列車のガタガタゆれることといったら！　走っているうちにバラバラになってしまいそうだ。今にもひっくり返るか、脱線するかもしれないとハナコは気が気ではない。

ハナコのそばがいいといって、となりにすわったアキラの顔には、恐怖と喜びがないまぜになっている。つまり、このおんぼろ列車の旅を半分楽しみ、半分こわがっているらしい。実際、ガタガタゆられるのはゆかいでもある。

だが、ハナコは、餅菓子をあげた二人の子どものことが頭からはなれなかった。

「ねえ、ママ。砂嵐のあとのあの写真、覚えてる?」

母は昔、雑誌から写真を切りとっていたことがある。たしか、あれは一九三〇年代のアメリカ中南部の乾燥地帯の写真だった。

ハナコがまだ幼かったころ、その地帯は大規模な砂嵐におそわれた。砂塵が、まるで大火災の巨大な黒煙のように空高く舞い上がった。何百万人という人々が土地を去らなければならなかった。住みなれた土地から出ていく人々の写真を見たとき、ハナコはなぜか心のどこかで、この人たちを知っているような気がした。かれらは白人だったが、ハナコはその人たちに会ったことがある、なんらかのかかわりがあると、はっきりと感じた。もちろん、幼いハナコがその人たちに会うことなどありえないし、かかわりがあるわけもないのだけれど。

さっき駅で二人の子に出会ったときに感じたのも、そのときと同じ気持ちだった。あの子たちを知っている、会ったことがある、とハナコは思った。

「ええ、もちろん覚えてるよ」と母が答えた。

「どうして、あんな写真を集めてたの?」

「まあ、なんだってそんなことを思いだしたの?」と母はいいながら、ちょっと考えた。

「なぜ写真を集めはじめたのか、自分でもよくわからないけど、たぶん、その写真の人たちが知り合いの日系人みたいに見えたからじゃないかねえ。野菜やくだものの収穫作業で暮らしていた人たちなんだけど。でも、今あの写真を思いだすと、自分たちみたいな気がするよ。家がないっていう点では同じだから。あの写真、収容所に入るときは持っていったけど、こっちに来るときに捨てちゃった」

「あの写真を収容所に持っていった⁉　ママ、なぜ？」

「そうだねえ」という母の目には、悲しい怒りがあった。「世の中って、ときどき、人を家から追いだすこともあるってことだよ。わたしは、ただ落ち着いて暮らしたいだけなんだけど、そうはならなかったしね、わたしたちも、あの人たちも。たぶん、どんな人も……」

　母の言葉は、ハナコをまたちょっとした不安におとしいれた。将来、ふたたび追い立てられることもあるのだろうか？　何年か先に？　ひょっとして自分が家族を持ったときに？

　そのことをもっと母と話したかったが、母の心はもう別のことへと移っていったようだった。まばたきしながら、口をぽかんとあけて宙を見つめている。

　アキラがハナコの顔をじっと見ている。何か文句をいいたそうにしていたが、思いなおしたみたいにこういった。

「あの子たちに餅菓子をあげちゃったこと、もう怒ってないよ。ほんのちょっとの間、頭にきてたけど、今はもういい」

「ご心配なく。あんなお菓子、これから何千個も食べられるんだからね、アキ」

　ハナコの予言に、アキラは顔をかがやかせた。

「じゃあ、毎日食べられるってことだね！　ずーっと……」

「ずーっと、千日だって」

「千日も！」

アキラの期待をあんまり大きくするのはまずい。そう思って、ハナコはつけくわえた。

「とにかく、どこかで何個か手に入るわよ。千個は、ちょっと無理かもしれないけど」

だが、うっとりとほほえんでいるアキラの目には、すでに千個の色とりどりの餅菓子が映っていた。たぶん、床に山積みになった餅菓子のまん中にすわりこんでいる夢でも見ているんだろう。

まもなく列車は農村地帯に入っていった。小さな森や野原にそって集落が見えた。たいていどこも草木におおわれていて、破壊されたところなど少しもない！　すべてがまったく静かで平和で、まるで戦争などとは無縁の世界だ。

ときどきとても広い農地があって、見わたすかぎり一軒の家も見えない。かと思うと、小さな畑のそばに家が建っているような村里もある。しかし、風景の中にはつねに山々があった。そういえば、日本ではどこに行っても山が見えると聞いたことがある。

今、家族は父の故郷のすぐ近くまできている。そして、そこには爆撃のあとなんか少しもないのだ！

車窓の緑を見ているうち、ハナコの気持ちは明るくなり、何かエネルギーがわいてきた。ハナコは目で飲みこむように、その風景をあかずながめた。緑は生命のシンボルだ。

うっすらと緑におおわれた畑を見つけて、父がいった。

「大麦だ。大麦は冬の間に生長する穀物で……」

そのとき、車内放送が入った。

父はとつぜん話をやめ、さけんだ。

「ここだ！」

え？　もう？　ハナコは席から飛び上がった。

「急いで！」と母。

「急げ！」父がどなる。

「待ってよ！」アキラがさけぶ。

父が乱暴にアキラの片腕をつかみ、もう一方の手で荷物をかかえた。

ハナコも三人のあとを追ったが、つまずいて転び、思わずアキラのように大声でさけんだ。

「待って！」

でも、だれもふりむかない。ハナコはすぐに起き上がった。すでにスピードを落としていた列車は、まもなくとまった。ハナコたちだけのために。車掌はいないので、父が自分でドアをあけた。スーツケースをホームに放り投げ、先におりて家族がおりるのを助けた。やがて動きだした列車を四人はホームに立って見送った。

列車がスピードを上げて遠ざかると、あたりはしんとしてしまった。ハナコはまわりを見た。

ホームはあるが、あるのはそれだけ。駅舎も何もない。父は顔をこすりながら、あたりを見まわしている。

　とうとう、ハナコは口を開いた。

「パパ、どっちへ行けばいいの？」

「ふーん、そうだな」

　まるでハナコがおもしろい質問でもしたみたいに、のんきに父がいった。

　遠くに古い木造の家が何軒か見えた。その中の二、三軒はほとんどこわれかかっているように見える。父が草をかきわけてそちらに歩きだしたので、みんなはついていった。アキラの背より高くのびた草むらもある。

　近づいてみると、家はどれも黒っぽい木材で建てられていた。アメリカの家とはちがって、ペンキはぬられていない。どの家にも傾斜した屋根がのっかっていた。ひとつの屋根は明るいレンガ色の瓦だが、他は黒い瓦か、灰色がかった茶色のわら屋根だった。窓にはガラスがなく、何か白い紙か布のようなものでおおわれている。村の中を通っている道は舗装されておらず、土と小石の道だった。

　町で見た人々とはちがった感じの人たちが、その道を歩いていた。その人たちは、もっとおだやかで、父と目が合うと、知り合いみたいにうなずいた。知り合いではないはずなのに。

　父が村のまん中で立ちどまり、何かに聞き入るかのように首をかしげた。

「記憶を呼び起こしてるんだ」といって、いつまでも首をかしげている。

高い木々をふきすぎる風の音以外、何も聞こえない。

母が荷物を持ちかえた。

「草むらはきらいだ。気味が悪いよ」とアキラがいった。

そこで、母がアキラを抱き上げた。もう片手にスーツケースを持ち、いつでも歩きだせるという格好だ。

「その荷物、わたしが持つわ」

そうハナコは申し出たが、母は首をふった。母は、倒れるまで子どもを抱いて運ぶというタイプの人で、ハナコの知っている日系人の親はたいていそんな人たちだ。

父がとつぜん歩きだしたので、みんなあわててしたがった。

「どっちへ行けばいいか、思いだしたの？　パパ」

「ああ。みんな思い出の中にしまいこんである。そこから探しだせばいいのさ」

ハナコは、父の頭の中が棚になっていて、いろんな箱が置かれているようすを想像した。探したいものがあれば、箱を順々に見ていけば、なんの困難もなく探しあてられるというわけなんだろう。ハナコの頭の中は、まったくちがっている。すべてがごちゃまぜだ。

こんなふうに歩きに歩いて、初めて祖父母に会いに行くというのに、手ぶらというのも妙な感じだ。祖父母へのプレゼントもない。

ハナコは失ったダッフルバッグを思った。あんなにていねいに荷造りしたのに……。六枚のスカート。三枚が夏物、三枚が冬物だった。それから、六枚のブラウス。消しゴムつきの鉛筆が一ダースに、ノートが一冊。五本の歯ブラシと歯磨き粉。石けんは入れなかった。日本にもあると母がいったからだ。もちろん、あのパジャマも入れた。

それに祖母へのプレゼントもちゃんと入れていた。空っぽだが、きれいな香水のびん。母の妹のジーンがくれたものだ。たいていの日系人とちがって、おばのジーンには日本風の名前がなかった。

びんは、かつて入っていた香水のかおりがほのかにした。収容所で、ハナコはときどきそのかおりを吸いこんだものだ。収容所とは別世界のかおり。母が父とデートしていたころの自由な世界のかおりだった。

おめかしした母のそのころの写真を見たことがある。「お金はそんなになくったって、今にハナコもデートぐらいさそわれるようになるよ」と、そのとき母はいった。そんな暮らしがハナコの将来だったのだ。戦争がすべてを破壊するまでは。

両親の友人たちの中には、子どもができたあとも、土曜日になるとベビーシッターに子どもをあずけて踊りに出かける人たちもいた。でも、父は土曜の夜も働いていたし、母はハナコやアキラといっしょに家にいた。両親は幸せだったんだと思う。だが、それも、もう百万年も昔のことのようだ。

おっと、足もとに気をつけなくちゃ。村からはなれたこのあたりは、地面がでこぼこでとても歩きにくい。石がごろごろ、草もぼうぼう。木や茂みをよけながら歩かなくてはならない。

「ここは、まるで時間に忘れられた国だね！　ぼく、本で読んだことあるよ！」とアキラが楽しそうにさけんだ。

まさにそのとおり。ハナコもさっきからそんな気持ちだ。現実世界から足を踏みはずして入りこんでしまった架空の世界。それにしても、なんとここちよいところだろう。ここには害をあたえるようなものは何もない。たしかに、町には巨大な爆弾が落とされた。だが、それさえ、この夢のような場所を損なうことはできなかったのだ。

進むにつれて、父の歩きかたに迷いがなくなって、しまいには鼻歌まで歌いだした！

父が立ちどまった。茂みの間に現れた小さな家を見つめている。傾斜した屋根がのっかった木造の家。家を囲む庭には、二本の大きな松の木とハナコの知らない木があった。

父が首をかたむけ、ちょっと口もとを引きしめた。

「この家を出たとき、……もう十七年も前だが、おれはふり返らなかった。まっすぐただ歩き続けた」

ハナコは思いだしていた。自分の家を追いだされて収容所へ向かう日のことを。あのときは、家をふり返りふり返り歩いたものだ。

「パパ、なぜふり返らなかったの？」

「ふり返って決心がにぶるのがこわかった」

アキラが母の腕からすべりおりたので、母がふーっと一息ついた。ひたいの汗に髪の毛がはりついている。

ハナコは自分も汗をかいているのに気づいた。身なりがだらしなくなっていないだろうか。祖父母はどう思うだろう。ハナコは手の甲で顔の汗をぬぐった。

すると、アキラがいった。

「よごれが顔じゅうに広がっちゃったよ」

「えーっ！　アキ、ふいてくれる？」

ハナコがひざをつくと、アキラが自分のコートの袖でハナコの顔をふいてくれた。

すでに、父は大またで家に向かっている。アキラが走って追いかける。母も追って歩きだした。でも、ハナコは自分のよごれた顔が気になった。祖父母には、よい印象をあたえたい。人からどう思われようと全然気にしないアキラとはちがうのだ。

そんなハナコの心を読んだように、父がとつぜん立ちどまってふりむいた。

「おいで、ハナコ。ここがうちだ」

父は、ハナコのほうへもどってきて手を引いた。ハナコは、大またで歩く父に手を引かれながら、前方の家をあらためてながめた。

これが、祖父母の家か！　ここに来るために、家族は太平洋を横断したのだ！　家は四角くて、縁側に囲まれていた。道々見てきた農家はたいてい二階建てだったが、この家は平屋だ。

父が玄関の戸をたたき、日本語で大声を張り上げた。

「お父さん、ただ今もどりました！」

中から物音が聞こえる。ハナコがすばやく父のうしろに隠れると同時に、引き戸が開いた。

小柄な老人が、敷居の内側に立っていた。せまい戸口の中に、さらに小さく、ぽつんと。

その瞬間、ハナコはじいちゃんが大好きになってしまった！　じいちゃんは、ハナコが息をのむほど小さかった。まるっきり子どもの大きさで、こっくり、こっくり、うなずき続けている。そう、じいちゃんは干しスモモそっくり。いや、本物の干しスモモより、もっと干しスモモらしい。もっとあまそうで、もっとしわしわで。

父が一歩進み出た。ほとんど畏れとも思える尊敬の表情を浮かべて。とつぜん、父とじいちゃんは強く抱き合った。こういう習慣は日本人の間にはない。けれど、父はアメリカ人だ。

「女房です」

と父が日本語で母を紹介した。

母は何度もおじぎをしながら何かつぶやいているが、何をいっているのかよくわからない。感きわまっているらしい。

「ハナコです」と父が祖父にいいながら、ハナコを前に引っぱりだした。「ハナコ、こちらがじいちゃんだ」

ハナコがおじぎをして、あいさつをいおうとするまもなく、じいちゃんがとつぜん英語でさけんだ。

「わしも英語をしゃべるよ！　そうじゃ、そうなんじゃ！　おまえたちより何年も前に、アメリカで覚えたんじゃ」

じいちゃんの声は、かん高い、ちょっと変わった声で、ちょうどアニメーション映画の声のようだった。年寄りの声なのにアキラの声にそっくり。数十年前、じいちゃんはアキラだったのだ！

じいちゃんの英語にはくせがあって、よくわからないところもあったが、とにかく、ハナコはひざを曲げて、西洋式のていねいなあいさつをした。が、すぐに、これではないと気がつき、頭を下げておじぎをした。

じいちゃんがさっと手を出した。そして、ハナコの手を強くにぎりしめて握手した。それから、手をにぎりしめたまま顔をぐっとハナコに近づけ、目を見開いてハナコを見つめた。ハナコはぎょっとしたが、とたんに、じいちゃんが笑いだした。

「こんなふうにするよう、アメリカで習うたんじゃ。授業も受けた。相手の目をまーっすぐ見る。しっかり手をにぎる」

ハナコは思わずクスクス笑ってしまった。

「そして、こっちがアキラです」

今度は父も英語で話しだした。

アキラはいつのまにか父のうしろに隠(かく)れていたが、そっと顔を出した。

「おー、健康そうな子たちじゃ！　一目見りゃ、わかる！　アメリカのほうが、うんと健康に育つ。そうじゃろう？」

じいちゃんがこっちを向いてしゃべってる！　ハナコはあわてた。

「イエス……ええ、そうです」

日本語と英語がごちゃごちゃになって出てくる。ハナコはもう一度、念のためにおじぎした。

じいちゃんがうれしそうに笑って、じいちゃん英語で続けた。

「この子はおじぎが好きなんじゃね。いつもこんなに泥(どろ)んこなんか？　わしは畑で働くから、泥(どろ)が好きじゃ！　おー、寒いな！　中に入れ、入れ」

「ありがとうございます」

とハナコは日本語でいって、もう一度おじぎをした。

「いやいや、おまえたちも英語で話すんじゃや。おまえたちが来るとわかってから、ずーっと、わしら練習しとったよ」

みんなは荷物を持って家の中に入った。玄関(げんかん)でハナコはすぐに靴(くつ)をぬいだ。

「小さな足じゃなあ。よう、よろよろせんもんじゃ」とじいちゃんが小鬼(こおに)みたいに笑った。「わしら、大いに笑おうのう。そうすりゃ、毎日が楽しゅうなるというもんじゃ！」

とつぜん、アキラがじいちゃんに走り寄り、両腕をまわしてじいちゃんを抱いた。

「おう、おう、アメリカ人は抱くんが好きじゃ」

そういって、じいちゃんもアキラを抱きながら、またハナコの足をちらっと見た。じいちゃんはアキラを「よいしょ！」とかけ声を上げて持ち上げたが、よろけて倒れそうになった。それでも体を立てなおし、アキラを抱いたまま父にいった。

「ハナコの足はわしの足じゃね？　ほら、わしの足を見てみい」

じいちゃんは片足を上げて見せようとして、またあやうく倒れそうになった。そこで、じいちゃんはアキラを畳の上におろし、満足そうに一人でうなずいた。

「うん、そうなんじゃ、年寄りにしちゃあ、わしは力のあるほうじゃ。ほれ、この足で太平洋をわたって、また帰ってきたんじゃけえのう。そいで、今は、孫娘がわしと同じ足じゃ」

「おっしゃるとおりです」と父がいった。

じいちゃんは、アキラの右目のまわりにあるワインカラーのシミをしげしげと見ていたが、とつぜん大口をあけてさけんだ。

「あーっ！　こりゃあ運がいい！」じいちゃんはアキラのシミにそっとふれた。「このシミは、この子に幸運をもたらす。いい色じゃ、わしの大好きな色じゃ」

アキラは得意の絶頂だ。

「お父さん、ここに帰ってきて、本当によかったと思っています。本当に！　ところで、お母さんは？」と父が聞いた。

「ふとんを買いに行っとる。毎日、畑仕事が終わると、ちょうどいい値（ね）のふとんを探（さが）しに出かけるんじゃ。ふとんが見つからなけりゃあ、子どもらは畳（たたみ）にじかに寝（ね）にゃならんけえのう。さあ、すわれ。わしがお茶をいれよう。とびきりの上等じゃあないが、お茶の味はする」

「ああ、わたしがいれますから！」とすぐに母がいった。英語で会話できるとわかって、ほっとしているようだ。

「いや、いや。あんたは長旅で疲（つか）れとる。わしは元気いっぱいじゃ。すぐにわかるよ、わしはちーとも疲（つか）れんけえ」そこまでいうと、じいちゃんは素直にうなずいた。

「まあ、そりゃ、年をとれば、わしだっていつか疲（つか）れやすうもなる。うそはつけんな。わしも年とった」

　父があわてていった。

「お父さんは少しも変わりませんよ！　ところで、水をいただけますか？　列車の中で飲んだきりなんです。子どもたちは文句ひとついいませんでしたが」

　すると、じいちゃんがとても驚（おどろ）いた顔をした。

「ここでは文句をいわせにゃいかん！　人生の最初と最後には、人は文句をいうもんじゃ。ただし、人生のまん中では……」

「おのれの行為の報いに耐えねばならない」と父が続けた。きっとじいちゃんがよくいっていた言葉なんだろう。

「ふん」

じいちゃんはちょっと怒ったようにいったが、部屋を出ていった。そして、すぐ、水の入ったコップを盆にのせてもどってきた。

その水のおいしいこと！

みんなは居間の掘りごたつに入った。足もとの炉には炭が燃えている。冬の間、日本ではこたつで暖をとる。ツールレイク収容所のバラックでも、こんなこたつを使ったものだ。

ハナコは喜んでこたつに入った。じわじわと体が温もり、なんともいえず気持ちがいい。ハナコはこたつに入ったまま、小さな居間を見まわした。床は茶色に日焼けした畳、壁は青っぽい灰色の土壁で、山の絵の掛け軸がかかっている。部屋のすみの大きなかごのそばに造花のランの鉢がある。そのすべてが古びていた。

じいちゃんがお茶を運んできた。

「しゃれたもんは、なんもない。なーんも」

ハナコは、スカートのすそを整えようとして、自分の足がとてもよごれているのに気づいた。まるで、ぬかるみの中を歩いてきたみたいだ！

「わたし、こんなによごれてた！」

「おお、そんなによごれとったか！」

じいちゃんは、ハナコが大きな声でしゃべったのに驚いたのか、自分でも大声をだした。「もし洗いたいんなら、もう風呂がわいとるぞ。おいで！」

ハナコはじいちゃんについて小さな台所に入り、そこをぬけて、さらに小さな部屋へ入っていった。

この家にあるものは何もかも小さい。だが、下のほうに焚きつけ口のついた四角い木の浴槽は、とても大きかった。

「いいのかしら？　わたし、お風呂に入ってもいいの？」

「いいとも、もちろん、入りんさい！　おまえは風呂に入らにゃあならん！　日本の風呂のことは知っとるか？　まず、湯船の外で体を洗うて、それから、湯船に入って湯につかるんじゃ。上がったら、そこに手ぬぐいがあるけえ、ふくとええ」といって、じいちゃんは、たたんで棚に置かれた布を指した。「風呂は、じつにええもんじゃ」

それから、思いだすためのまじないみたいに、両手の指先をひたいの両はしに当て、何かじっと考えこんだ。

まもなく手をおろした祖父はほほえむと、急にかしこまった英語でこういった。

「おまえが風呂に入って幸せになれば、わしも非常にうれしい」

それから、風呂場を出ていった。

ハナコはちょっと考えてみた。こたつでみんなと話もせずに風呂になんか入ったら、両親は怒るだろうか。それに、一番風呂に入るのは、ほんとうはハナコではないはずだ。

収容所にいたころ、母が日本人の生活の仕方を話してくれた。日本の風呂場には、アメリカの浅い浴槽とはちがう深い木の湯船があること。一人ずつ順番に入り、湯をかえないこと。入る順番は、家族の中の年齢や重んじられている順で決まり、男が女より先に入ること。また、日本に住むようになったら、風呂をわかすのは母の仕事となるだろうが、湯はくさくて使えなくなるまでとりかえないのだと。

ハナコは、湯船の下の焚き口でちょろちょろ燃えている火に目をやった。そういえば、日本人はとても熱い風呂に入るから気をつけるようにといわれたっけ。

小さな桶と大きなかごがあった。ハナコは服をぬいだ。だれもいないところではだかになるのは何年ぶりだろう。手ぬぐいをぬらして石けんをつけ、体を洗った。手桶に風呂の湯をすくい入れ、体を流した。よごれた水が排水口に吸いこまれていった。

湯船が深いので、まず湯船のふちにのって、中に入らなければならなかった。中にしゃがむと、湯があごまできた。アキラなら立たなくちゃならないだろう!

ふー、湯はかなり熱い。でも、覚悟していたほどではない。収容所以来、ずいぶん長い間風呂に入っていなかった。

日本人にとって、毎日湯船につかることは、食べることと寝ることと同じくらい大切だ。入浴は、体を強く健康に保つのに欠かせないと考えられているからだ。
ハナコは目を閉じた。この熱い湯の中で、自分が強くなっていくのを感じた。

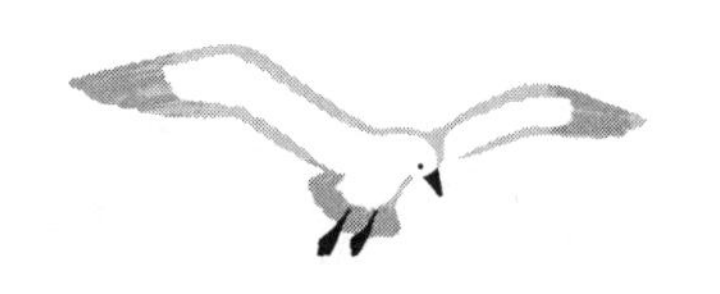

IIII

祖父母の家

12

　居間のほうから、笑い声が聞こえてきたので、ハナコは湯船の中で立ち上がった。早くじいちゃんと話がしたかった。じいちゃんは今まで会った人のだれともちがっている。

　ガサガサした手ぬぐいで体をふいて足までくると、つま先がまだとてもよごれている。ゴシゴシこすっているうちに、また笑い声が聞こえてきた。もう足のよごれなんかどうでもいい。ハナコは大急ぎでふたたびよごれた服を着た。

　居間にもどると、みんなはお茶を飲んでいたが、アキラがハナコを見るなり、ぴょんと立ち上がった。

「待ってたんだぞ！　しっこに行かなきゃならないんだから！」

「便所は裏庭のほうにあるんじゃが、アキラは、どうしてもおまえと行きたいんじゃと」とじいちゃんがいった。

「ぼく、ハナコとしか行かない！」とアキラが宣言する。

　屋外の便所なら、今までも何度も使ったことがある。カリフォルニアにいたころ、ときどき父はレストランの新鮮な食材を求めて、子どもたちをつれて郊外の農場に行った。農家から直接バターや牛乳や肉を買うのだ。レストランに特別な客が来るようなときは、いつもそうした。

農場には屋外便所があって、ハナコもアキラもそこを借りた。

　アキラはそんな便所をとてもきらっていた。体が小さいので、あやまって便所の穴に落ちるかもしれないと心配だったのだ。実際には、穴はアキラが入るほど大きくないので落ちることはありえないのだが、ハナコはいつもいっしょに行って、アキラの両手をつかんでいてやらなければならなかった。

　二人が祖父母の家の外に出ると、屋根の代わりにトタン板のようなものがのっかった小さな木造の小屋があった。扉の前にスリッパが置いてある。薄い扉をあけると、板敷きの床のまん中に木のふたがあった。

「しゃがんでやんなくちゃね」

「いやだ」

「いやでも、そうしなくちゃ」

「ハナが先にやって。そしたら、だいじょうぶかどうかわかるから」

　ハナコはちょっと考えてから、スリッパをはき、用心しながら中に入った。木のふたをとり、ぽっかりあいた穴の上にしゃがんだ。終わると、わきに置いてある新聞紙の切ったものを一枚とって、それでふいた。新聞紙はかたくてガサガサ音がした。

「さあ、アキの番よ！　だいじょうぶ。絶対安全だから！」

　そこで、ハナコは外に出て、今度はアキラがスリッパをはいた。アキラはし終わると、ズボンを上げて満足げにいった。

「うん、いいね。アメリカのより安全だ」

ハナコはどっちも変わらないと思ったが、何もいわなかった。アキラがそう思えばそれでいいのだ。

居間にもどると、こたつのテーブルの上に急須がふたつあった。ハナコがすわると、母が湯のみにお茶をついでくれた。ハナコには麦茶、大人には煎茶だ。一口麦茶をすすって思わず顔がほころんだ。温かいお茶はお風呂と同じ。身も心も強くしてくれる。こたつぶとんの下に足を入れると、温かくて、すっかり気持ちも明るくなり、さっき列車の中から見た広島はまぼろしだったような気がしてきた。

ところが、そのとき、アキラがとつぜん堰を切ったようにしゃべりだした。

「ぼく、傷だらけで耳がひとつしかない男の子、見たよ！　駅にいたんだ！　それから、列車の中で、ズボンをはいてない兵隊さんも見た！　それで、その男の子の顔って、全部がピンクなんだよ！　それでもって、その子のそばに、妹みたいな小さな女の子がいたんだ！」

じいちゃんが顔をくもらせた。

「そうか、じゃあ、広島を見てきたんか」

父がうなずいた。

「見たものが信じられませんでしたよ。現に、この目で見たにもかかわらず。ほんとに、たった一発の爆弾だったんですか？」

じいちゃんがほほをいっぱいにふくらませた。少しの間、じいちゃんの顔はまん丸い顔の人形みたいになった。それから空気を全部吐きだすと、今度はしわくちゃのしかめっ面になった。

「そう、たったの一発じゃ。その前に空襲警報は何度もあったが、みな誤報じゃった。

子どもの前じゃが、いわしてくれ。死体が何千もあった。川に浮かんどるもの、焼け野原に積み上げられとるもの、道路に転がっとるもの。どこもかしこも死体だらけじゃった。遠くから見ると、まっ黒に見える。ハエがびっしりたかっとるんじゃ。わしはこの目で見た。町じゅう、ものすごいハエじゃった。いったいあんな大群がどっから来たんか、わしにはわからん。死体の上に群がって飛んどるんが、まるで黒雲のようなんじゃ。

前から、わしは毎月、広島の町にリヤカーで野菜を売りに行っとったが、ピカのあと、近所の者らといっしょに、野菜をくれてやりに行った。そんとき、あちこちで聞いた話じゃが、爆弾を落とされたすぐ後も、町の人たちは、よう助け合うておったらしい。爆弾にやられた人たちのひふははがれて、体から垂れ下がっておったそうじゃ。それでも、人々は立ちどまってたがいに助け合うとったそうじゃ。な？　あの爆弾の落とされた日は、たぶん史上最悪の日じゃろう。だが、そんな最悪の日にも、人々はたがいに助け合うておったんじゃ」

ハナコはテーブルに身を乗りだしてたずねた。

「そんなに死体がいっぱいあったの？」

「そりゃ、もう、いっぱい。一瞬前まで生きとった者が、次の瞬間には死ぬんじゃ。この目で見たんじゃけん、まちがいない。生きて歩いておった者が、あっというまもなく死んどる。立ったまんまで」

「あのピンクの顔の男の子は、右手の先が、フックみたいになってたよ！」とアキラがだしぬけにいった。

えっ？　気がつかなかった！

「そんな子どもがおおぜいおる。戦争孤児と呼ばれて」

「その子たちって、飢え死にするほどおなかをすかせてるの？」とハナコは聞いた。

ハナコ自身、空腹だったことは何度もある。でも、飢え死にするほど空腹だったことはない。だから、実際に「飢える」ということがどんなものなのか、ほんとうのところはわからない。でも、想像するに、長いつめが腹につきささるような感じではないだろうか。きっと痛いにちがいない。そう思うと、ハナコはほんとうに痛みを感じ、思わずぎゅっと腹をつかんだ。

「そうとも、実際、餓死する子もおる」とじいちゃんは答えると、口をつぐんだ。それから、ハナコに聞いた。

「広島の町をどう思うたね？」

ハナコはすぐには答えられなかったが、こういった。

「収容所より、もっとひどかった。広島にいなくてほんとによかったと思った。あれに比べたら、わたしたちが入れられてたところなんて、いいほうよ！」

だれも反論しなかった。でも、うなずきながら考えていたじいちゃんが話しだした。

「はっきりしたことはいえん。わしは収容所に入ったことがないけえ。だが、自由を奪われることと、空爆を受けて飢えたり死んだりすることを比べても、意味がない。いくら空爆のほうが悪いというたところで、収容所がいいところだということにはならん」

ハナコは、なんだか批判されたように感じて戸惑い、肩を落とした。でも、じいちゃんはハナコにほほえみかけると、笑顔でいった。

「ハナコ、おまえが正しい。わしのまちがいじゃ」

そして、集中して考えようとするときのくせなのか、指先をふたたびひたいにおしつけた。

「わしのいいたいのは……、こういうことじゃ。おまえたちは、アメリカを許さにゃならんということじゃ。わしはいろいろと世の中の悪いところを見たし、聞いた。あの爆弾が爆発したあと、まっ黒い雨が降ってきたそうじゃ。大きな黒い雨粒が。わしが見たわけじゃないが、そういう話じゃ。孫の前でこがなことはいいたくなかったが、なぜいうたかというと、そりゃ、悪いことはいっぱいあるが、いいこともいっぱいあるといいたいわけじゃ。じゃけん、わしらは先へ進んでいこう。ね？　進めるうちは進んでいこうや」

じいちゃんのこの言葉は、何か、ハナコの顔にふっと吹きかかったさわやかな風のようだった。そして、おかしなことに、そのそよ風が、とても大きな重たいものを吹き飛ばしてしまった。アメリカはとつぜん、ものすごく遠い存在になってしまった。収容所は百万年も昔のこと。船で太平洋をわたったのも、もう何十年も前のことのような気がした。

それと同時に、疑問もわいた。

「でも、どうやって前へ進むの？」

ハナコは次の言葉をためらった。父がそれを聞いたら怒るかもしれないと思ったからだ。でも、とにかくいわずにはいられなかった。

「だって、見てよ！　収容所でパパがどうなったか！　こんなに年をとってしまったのよ！」

ハナコは父の顔が見られなかった。

でも、じいちゃんはなんのためらいもなく、すぐに答えた。

「そりゃ、キンツクロイによって前進するんじゃ。この言葉、知っとるか？」

もちろん、ハナコは首を横にふった。

「瀬戸物の茶わんは、われればバラバラになる。そこで、漆でつなぎあわせて、つなぎ目に金をぬる。それがキンツクロイじゃ。そんなふうにすることはめったにない。えろう高くつくけのう。だが、わしの父親は、金持ちの家の息子を助けて、そのキンツクロイをもろうたんじゃ。これはわが家の語り草になっとる。その男の子は、馬に乗って出かけて落馬した。そのとき、わしの父親が抱き上げて、となり村の医者まで走ってつれていった。わが家の歴史で、もっとも名誉な出来事じゃ」

じいちゃんが言葉を切った。その顔がハナコの反応を期待していたので、ハナコはいった。

「じいちゃんのお父さんは、きっととても力持ちだったのね」

じいちゃんが満足げにうなずいた。

「そのとおり。だから、わかるじゃろ？　つまり、茶わんはわれても、かえってもっと美しゅうなる。それが、キンツクロイじゃ。何かがこわれたら、金でなおす。人生はそうでなくちゃならん。見せてやろう」

じいちゃんは立ち上がって台所に歩いていった。急いでいるらしいが、実際にはとてものろのろした動きだった。

父が、じいちゃんをじっと見送った。

「アキラにハナコ、大きくなっても、一年に一度はおれに会いに来ると約束してくれ。できれば、みんなで同じ町に住めるといいな。外国なんかに行くんじゃないぞ。おれが許さん！」

「でも、パパ、外国に行ったのはパパじゃないの！」

「わかってるさ、……だが、もし渡米しなかったら、おまえたちの母さんにも会わなかったし、おまえたちの父親にもなれなかったわけだ」

父はそういうと、ちょっと考えた。

「そうだな、おまえたちは、自分にとって一番いいと思うところへ行かなくてはな」

「ぼく、前にもいったよね、大きくなりたくないって。いやだよ、大人になるのは。みんな、ずっとぼくのそばにいてよ！」

そういって、アキラがいきなり泣きだした。すぐに父がそばに行こうとしたが、母が先にアキラを抱き上げた。

「アキ、アキ、大きくなってもならなくても、わたしたちはずっとアキのそばにいるからね」

アキラが、涙ぐんだままこっくりした。

ハナコのほうは、早く大きくなって自分でなんでも決められるようになりたかった。だが、そう思ったとたん、逆のことが頭に浮かんだ。自分で決断しなければならないって、ものすごく難しいことかもしれないではないか！　そんな決断、したくない！

そのとき、じいちゃんが、口笛だとわからないほどおそまつな口笛をふきながら居間に入ってきた。じいちゃんの口笛はスースー息がもれていて、音程もひどい！　でも、じいちゃんはいかもにうれしそうで、だから口笛も、歓喜の口笛とでもいうんだろうか、なんだかすごくよかった。

じいちゃんたら、このまま有頂天のあまり天に舞い上がってしまうんじゃないかしら。

ハナコは、自分が大きくなったときのことなど、もうどうでもよくなった。

じいちゃんの手には、ふたつの茶わんがあった。ひとつは、なんのへんてつもない青みがかった灰色の茶わん。でも、もうひとつは、同じ青みがかった灰色でも、ひびわれの部分に金がぬりこまれているすばらしい茶わんだった。こんな美しい茶わんを、ハナコは初めて見た。

じいちゃんは、ふたつの茶わんをこたつのテーブルの上に並べて置いた。

「わしが話した金持ちは、ふたつの茶わんをくれた。特別のものと、ふつうのと。親切なお方じゃった」

ハナコの目は、金色のひびの入ったその特別な茶わんにくぎづけになった。もし、この茶わんのひびが少しちがったふうに入っていたとしても、やはりこんなに美しくなっただろうか？

「ハナコ、この家にいる間、この茶わんはおまえのもんじゃ」

じいちゃんがそういって、ハナコに茶わんをわたした。ハナコは、とんでもなくすばらしいもの、まるで地球を丸ごともらって手の中に入れたような気持ちだった。

「よーく注意してあつかうんだよ」と母がいった。

ハナコは、茶わんをそうっとテーブルにもどした。母が真剣な顔でじいちゃんのほうに身をのり出し、じいちゃんの手に自分の手を重ねていった。

「ここにどのくらいごやっかいになるかはわかりませんけど、本当に感謝しています」

じいちゃんはたじろいで、すぐに手を引きぬいた。

「あー！　感謝なんかいらん。いつまでもいてくれればええ。必要なだけ、いつまでも。どうか、そうしてくれ！　だが、わしらは金持ちじゃあない。あんたらのためにも、もっと余裕がありゃあよかったんじゃが。なんせ、コメのほとんどは、政府の指示どおりに供出せねばならんけのう。だが、うちにあるもんは喜んで分け合おう。ぜひ、そうさせてくれ。もうずいぶん前から、町の人らがわしらのところへ食べ物をもらいに来るんじゃ。町からここまで歩きどおしで。いそがしいのか、子どもだけよこして食べ物をねだらせる親もおる。アキラと変わらんような小さい子が、うちの戸口に立つんじゃ。食べ物、食べ物、食べ物。考えることといえば、今はみーんな、食べ物のことばっかりじゃ。だが、もう、わしらは二度と、そんな見ず知らずの者に食べ物をやったりはせん。うちにあるものは、みーんな、あんたらのもんじゃ」

ハナコは思わず、母と父の顔を見た。

ここには食べ物がじゅうぶんにないの？　わたしたちも、知らない人の家まで知らない道を歩いていって、食べ物をくださいっていわなきゃならなくなるの？　パパとママも、わたしにそんなことをさせるの？　アキラにも？

ショックと失望に頭をたれ、ハナコはテーブルの茶わんを見た。茶わんは美しかった。たしかに、キンツクロイは茶わんを再生するにはすばらしい技だ。しかし、実際の暮らしにあてはめるとなると、一筋縄ではいかなそうだ。

それなのに、じいちゃんは少しの不安もないらしい。テーブルにほおづえをつき、うっとりした目でアキラを見ている。うなずき、またうなずいて、こういった。

「わしは、この子が気に入ったよ。うん、気に入った」

それから、顔をくしゃくしゃにして、ハナコにほほえみかけた。

「それに、この子もじゃ。この二人にはおうたこともなかったが、二人とも足がわしそっくりじゃ。さっき、ちゃーんと見た。アキラの足も、わしと同じ、まぬけの小足じゃ」

それから、じいちゃんはちょっと考えこんだ。

「いいや、たとえ足が似とらんでも、この子らを好きなことには変わりはない。じゃが、うれしいのう。息子が出ていって、わしそっくりの足の子を二人もつれてきた。これぞ、キンツクロイというもんじゃ、の？」

13

とつぜん、アキラがさけんだ。

「じいちゃん！　ぼくたち、服がないんだよ！　ハナコ、じいちゃんにいってよ！」

そこで、ハナコはじいちゃんに説明した。

「わたしたち、ダッフルバッグをなくしたの。船からおろした荷物の中に、わたしたちのバッグはなかったの。すごくかわいいスカートも入ってたのに！　それに、アキラのベースボールジャケットも」

それを聞いたじいちゃんがあんまりショックを受けているので、ハナコのほうが驚いた。

「ベースボールジャケットをか！」とじいちゃんが悲痛な声を上げた。

ハナコは一瞬（いっしゅん）、じいちゃんが自分をからかっているのかと思った。が、じいちゃんは、本当に心を痛（いた）めているのだ。

「男の子がベースボールジャケットをなくすなどと！　いや、日本でも、野球はえらく人気があるぞ。戦時中は野球なんぞできんかったけえ、みんなさびしがっとったもんじゃ」

それから、急にじいちゃんの顔が得意げにかがやいた。

「七歳（さい）のとき、わしはショートを守りよったぞ。一シーズン試合に出て、なかなかうまくやった。ひょっとして、もっと練習する時間があったら、プロの野球選手になっとったかもしれんのう」

父がハナコにいった。

「服は、安いのなら買える。心配しなきゃならんのは、食料だ。わかるな？　ハナ。かわいいスカートは見つからんかもしれんが、ちゃんとはけるスカートを探（さが）してやるから」

「はい、パパ」

ハナコはしおらしく答えた。

でも、やはりがっかりだった。収容所（しゅうようじょ）にいたころは、いつか出られたら、すてきなものが手に入るだろうと思っていた。ものすごくすばらしいものとはいかなくても、たとえば、小さな家を借りるとか、決められたものじゃなくて食べたい物が食べられるとか、かわいいスカート二、三枚（まい）とか。それから、猫（ねこ）のセイディを返してもらって……。でも、とにかく、今だって紫色のコートはあるのだ。必要とあらば、これ一枚を四六時中着ていてもいい。

　とつぜん、母がハナコのおさげをつかんで、なではじめた。そして、ハナコにぴったり身を寄せていった。

「ハナちゃん、どこかでかわいいスカートの一枚くらい見つけてあげられるから。でも、何を着ていようと、頭を上げて堂々としていなくちゃね」

　母がおさげをつかんでいるので、実際には頭を上げられなかったが、それでも、ハナコは小声で返事した。

「はい、ママ」

「その調子！」

　母は感激したようにそういうと、大げさに咳ばらいをして、みんなに話しだした。

「大事なことをいい忘れてました！　船でいいことを聞いたんです。アメリカ政府が、アメリカ国籍の者に毎月バターと砂糖を支給するんだそうです。うちの子どもたちも、十八歳までアメリカ国籍のままだから、その資格があるんですよ。神戸のアメリカ領事館に行ってパスポートを見せればいいんですって」

　すぐにじいちゃんが大声を上げた。

「アメリカ人は、配るほどバターと砂糖を持っとるのか！　まったく、信じられん！」

ほんとにすばらしい驚きのニュースだ！　これで、食べ物をもらいにまわるなんてことはしなくてすむかもしれない。でも、バターと砂糖だけで生きていけるんだろうか。ひょっとして食べ物をもらいに歩かなきゃならなくなったら、どんなふうにすればいいんだろう？

地面にひざをついて……、それから、なんていえばいいの？　すみません。家族が飢え死にしそうなんです。おコメを少し分けてくれませんか？　そこまで想像してから、ハナコはあらためて思った。よかった！　母がパスポートを六十ドルといっしょに小さなバッグに入れて、腰に巻きつけていてくれて！

すると、じいちゃんがいった。

「バターと砂糖はコメと交換できる。日本では今、だれもかれも朝から晩までコメの心配じゃ。頭がコメにとりつかれておる」それから、じいちゃんはアキラとハナコに顔を向けた。「二人とも、心配せんでええ。わしらはちゃんと毎晩食べられる！」

ちょうどそのとき、玄関の戸をたたく音がした。

「だれじゃ？」

じいちゃんは大声でいうと、体の節々が痛むのか、長いうめき声を上げながら立ち上がった。ハナコは、好奇心からついていって、じいちゃんが玄関をあけるのをうしろから見ていた。戸口にいたのは、ものすごく年をとった女の人だった。

「ばあちゃん！」

思わずさけんだが、祖母ではなかったらしい。じいちゃんはその人を知らないふうだ。

女の人が深々と頭を下げた。

「お願いです。ずっと食べていないんです」

その言葉にうそはなさそうだった。黒っぽい着物はやせた体からだらりと垂れ下がっているし、肩の骨がつきでているのが薄い着物の上からわかった。その人は、今度はハナコのほうを向くと、着物の袖をまくって自分の棒切れのような腕を見せた。骨ばった腕は血管と気味の悪いへこみがあるだけで、肉はまったくついていない。

ハナコは思わず息をのんだ。あわてて顔を上げると、女の人と目が合った。その人は、ハナコが驚いたのに満足しているようだった。孫も何人かいて、食べさせなければならないのだとつけくわえた。

「じいちゃん、この人に何かあげなくちゃ！」とハナコは英語でじいちゃんにいった。

すると、じいちゃんは袖をまくって自分の細い腕を出してみせ、英語で返事した。

「日本じゃ、だれもがこのありさまじゃ。だが、この人にジャガイモをやろう。先週おとなりがくれたもんじゃ。ハナちゃんがそうしたいというんなら、この人にあげてもええ」

「ええ、そうして！」

じいちゃんが台所に引っこむと、ハナコはその女性と向き合ったまま残された。何か感じのよいことを日本語でいわなければといろいろと考えたが、結局「わたしはハナコと申します」しか思いつかなかった。

その女性は深々とおじぎをし、はっきりしない声で「ハナコさんね」とつぶやいた。それから、どういうわけか目をつむり、両手をこころもちあげたまま銅像のように動かなくなった。ハナコは何をいえばいいのかわからず、その場に立ちつくしていた。

そこへ、じいちゃんがジャガイモ一個を手にもどってきて、念をおすようにハナコにいった。

「これは、おとなりからもろうた、わしの特別なジャガイモなんじゃ」

そういうじいちゃんの目を見れば、このジャガイモをハナコとアキラにくれたがっているのがはっきりわかる。でも、このかわいそうな女の人は、ものすごく年寄りだし……。ハナコは、じいちゃんがハナコにわたしたジャガイモを、目をつむってじっと立っている女の人にさしだした。女の人が目をあけた。

そして、今にも泣きだしそうな声でさけんだ。

「ありがとうございます！　おお、ありがとうございます！」

まるで、ハナコたちにではなくジャガイモに感謝しているみたいに、ジャガイモをいとおしそうに見つめている。それから、さっとジャガイモをたもとに隠すと、まわれ右してそそくさと木のしげったほうへ歩き去った。

いったいどこに行くんだろう？　しかも、あんなにあわてて。ハナコたちがジャガイモをとり返すとでも思ったのだろうか？

戸口に立っているハナコの服をじいちゃんがそっと引っぱった。ハナコが中に入ると、戸を閉めて、ハナコにいった。

「気の毒でたまらん気持ちは、わかる。だが、だれかが食べ物をもらいにくるたんびに、そんな気持ちにならんよう、気をつけねばならん。さもないと、自分が生きていけんようになる。わかるね？　あの人はたしかにうんと年寄りじゃ。だが、用心せねばならん」

　それでも、ハナコは納得できなくて、もう一度あの人を見ようと戸をあけた。女の人は、今度は別の家のほうに向かっていた。ハナコがじっと見ていると、その人がその家の戸をたたいた。それから、まるで見られているのを感じたように、ゆっくりとこちらにふり返った。少しの間ハナコを見つめ、また向こうを向いた。戸があくと、その人は深々とおじぎをし、ひざまずいた。戸口に出てきた男の人は、それを見てもかわいそうだと思わなかったのか、すぐに戸を閉めた。

　ああ、あの人にあげるジャガイモが、もう一個あったら！　もう、こんなの、がまんできない！

　ハナコは戸をピシャリと閉めると、居間にもどった。みんなはこたつを囲んで話したり笑ったりしていたが、アキラだけは宙をにらんで何か考えているようすだ。ところが、ハナコを見上げた顔は、ものすごく怒っていた。

「あのジャガイモは、ぼくのものだったのに！」

　アキラはさけんで、ぷいとハナコに背を向けた。

たはずよ」

「アキ、あの女の人はガリガリにやせてたのよ！　あの腕を見れば、ぜったいあんたもわかっ

それでも、アキラは態度を変えなかった。ジャガイモはアキラの大好物なのだ。揚げても、焼いても、ゆでても。ハッシュドポテトもマッシュポテトも、どんなジャガイモ料理も大好きだった。

「ぼくに聞きもしないで！」

たしかに、それはそうだ。でも、わたし、いいことをしたんじゃないの？　ハナコはわからなくなった。あのジャガイモをおなかをすかせた老人にあげたのは、いいことじゃないの？　それとも、弟が喜ぶとわかっていながら、それをとりあげて老人にあげたのは、悪いことだったんだろうか？

今度は自分のおなかがグーグー鳴りだした。

母がアキラをなぐさめようと、こういいだした。

「きっと、ジャガイモ、もっとあるわよ、アキちゃん」

ハナコは父のほうを見た。父は悲しそうな目をして、口を結んでいる。

「パパ、わたしのしたことは、いいこと？　それとも、悪いこと？」

「そうだな、あの女の人にとっては、よかったんだ、ハナ。あの人にとっては。だから、そういう意味では、決して悪いことじゃないんだ」

14

いきなり、じいちゃんが両手を高くあげてさけんだ。

「子どもたち！　わしはおまえたちを元気にできる。元気にできるぞ！」

みんなは驚いてじいちゃんを見た。

「まずハナコだ。服をなくしたといっとったな。だが、おまえを驚かすものがあるんじゃ。わしらが二か月間、ずっととっといたもんじゃ」

じいちゃんは、壁のほうにせかせかと歩いていくと、棚から一枚の紙をおろした。紙には、チェックのスカートをはいたハナコくらいの年齢の女の子の絵が描いてあった。じいちゃんは、いかにも期待に胸をふくらませたようすで、それをハナコに見せた。

なんといえばじいちゃんの期待にそうのだろう？　ハナコはわからなかったが、やっとひとつ思いついて口を開いた。

「収容所のとき、すごく仲のよかった子がチェックのスカートをはいてたの。その子のお母さんは、カタログでその布地を手に入れたっていってたけど」

「ほうら、やっぱりじゃ！」

じいちゃんがものすごい大声でさけんだので、ハナコは飛び上がった。祖父はすみに置かれたかごの中を引っかきまわしていたが、チェックの布地を引っぱりだし、興奮のあまり泣きそうな顔でさけんだ。

「ばあさんの知り合いの知り合いが、チェックの布地を持っとるアメリカ人を見つけたんじゃ。アメリカ人はなんでも持っとる。どんなものだろうと、ちゃーんと持っとる。おまえがアメリカから来ると聞いてから、ばあさんはずっと探しとったんじゃ。それで、ばあさんはこの布を、最後の着物と交換した。おまえが生まれてからずーっと、おまえに着せようと思うて、大切にとっといた最後の着物じゃった」

それから、幸せそうに一人でうなずいた。

「ばあさんは、おまえがその着物を気に入ると思うておったが、こっちの布のほうがもっと気に入ると思うたんじゃな。これでおまえに、スカートをつくるそうじゃ」

ハナコがそれに何かいおうとするまもなく、じいちゃんは、くるっとアキラのほうを向いた。

「それから、おまえにも、いいものを見つけとるぞ」

じいちゃんは、また、すみのかごに手をつっこみ、なんのへんてつもない黒っぽい石をとりだした。

「これは、晶洞石というもんじゃ。外側はつまらん石だが、中は非常に美しい。もし、これをわったら、中はまるでダイヤモンドのようなんじゃ」

そういって、じいちゃんがアキラに石をわたした。

アキラは、じいちゃんにからかわれてると思ったのだろう。鑑定でもするように石をながめながら、疑わしげに聞いた。

「ダイヤモンドが、中にあるの？」

「わって中を見るかどうかは、おまえしだいじゃ。だが、もし、わしの助言がほしいというなら、助言しよう」じいちゃんはそういうと、アキラがまだ返事もしないうちに、またいった。「助言はできるが、おまえがそれを望んだ場合だけじゃ。たのまれもせんのに強引に助言したりはせん」

ハナコはすぐに口をはさんだ。

「じいちゃんの助言はどういうの？　ねえ、じいちゃん！」

じいちゃんは待ってましたとばかり、顔をかがやかせた。

「わしが思うに、それは、わるにはもったいないほど、めずらしい石じゃ。たぶん、いつかはわることになるかもしれんが、わるにふさわしい日でなくちゃならん。いつでもええわけじゃあない。ぴったりの日でのうては。どうだ、ええ助言じゃろう？　ねえ？」

じいちゃんは見るからに得意げだ。

アキラは石を持ったまま、まだそれがほんとに驚くべき石なのか、ただの冗談なのか、わからないといった顔をしている。

ちょうどそのとき、戸があいて、ひどく腰の曲がった年とった女の人が入ってきた。最初ハナコは、また食べ物をもらいにきたよその人かと思った。ところが、そのとき、その人の顔がぱっと明るくなった。父のほうを見ている。その人は、すり足のような足どりで、まっすぐ父のところへ来ると、ひしと抱いて泣きはじめた。日本語で何かつぶやいているが、ハナコには理解できなかった。

「英語で話すんじゃ。英語で話すのも楽しいぞ。今日から、わが家の会話は、すべて英語じゃ！」とじいちゃんがいった。

すると、その女の人が英語で父にしゃべりだした。

「畑で働いとるときも、一秒たりとも、おまえのことを忘れたことはない。あれからずっと、一秒たりとも」

そういいながら、さらに激しく泣きだした。

父もその人にかぶさるようにして、その腰の曲がった小さな人を抱きしめている。ということは、父の母親……、ばあちゃんだ！　父の目にも涙があふれている。父は、ばあちゃんの曲がった背中をまっすぐになおそうとするかのように、いつまでも背中をなで続けた。

あんなに背中が曲がっていて、痛くないんだろうか。背中が曲がったのは畑仕事のせい？もし、もう畑に出なくてよくなっても、もとにはもどらないんだろうか。

ようやく父から体を離したばあちゃんが、ふと、床に置かれたチェックの布地に目をやった。

とたんに、ばあちゃんの驚きが怒りに変わり、今度は今にも泣きだしそうな顔になった。大きく口をあけたままじいちゃんのほうを向いたが、まゆはへの字にゆがみ、泣きだす寸前だ。

　じいちゃんも、ぎょっとした顔をしている。そのうち、じいちゃんのほうが涙を流しはじめた。泣きながら、「すまん、すまん」といい続けている。

　ハナコたちは二人のまわりに集まった。母が何度もたずねた。

「どうしたんです？　何かあったんですか？」

　とうとう、じいちゃんがうなだれたまま答えた。

「わしが調子に乗りすぎたんじゃ。ばあさんが、おまえをびっくりさせようと思うとったのに、台無しにしてしもうた。何か月も布地を探しまわって、そのうえ二か月も待ったというのに。孫娘を驚かそうと」

　うん、うん、とうなずきながら泣いているじいちゃんは、顔が胸につきそうなくらい、うなだれていた。

「調子に乗りすぎた。孫娘を驚かすのは、わしの役目じゃなかった。わしは、石で、男の子のほうを喜ばせることになっとったんじゃ」

　ばあちゃんも、さらに少しだけ泣いた。いったいなんといってあげればいいんだろう?!

　ハナコは思いつくまま、こういった。

「だいじょうぶ。だって、わたし、この布に、ものすごーくびっくりしちゃって……、だから、今もまだ、そのびっくりがおさまらないの！」

　でも、これって意味不明じゃない？

　ハナコはためらいながら、ばあちゃんに近づいていって、そっとばあちゃんの手をとった。ばあちゃんの手はしわだらけで、顔もしわくちゃだ。じいちゃんの顔より、さらにしわが多い。

「この布、とってもきれい。世界一きれいな布ね。前に、博物館で金（きん）の布を見たことがあるけど、この布のほうがずっときれいだわ」

　わたしの頭、どうしちゃったんだろう？　これじゃ、まるでアキラをなだめるためのでまかせじゃないの！　それに、前に布地を売る店に何軒（けん）も入ったことがあるけど、そこにあった布地はこの布とは比べものにならないほど美しくて、まるで魔法（まほう）の国にいるみたいだった。

　それでも、ハナコは、目の前の布をとりあげて、さらに力をこめてくり返した。

「これは、世界で一番きれいな布よ」

　泣いていたばあちゃんが、今はとってもうれしそうにほほえみ、じいちゃんと同じような、くせのある英語で話しはじめた。

「わたしもそう思うんよ。これ見つけたときにね、わたしも自分でそういうたん。あんたも同じに思うてくれて、うれしいねえ。これで、すてきなスカートをぬうけえ。わたしはぬうのが得意なん。小さいころは、仕立屋になりたかったんよ。でも、チャンスがなくてねえ。でも、今こうやって、あんたのおかげで腕（うで）がふるえる。待っときんさい。満点のスカートをつくるけえ。あんたのスカートの中で、一番ええスカートになるよ」

15

ふと気がつくと、じいちゃんがこたつにすわり、頭をかかえて、あわれっぽくぶつぶつひとり言をいっている。

「努力はしとるんじゃ、努力は。毎日、ほとんど、たいしたことは何も起こらん。起きて、朝めし食って、畑で働いて、帰ってきて、夕めし食って、ゆっくり風呂に入って、寝る。こんな何も起こらん毎日じゃ、よい人間になる必要もない。それで、今日は、このありさまじゃ。わしは自分に愛想がつきた」

しわだらけの両手で、ぎゅっと自分の頭をしめつけた。

ばあちゃんは、じいちゃんのそばにかけよると、片手でハエでも打つようなしぐさをした。

「何いっとるんね？　布のことなど、もうええじゃないかね。わたしらはもうスカートのことをいっとるんよ！」

じいちゃんが驚いたように顔を上げた。

「もう、布のことはええんか？」

「そうよ。じじい、そんなこと、さっさと忘れんさい」

ばあちゃんがおかしそうに首をふる。

ハナコは、ちょっと驚いた。ばあちゃんが、英語の中にわざわざ「じじい」という日本語を使ったからだ。じじいというのは、老人という意味でも、老いぼれという感じだ。老人に対して使うと失礼になると思っていた。しかし、ばあちゃんは、その言葉をいかにも愛情たっぷりに使っている。

「それはそうと、ふとんは見つかったんか?」とじいちゃんがばあちゃんに聞いた。

ばあちゃんは首をふった。

「がっかりさせて申し訳ないけど、ダメじゃった。ごめんなさい」

「そんな、あやまらないで! ばあちゃん」とハナコは思わず口をはさんだ。

「そうですよ。子どもたちはふとんがなくたって平気です。それより、ちゃんとみんなを紹介させてください」父がそういって、母の腕に手をおいた。「これが妻のカガコです」

ばあちゃんが、またハエでもたたくような手ぶりをしていった。

「わたしなんかに、かしこまって紹介することはない。ふとんも見つけられんかったのに。孫に寝床も用意してやれんかった」

ばあちゃんは、自分のほうこそひどいあやまちをおかしたとでもいうように、頭をたれた。

ハナコは驚いた。祖父母のような、こんなにあやまってばかりいる人たちに会ったのは、初めてだ！　すぐに大きな声で反論した。

「ばあちゃん、心配しないで！　わたし、床に寝るのが好きなんだから！　わたし、床に寝るのが趣味なの。寝床なんかきらいなのよ」

また、口からでまかせが飛び出した。ハナコは、祖母の曲がった背中から目をそらした。

すると、じいちゃんが大声を出した。

「おお！　さっきはあんなにやさしい声じゃったのに、今度はこんなにでかい声じゃ。そういうところは、わしにそっくりじゃ。のう？」

「ほんとに！」と父と母が同時に答えた。

「じゃあ、ハナコのことはもうご存じだから」と父が続ける。「こっちがアキラです」

アキラが立ち上がって、深々と頭を下げた。

「初めまして」

ハナコは感心して、ちょっぴりアキラを見なおした。とても疲れているはずなのにせいいっぱい行儀よくしようとしている。

ばあちゃんの顔は、幸せを通り越して、感きわまっている。アキラのそばに立つと、アキラを見つめながら、まるでアキラの顔にふれているみたいに、自分のしわだらけの顔をさわった。

それから、急にあとずさって、われに返ったようにいった。

「わたしったら、何をぼうっとしとるんじゃ？　さ、さ、夕飯をつくらにゃ」

「あら、お義母(かあ)さん、わたしがつくります！　ハナコ、さあ、手伝って！」と母がいった。

「なあに、わたしだけでじゅうぶんじゃ。手伝いなんかいらん。あんたらはゆっくりしといて！夕飯いうても、ニンジンの葉とジャガイモとコメの雑炊(ぞうすい)じゃ。コメは少しじゃけど」

ハナコは、この「わたしだけでじゅうぶん」という腰(こし)の曲がった祖母の手伝いがしたかったので、あとについて小さな台所に入っていった。

「テーブルセットなら、わたしもできるわ」とハナコはばあちゃんにいった。

「ええよ、ええよ。長旅で疲(つか)れとるんじゃけえ」

「わたし、全然疲(つか)れてない」

「ええって。わたしみたいな者に手伝いはいらん」

日本人が、なかなか手助けの申し出を受け入れないことを知っていたので、ハナコはさらにいった。

「手伝わなかったら、きっとママはかんかんになるわ」これは本当だ。

「おや、じゃあ、手伝ってもらわねばね。ここにある茶わんを、こたつに持っていってもらおうかね。わたしら、冬はこたつで食べるんじゃ」

茶わんはどれも、色も形もほんとうに美しかった。

ハナコは、五つの色とりどりの茶わんを、こたつのテーブルに並(なら)べた。それから、台所にもどってきて、箸(はし)とスプーンを持っていった。ハナコがアキラの前に箸(はし)を並(なら)べると、アキラは顔をしかめた。

「今日だけ、手を使って食べてもいい？」

「ダメです。もう日本に来たんだから」と母がしかった。

ハナコは台所にもどった。ばあちゃんがやることを見たかったからだ。

「それが、いつも食べているものなの？」

「いいや、今日みたいなおめでたい日だけ」

ばあちゃんは、雑炊(ぞうすい)をかきまぜながら、頭の中の音楽に合わせるみたいに、首を前後にふっている。

「ハナちゃんたちのために、ほんの少しばっかし、おコメをこうたんよ。おコメがないときは、わたしたちはいつも麦を食べるんじゃけどね。でも、うちにはもうそんなにお金がないん。なんでかって、去年、だれかがうちのおコメを盗(ぬす)んでいってしもうたんよ。ほんに、まったく腹(はら)が立って腹(はら)が立って……」

「けとばしてやりたいほどだった？」

「そうそう、そうじゃったよ」とばあちゃんが笑った。

「ばあちゃん、ありがとう。わたしのために着物を売ってくれたりして。そこまでしてくれなくてもよかったのに」

「わたしみたいなもんが、きれいな着物を持っとったところで、どうするん？　でも、いつかハナちゃんにゆずろうて、ずうっと思うとったんじゃけどねえ」

「わたしに会ったこともないのに?!」

「そりゃあ、そうじゃけど……」

「ありがとう!　わたしのことを考えてくれて」

「でも、考えたあげくがこの始末。ハナちゃんにゆずるきれいな着物がなくなってしもうた」

「そんなふうに考えてくれること自体、すごくうれしいの!」

ほんとに、ばあちゃんほど人のことばかり考えている人がいるだろうか?!

ばあちゃんはうれしそうな顔をして、とつぜん、ハナコのほほをなでるしぐさをした。

「わたしにはわかってたん。うちの孫娘はきっとええ子じゃろうて」

ハナコは顔を赤くして、ばあちゃんにいった。

「ばあちゃんの英語、すごく上手」

ばあちゃんは顔をかがやかせた。

「年寄りにお世辞をいうてくれるんじゃねえ。うそでもうれしいよ、ありがとう」

「ちがうわ、ほんとよ」

「いやいや、わたしは、なんだって、なかなか上手にはやれん。性格なんじゃや。一生懸命働くだけが、取り柄なんよ」それから、なべのほうに向きなおった。

「さあ、できた。ハナちゃんも、もどってすわりんさい。手伝いはいらん。わたしがやってあげたいんじゃけえ」

居間にもどると、こたつではみんながバターと砂糖をとってくる話をしていた。この二、三日中に、夜行列車に乗って神戸に行くという。父は行けないようだ。広島で仕事を探さなくてはならないからだ。ハナコは、目の前に置かれたキンツクロイの茶わんをうっとりとながめた。金がぬりこめられたひびは、木の枝のような形をしている。

じいちゃんが父に、広島には進駐軍がいるから、そこで通訳として雇ってもらえるんじゃないかといった。今、日本を占領している連合軍は主にアメリカ軍で、日本国内の秩序を回復して新しい政府をつくるよう、日本を指導している。最高司令官のダグラス・マッカーサーとかいう将軍が、その責任者だ。でも、たとえ最高司令官だろうと、国ひとつを一から建てなおすなんてことができるんだろうか。ハナコは父に聞いてみた。

「マッカーサー将軍って、いい人なの?」

「さあな。大きな権力をにぎっている人だ。おれにわかるのは、それだけだ」と父が答えた。

ばあちゃんが、雑炊の入った大きななべを持って部屋に入ってきて、こたつのテーブルのまん中に置いた。なべから木じゃくしの柄がつきでている。ばあちゃんは台所にもどって、しょうゆと、スプーンと、干し魚のくだいたようなものの入ったわんを持ってきた。ハナコが顔を近づけてよく見ると、まつ毛のかたまったみたいな小さなものが入っている。

ハナコは礼儀正しくたずねた。

「これはなんですか?」

「イナゴ。夏につくった干しイナゴをとっといたんよ。バッタといえばわかる? 英語では何に当たるのかね?」

そうか、まつ毛みたいなものはバッタの足なんだ! 両親はなんというだろう? ハナコは思わず二人の顔を見た。が、父がこういっただけだった。

「たんぱく質だな」

アキラが大声でさけんだ。

「日本人って虫を食べるんだ! ぼくは食べないからね!」

じいちゃんが、いいわけのようにいった。

「いや、これは日本の伝統食ではない。戦争中の食料難を生きのびるために、政府が虫を食べるよう、わしらに命じたんじゃ。実際、イナゴを食うと元気が出る。イナゴはピョンピョン元気にとびはねるからのう。わしもイナゴみたいに元気じゃったぞ、アキちゃんくらいのときは」

アメリカでは、いくらなんでもイナゴまで食べなくちゃならないほど食料難ではなかった。ハナコは、イナゴやバッタがとくにきらいだ。タバコのヤニのようなきたない茶色い汁を出すからだ。

ばあちゃんが木じゃくしで雑炊をすくい、ハナコのキンツクロイの茶わんについでくれた。みんなは雑炊をついでもらうと、その中にしょうゆを注いだ。塩辛いものが好きなアキラは、たっぷり注ぎ入れた。じいちゃんが、イナゴをスプーンですくって自分の雑炊の中にふりかけた。父も同じようにした。スプーンとイナゴの入ったわんがみんなにまわされ、ハナコのところへまわってきた。

どうしてもためらわれて、ハナコは両親のほうを見た。二人とも何くわぬ顔でハナコを見ている。だが、その無表情が、礼儀正しくするようにという警告であることは明らかだ。ハナコは、スプーンにほんのちょっぴりイナゴをすくい、雑炊にかけた。すでに、じいちゃんはイナゴかけ雑炊を音を立ててすすっている。

アキラがむしゃむしゃ食べながら、うれしそうにいった。

「あーっ、けっこうおいしい！　ハナコ、何ぐずぐずしてんだよ！」

ばあちゃんが、ハナコの腕にそっと手を置いた。

「とても体にええんよ。たんぱく質をとると、体がじょうぶになるけねえ」

ハナコはスプーンでイナゴかけ雑炊をすくい上げた。でも、できるだけにおいをかがなくてすむように、息をとめたまま口に入れた。

うん、そうまずくはない。

そこで、次の一さじを食べるとき、ふつうに鼻から息を吸いこんでしまった。実際には雑炊にはほとんど味がなかったのだが、やっぱりひどい味がした。だって、その中に、気味の悪いみにくい生き物が入ってることを知っているからだ。ハナコはどうしても、のろのろとしか食べられなかった。

それを見て、ばあちゃんがいった。

「ハナちゃんには、何か別のをつくってあげようかね？」

「とんでもない！」とハナコと父と母が同時にいった。

ハナコはあわてて続けた。

「ごめんなさい、誤解させて。これ、とってもおいしいわ。今まで食べたうちで一番といっていいくらいよ。これって、そう……、フルーツガムみたいな味がするのね！」

なんてバカバカしいうそ！

思わず自分でも笑いだしてしまった。なんでこんなバカなことが口から飛びだしちゃったんだろう？　でも、アキラは、がぜん目をかがやかせた。

「ほんと？　じゃあ、ぼく、もっと食べる！」

アキラは、残りのイナゴを全部自分の茶わんに注ぐと、うれしそうにパクパク食べた。きっとフルーツガムの味を味わっているんだろう。ハナコがそういっただけなのに！

ばあちゃんはとてもうれしそうだ。

「わたしのイナゴ料理、みんな気に入ってくれたんじゃね？」

「もちろん！」と全員が同時に答えた。

ハナコは大急ぎで残りの雑炊をすすり、イナゴのかけらを飲み下した。これがワカメと豆腐のみそ汁だったら、どんなによかっただろう。だが、これこそ「仕方がない」というものだ。
「仕方がない」という考え方は、よくもあり、悪くもあった。多くの日系人は、何かひどい事態になると、たいてい「仕方がない」と考える。だからこそ、収容所に入れられることをあれほど多くの人が受け入れたのだし、収容所の管理局が要請すれば、どんなひどい条件も飲んだのだ。

ジェローム収容所では、父のいう、そんな「受け入れ野郎」たちが、同じ収容所の日系人たちになぐられるようなこともあったらしい。それでも、その人たちは管理局に追従するのをやめなかったそうだ。

収容所では、自分の将来について深く思い悩む人々もいたが、多くの日系人は、今の生活のことにのみ心を奪われて、スポーツ大会だの、美人コンテストだの、パーティー、タレントショー、ダンスなどの果てしのない娯楽に明け暮れていた。

ハナコ自身も、友だちと何度かタレントショーに出演して簡単な踊りを踊ったりした。ダンスパーティーなどは、ジェローム収容所ではしょっちゅう開催されていた。年上の女の子たちは、毎日髪をきちんと整えていた。そして、監視塔でアメリカ兵が銃をかまえて見張っているというのに、雨でもスカートをはいて、泥道をキャッキャとはしゃぎながら歩いていたものだ。

父はよくいっていた。過去のことも未来のことも考えず、ただ「今」だけを生きる刹那的な生き方もあると。

今日、ハナコははっきりと感じることができた。そんな生活は終わった。ここでは、昨日があり、明日があるのだ。

16

祖父母はハナコたち家族に大きい部屋をあたえ、自分たちはとても小さい部屋で寝ることにしていた。

ハナコとアキラは服をぬいで、下着のまま畳の上に横になった。二人でいっしょに使う毛布はずっしりと重かったが、ハナコはその重さが気に入った。それに、畳は木の床とはちがう。何も敷いていないとは思えないほどここちよくて、身も心もすっかり安らいだ。

体を横たえたとたん、自分がどれほど疲れているかがわかった。もう少し目を覚ましていて、今日の祖父母との出会いを思い返してみたかったが、もうくたくただ。

ハナコはダッフルバッグの中のパジャマのことを思った。

だれだかわからないが、あのダッフルバッグを持っている人にメッセージを伝えられないものだろうか？　パジャマのぬい目にお金が入ってるわよ！　と。パジャマといっしょに、あのお金まで捨てられてしまっては、あまりにも惜しい。ハナコたち家族が一生懸命働いてためたお金なのだ。

となりで、父が横になりながら、いかにも満足そうに「あー」と長く大きなため息をついた。父母はふとんの上に寝ている。それに、祖父母は二人に一番よい毛布をあたえていた。だって、父は一人息子だから。つまり、あまやかされて当然というわけだ。

あまやかされることの問題点は、いつかそれを克服しなくてはならないことだと、ずっと前に父がいっていた。自分が両親にどんなに猫っかわいがりにかわいがられたかという話をしたときに。自分の部屋さえ親にそうじをしてもらっていたのだそうだ！

「パパ！」ハナコはいきなり声をかけた。

「何だ？　ハナちゃん」

「パパの部屋、この部屋だったの？　それとも、あっちの小さい部屋？」

「ああ、この部屋がおれの部屋だった」

「やっぱりね」

たぶん、父は、家がとても貧乏だったからこそ、アメリカでうまくいったのだろう。だから、子どもにあげられるものがわずかしかないとき子どもをあまやかすのは、たぶん悪いことではないのだ。

次の朝、ハナコは十時まで眠っていた。十三時間もぶっとおしで寝ていたことになる。しかも、母にゆり起こされてやっと目を覚ました。

父がのんびりと掘りごたつに入っていた。今日一日だけゆっくりして、あすから仕事を探しにいくのだそうだ。当分は休みなんかとれないだろうから、ということだった。じいちゃんは、もう畑に出ていた。

一方、ばあちゃんは、父のうしろに立って髪をといてやっていたが、ハナコを見ると、ゆったりとほほえみかけた。

「この子が十八になるまで、毎日わたしが髪をといてたんよ。もう十七年間も、といてやってないねえ。ほうら、こんなにぼさぼさになってしもうて！」

そういって、大したしゃれでもいったみたいに笑った。

父はすっかりくつろいでいる。ハナコはあきれて目を丸くした。父が、こんなにもあまったれた姿を見せるなんて！　まるで王様みたいではないか！

ばあちゃんが、残念そうにくしをうわっぱりのポケットにしまい、そろそろ畑に行かなければといった。それから、ハナコにやさしい顔を向けた。

「今日は、みんなが帰ってきた最初の朝じゃけえ、わたしもまだ家におったんよ。ハナちゃんとアキちゃんの服は、もう朝早うに洗うてあるよ。起きたらすぐ着られるように」

そういうと、ばあちゃんは目を閉じた。この瞬間を心の底から楽しんでいるように。

「ええ気持ちじゃねえ。いつもとちごうて、畑にゆっくり出かけるんは」

それから、目をあけて、自分を奮い立たせるように、ちょっと頭をふった。

「でも、もう行かにゃあならん。ハナちゃん、お昼になったら、弁当を持ってきてくれん？　じいちゃんとわたしに、食べるもんを」

「はい、ばあちゃん！」

ばあちゃんが出かけると、母はハナコに、スーツケースの中のしわくちゃの服に、アイロンをかけるよういいつけた。ばあちゃんのアイロンは、中に赤く熱した炭を入れるタイプのものだった。アイロン台の脚が短いので、ハナコはひざをついて、祖父母の小さな部屋で一人アイロンをかけた。

居間から、両親とアキラが遊んでいる声が聞こえてくる。三人の楽しそうな声を聞きながら、こんなふうに一人ですごすなんて、いったいどれだけぶりだろうと考えた。

収容所に入れられる前は、小さな自分の部屋を持っていたから、ときどき部屋で一人になることができた。今、またひさしぶりに一人になってみると、なんと快適なことだろう。もちろん、家族や友だちや、たまには知らない人たちとだって、いっしょにいるのは楽しい。でも、こんなふうに一人でいる喜びは格別だ。ハナコはその喜びを胸いっぱいに吸いこんだ。それは自立の喜び。今、ハナコはだれからもわずらわされず、ハナコ自身でいられる。

そのとき、ハナコはふと、してはいけないあることを思いついた。

すぐにアイロンを置いて、出入り口の戸を盗み見た。急いで祖父母のおし入れのところへ行き、ふすまをあけた。急に好奇心をおさえきれなくなったのだ。中には、ただの棒を組んだようなハンガーに着物がかけてあった。祖父母は、今着ているものの他に、それぞれが六枚の着物を持っているらしい。地味で質素な着物に見えたが、目を近づけて見てみると、ぬい目が完璧にそろっている。母はいつもミシンで服をぬうが、これらの着物は、ばあちゃんの手ぬいのようだ。

　着物の下にいくつか箱があった。ハナコは出入り口の戸にさっと目をやると、箱のひとつに飛びついてふたをあけた。中に入っていた灰色の絹のふろしき包みを開くと、白に黒いぶちのある小さな犬のぬいぐるみが出てきた。首にリボンが巻かれていて、リボンに「タダシ　一九一〇年二月二日」と刺繍がしてあった。二月二日は父の誕生日で、父は戌年生まれだ。ハナコはその大切な犬のぬいぐるみを、そっと胸におしあてた。

　次の箱もあけてみると、中に入っていたのは白い鶏。首に巻かれたリボンを見るまでもなく、何が刺繍されているかがわかった。「ハナコ　一九三三年五月十三日」ハナコは酉年生まれ。酉年生まれは考え深くて働き者なんだぞ、ハナコのように。そう父がいったものだ。

　そのとき、母が呼んでいるのに気づいて、ハナコはぬいぐるみをあわててそれぞれの箱にもどすと、居間に急いだ。

「もうアイロンがけはすんだ？　お弁当をつくるから、手伝ってちょうだい。そしたら、みんなでお弁当を持って麦畑に行きましょう」と母がいった。

ハナコと母が、残っていたコメを洗い、鉄釜をかまどにかけて炊いていると、アキラがとつぜんさけびだした。何かわからないが、父に向かって泣きさけんでいる。母があわてて居間にもどっていった。

たまにアキラはそんなふうにかんしゃくを起こす。その間にハナコは野菜を料理した。見栄えのよいように切りかたを工夫し、ニンジンには白いダイコンおろしを混ぜて彩りをよくした。戸棚に木製の弁当箱が五つあったので、それにつめることにした。アキラとハナコは二人でひとつだ。

かまどの火をよく見ていなかったので、釜の底に濃い色のおこげができてしまった。でも、ハナコもアキラもそのカリカリしたおこげが大好きだ。ハナコは、ふんわり炊き上がった白いごはんを五つの弁当箱に分けて入れ、その上におこげをのせ、そばに野菜を入れた。

ハナコが弁当を入れたかごをさげて居間に入ると、アキラがこたつのテーブルの上に腹ばいに寝そべっている。母も父も、うんざりした顔だ。

「どうしたの?」

「おなかがすいたって。いいものが食べたいっていうの」と母が答えた。

「ここにごはんがあるわよ」

母がまゆを上げていった。

「アキラはピーナッツバターが食べたいんだって。ピーナッツバターや、他のおいしい食べ物がほしいんですって」

「でも、わたしたち、まだ日本に来たばっかりじゃないの」とハナコはいったが、だれも何もいわない。

そりゃ、ハナコだって、何かおいしいものが食べられたらな、とは思う。朝食は堅パンと麦茶だけだったし。母がこたつの上にかがみこんで、アキラにぐっと顔を近づけた。

「今から、じいちゃんとばあちゃんのところに行くっていうのは、どう？ アキちゃん」

アキラは、うつろな目をしたまましばらく何も答えなかったが、いきなり起き上がった。そこで、四人は畑に向かった。ハナコは弁当のかごを下げて歩きながら、道中の景色を楽しんだ。やがて、四人は集落を出て、小さな森に入っていった。

ハナコはかごを持ちなおして、あたりを見た。

「パパ、どっちに行くか、わかってるの？」

「じいちゃんが教えてくれたよ。しっかり目をあけて、大きな松の木を見すごさんように。そして、その木から右へ入れ」

大きな松の木なんて、無数にあるじゃないの！ でも、父は自信たっぷりに進んでいく。そこで、ハナコはだまってついていった。分かれ道に来るたび、道が細くなる。ある分かれ道のところに、比較的大きい松の木が立っていたが、父はまるで毎日通っている人みたいに、迷わず左の方へいった。森は、空が隠れるほど木が茂っているところもあったが、美しい木洩れ日がさすところもあった。

とつぜん、いやいや歩いていたアキラが、生きかえったように金切り声でさけんだ。

「あれだ！　でっかい松の木！」

たしかに巨木だ。四人はそこで小道を右に折れ、ときどき木の枝をおし分けながら歩き続けた。さらに三十分も歩いたころ、森が開けて田畑が見下ろせる場所に出た。

小高い丘の上から田畑のほうに下りていくと、祖父母の姿が見えた。ばあちゃんは麦わら帽子をかぶっている。じいちゃんは黄ばんだ手ぬぐいをかぶってあごの下で結び、その上から色あせた赤い野球帽をかぶっている。四人は草の上に腰を下ろした。

ハナコは、働く祖父母の姿から目を離せなかった。二人とも深くかがんで働いているが、じいちゃんのほうは、ときどき体を起こしてのびをする。ばあちゃんは、もちろんしない。ばあちゃんの腰は、畑だろうとどこだろうとずっと曲がったままだ。ときどき、かがんだ二人の姿が麦の葉に隠れて見えなくなる。

畑の仕事って、工場での流れ作業みたいなものなんだろうか？　つまり、同じことのくり返し？　それとも、ここではいろんな仕事があるんだろうか？　虫がいたり、雑草が生えたり、それに、麦だって大きくなったりする。それだったら、畑の仕事は楽しくやれて、生きてるって感じがするんじゃないかしら。でも、そんなふうに働くことができるの？

アメリカの収容所にいたころ、政府が日系人に外で働く許可をだしていたが、たいていは工場での仕事だった。金持ちの家に育った二人の女子大学生さえ、収容所から出たいばっかりにかんづめ工場に働きに出ていた。ただし、管理のきびしいツールレイク収容所では、外出など許されなかったけれど。

外はそれほど寒くなかった。ツールレイクの一月の気温よりずっと暖かい。麦はまだ青々としていて、穂先がほんの少し黄色がかっているくらいだ。畝は直線ではなく、ゆるやかなS字形にカーブしている。そして、もちろん、その先には山々があった。そのすべての上に、灰色の雲が重く垂れこめていた。

ハナコの腹が鳴った。ああ、バターをぬったトーストが食べたい。それに、肉も。

祖父母が、やっとハナコたちに気がついた。手をふって麦畑の中をこちらに歩いてくる。アキラは、さっきこたつの上で寝ていたように、草の上に寝そべってぼんやりしている。ハナコは元気づけようとアキラにいった。

「アキ、いいものあげる！」

とたんに、アキラの目が好奇心にかがやいた。ハナコはポケットからバタースコッチキャンディを一個とりだした。

「大事にとっといたんだから」

ハナコはアキラが大喜びするのを待った。

アキラはほほえみかけたが、急にまじめな顔になった。

「それ、ハナコのだ」

「何いってんの、あんたのよ」

アキラはちょっと考えて、やっぱりいった。

「食べていいよ、ハナ」

そこで、ハナコはキャンディをポケットにもどした。

とっておこう。もっと、うんとおなかがすいてどうしようもなくなったときのために。そのときは、ゆっくりゆっくり、十分くらいかけてなめよう。

近づくにつれて、ばあちゃんの顔がかがやいているのがわかった。みんなが来たのでうれしいのだろう。

ばあちゃんがそばに腰(こし)をおろしたので、ハナコは聞いた。

「雑草をぬいてたの？」

「そう。まったく雑草はいやになるねえ。でも、ぬくのは気持ちがいいんよ。ぬくと、すっきりする」

「そうとも、草とりは楽しい。一番幸せな時間じゃったな。ハナちゃんたちが来るまでは」とじいちゃんがいった。

「その雑草、食べられないの？」とアキラが聞く。

「どういうわけか知らんが、世界には、食べられる植物はそう多くないんじゃ。だが、たいていの植物は美しい。目を楽しませてくれる。それも大事なことじゃ」

それは本当だ！　もし、列車の窓から見た広島の町に一本でも緑の木が見えていたら、町の将来に希望が持てたんじゃないだろうか。でも、あの灰色の風景からは、広島に未来があるようにはどうしても思えない。

ハナコはかごの中から弁当を出して、みんなにわたした。ところが、箸を忘れている！

「手で食べなくちゃならないわ。ごめんなさい」

ハナコはしょんぼりしたが、じいちゃんとばあちゃんが声をそろえていった。

「かまわん、かまわん！」

食べながら、ハナコはふと気がついた。祖父母の食べ方はとても真剣で、レストランで話をしながら食事を楽しんでいた人たちとはまったくちがっているのだ。二人はむしろ、働くためにはエネルギーがいる、それを摂取するために食べている、という感じだ。

アキラがハナコの分までごはんを食べている。気づいたが、ハナコは何もいわなかった。アキラにはもっと大きくなってほしい。でも、アキラはとつぜん食べるのをやめて、はずかしそうにハナコを見た。

「半分こだったね」

そういうと、ニンジンをふたつとって、弁当箱をハナコにわたした。

ごはんは炊きすぎて、少しかたかった。それでも、とてもおいしかった。野菜もおいしそうに見える。ハナコは、アキラにニンジンをふたつ残してやった。アキラは喜んで、がつがつと食べてしまった。

食事が終わると、ハナコはとても満たされた気持ちになった。こんな気持ちになったのは何年ぶりだろう。もちろん、おなかはまだすいている。収容所は、食べ物の点では恵まれていた。量もじゅうぶんにあった。それは認めなくてはならない。あんな食事には、これから先なかなかありつけないだろう。

それでも、今ハナコはとても幸せだった。祖父母がわずかなごはんを真剣な表情で食べ、灰色の雲が熟れたくだもののように重くどんよりと垂れこめ、麦畑がゆるやかなカーブを描いて遠くまで続いている、この風景の中で。

おなかは、弁当をあと五つも食べられるほど、ぺこぺこだった。それでも、今この瞬間が、このうえもなくすばらしいものに思われた。このままここに永遠にすわっていられたら！　とハナコは思った。

17

祖父母は、ハナコたちといっしょに草の上にすわっているのを楽しんでいたが、そのうち、麦畑のほうをながめてそわそわしはじめた。じいちゃんがとつぜん立ち上がった。

「あー、のんびりすわりこんでしもうた」

「でも、まだ三十分くらいしかたってないわよ！」とハナコはいった。

「いつもは、その半分じゃ。わしらは麦を育てにゃならん。日本には、今じゅうぶんな食料がないけえのう」

「これから何をするの？　雑草ぬき？　それなら、わたしたちにでもできるわ。手伝ってもいい？」

じいちゃんは、ハナコを見ながら考えていた。

「そうじゃな。また今度、手伝ってもらうとしよう。毎日じゃのうて、二、三度、コメのときにの。だが、ハナちゃんらは子どもじゃ。それに、日本に着いたばっかりじゃ。今日は、ゆっくり休むがええ」

祖父母は、また、えっちらおっちら麦畑の中へ入っていった。ハナコはみんなの弁当箱を集めたが、どの弁当箱にも一粒のごはんも残っていなかった。

家に帰る途中の森の中、アキラはまっ先に走っていき、ときどきジャンプして低い枝を手でたたいたりした。森には青々とした常緑樹と葉を落とした落葉樹が入りまじって生えていた。カリフォルニアに住んでいたハナコは、冬の森に入ったのは初めてだった。森はがらんとして、静かで、聞こえるのはアキラの立てる音だけだ。

もう少しで森をぬけるというころ、遠くからいいあらそう声が聞こえてきた。

声のするほうへ目をやると、子どもたちが集まっているのが見えた。十代らしい子もいれば、うんと幼い子もいる。

アキラがハナコをひじでつつき、声を落としていった。

「あの子だ。駅にいた……」

あのピンクの顔をした男の子だった。今日は上着を着ている。いっしょにいる幼い女の子も。

他の男の子たちは、強くてこわそうだ。

父はハナコの背に手を当て、そのままいっしょに進んでいったが、母はアキラをかばうように抱き上げ、急いで立ち去ろうとした。

「おい！」

その声に、父とハナコは立ちどまった。母はアキラをかかえたまま、走ってその場をはなれた。大声を出したのは、あのピンクの顔の少年だった。少年はハナコを呼んでいるのだ。

「おい！」少年がまたどなった。

小さい女の子を抱いて、ハナコのほうへかけてくる。

ハナコが横目で見ると、母とアキラはすでに森から出ていた。

少年を見ていた父が、早口でハナコに聞いた。

「逃げるか？」

でも、ハナコはその少年をこわいとは思っていなかった。

「だいじょうぶ。たぶん、お菓子のお礼がいいたいだけじゃないかしら」

父が片手でハナコの肩を抱いた。少年は近寄ってきて、女の子を地面におろした。そして、ハナコを頭のてっぺんから足の先まで見ると、驚いた顔でたずねた。

「おまえ、アメリカ帰りか?」

「はい」とハナコは日本語で返事した。

小さな女の子が手をのばし、ハナコの紫色のコートの袖にふれた。最初はおそるおそる、すぐに大胆にさわりだした。

少年がぞんざいな言葉使いでいった。

「あの菓子は、あんまりうもうなかった。じゃが、腹の足しにはなった。ありがとう」

「もっとないん?」と女の子が聞いた。

集まっていた子どもたちが近づいてくる。父がハナコの肩を抱き寄せ、大またで森の出口へ向かった。足音が追ってくるのがわかったが、ハナコはふりむかなかった。森から出たところでハナコがふり返ってみると、目の前にピンクの顔の少年と女の子がいた。

「あれは、……餅菓子か?」と少年がハナコに聞いた。

ハナコはそれには答えず、英語で父にいった。

「パパ、堅パン、まだある?」

「あと三袋ある。だが、アキラが腹を減らしてるから、すぐにまた食べたがるぞ」

そう英語で答えながら、父はどうするべきか迷っている。

「でも、一袋だけ、お願い」とハナコはたのんだ。

そこで、父がそれをとりに先に帰った。ハナコはうれしくなって、少年におじぎをすると、日本語で聞いた。

「その子、あなたの妹さん?」

ひょっとすると、この少年が日本で最初の友だちになってくれるかもしれない!

だが、少年は急にけわしい顔になって、まるでハナコが人さらいか何かのように、その子をぎゅっと引き寄せた。

ハナコはあわてて誤解を解こうとした。

「あら、わたし、ただ……、あなたたちまだ子どもなのに……」

「親のことか……。親なら死んだ。おれたち、今は駅に住んどる。……ずっとじゃないが」

「まあ! ご両親はどうして亡くなったの?」

「ピカに決まっとるわい! おれのおやじはゲタ職人で、広島の町なかでゲタ屋を開いとったんじゃ」

ゲタ……? 日本のサンダルか。

「妹はいなかのほうに疎開させとった。おやじが町はあぶないけえいうて、いなかの者にゲタいっぱいわたして、妹をあずけとったんじゃ。おれは学校の勤労奉仕でクラスごとに手伝いに行くことになっとったけえ、町に残らにゃならんかった。おれは働き者じゃった！」

　少年は胸を張り、挑むように続けた。

「今は、おれが妹の面倒を見よるんじゃ。妹には、絶対、ひもじい思いはさせん！」

　少年の黒いひとみはするどかった。始終頭を働かせ、損得を計算している者の目だ。おそらく何かたくらんでもいるのだろう。その目つきに、ハナコは少し不安を感じた。

「でも、どうして、その家の人は、もうあなたたちをあずからないの？」

　少年が声を立てて笑った。その笑いには、いじわるさも、にがにがしさもなかった。単に、ハナコのいったことがこっけいだと思って笑ったようだ。

「どうしてかと？　そりゃ、もうゲタで支払いができんからじゃ。別に、おれたちが憎いわけじゃねえ。その家も楽じゃねえけの。おれたちは、駅にいたり、渡りもんになったりじゃ」

　その「渡りもん」という言葉をハナコは知らなかったが、悪い意味だとは思わなかった。たぶん、探検家みたいな人？　それとも、遊牧民みたいな集団？　よくわからない。

　ハナコは、ポケットからキャンディをとりだし、ためらいながら少年にさしだした。少年はめずらしそうに見たが、手は出さなかった。

「なんじゃや？　それは」

「キャンディよ！」

少年が手をさしだしたので、ハナコはキャンディをてのひらに落とし入れた。

「かまないで、口の中に入れておくの。とけてなくなるまで」

ハナコが説明していると、女の子が手をのばした。ハナコは少年にいった。

「飲みこまないよう、気をつけてあげて。すごくおいしいのよ」

ハナコはひざをついて、女の子にいった。

「わかった？　おちびちゃん！」

少年はもどかしげに包み紙をむくと、キャンディをちょっとかじりとって妹にやり、残りを自分の口の中におしこんだ。神妙な顔でかみだしたが、ハナコが期待した喜びの表情はあらわれなかった。一方、小さい女の子は目を丸くすると、うれしそうにかん高く笑った。それから、ちょっとずるそうな目をしてキャンディを飲みこんだ。

「あ、悪い子！　飲んじゃったのね……」とハナコが笑ったときだ。

少年が口の中からキャンディをとりだし、遠くへ放り投げた。

「あんなもんはきらいじゃ！　食いもんじゃねえ。おまえ…、おれをコケにしよったな」

少年は怒りに顔を引きつらせ、そっぽを向いた。ハナコは初めて少年の横顔を見た。耳のあるべき場所に耳はなく、赤く盛り上がった傷あとがあった。それは赤いこぶだった。こんなふうに耳が引きちぎられて、どんなに痛かっただろう。痛みに心も体も占領されてしまって、他のことなど何も考えられなかったのではなかろうか。愛する家族のことさえ。

ハナコは、少年の傷あとへ思わず手をのばそうとして、思いとどまった。それから、やっぱり、てのひらをそっとその傷あとに当てた。少年はビクッとしたが、そのままじっとしていた。さわってみると、それは粘土のかたまりのようだった。耳はちぎられたのではない。焼けてとれたか、熱でとけ落ちたのだ。さわればわかる。それに、そのとき痛かったのは耳だけではないはずだ。きっと全身が、傷や熱でひどい痛みにさらされていたにちがいない。傷にさわることで、なんとたくさんのことが伝わってくるものだろう。ハナコはやっと手をおろした。

少年は、もう強がっても怒ってもいなかった。むしろ、泣きだすのではないかと思えた。だが、父が堅パンの袋を持ってもどってくると、急にさっきのように肩をいからせた。そして、受けとった堅パンの袋を宙に放り投げ、「ありがとな！」と、なまいきな態度で礼をいった。

「今度は、おれが何か持ってきてやる。たぶん、着物か何か。そしたら、そんときはコメをくれや」と当たり前のことのようにハナコにいった。

たしかに、祖父母のところにはまだ少しコメがある。でも、それは、ハナコが勝手に他人にやれるものではない。ハナコは頭の中を整理しようとした。自分は少年の耳の傷あとにふれて、少年の痛みがどんなにひどいものだったか、想像できた。だけど、こっちにだって祖父母がいる！　家族がいる！　みんな食べていかなければならないのだ。

そこで、ハナコはただこういった。

「うちにおコメはないの」

少年は笑いとばした。ハナコの心を見すかして。

「うんときれいな着物を探してくるけえな！」

少年はそういうと、あのロサンゼルスから来た青年たちのように、胸を張って大またに歩き去った。小さい妹が走ってあとを追う。

ハナコは待ちかねたように父に話しはじめた。少年と話したせいで、なぜかとても興奮していた。

「あの子の家はゲタ屋さんだったの。でも、そのあと爆弾が落ちて、両親が亡くなって……。パパ、あの子の耳、見た？」

父が何もいわないので、ハナコはふりむいて父の顔を見た。父は大きなため息をつき、空を見つめた。そのままいつまでも熱心に見続けているので、ハナコは父の見ているほうに何かあるのかと思って目をやった。空はさっきまでのかがやきを失い、一面灰色の雲におおわれていた。のっぺりとした代わり映えのしない空だった。

でも、父はまだ見つめている。ハナコはもう一度空を見上げたが、やはり何もない。とうとう父にいった。

「パパ、何もないじゃないの！」

だが、それすら父には聞こえていないらしい。

ハナコは、去っていく少年のほうをふりむいた。少年が気の毒でたまらなかった！　でも、少年と妹が家のかげに見えなくなったとたん、今度は良心の痛みにおそわれた。

わたしは堅パンを少年にあげてしまった。アキラがおなかがすいてがまんできないときに食べるはずだった堅パンを。アキラの面倒はわたしが見なくちゃならないのに。あの少年が妹の面倒を見ているように。

ハナコは罪悪感に打ちのめされた。罪の意識はハナコの体に侵入し、ハナコの心をいっぱいにし、しまいには吐き気までもよおさせた。

そう、日本では、どこもかしこも食べ物が不足しているのだ。アメリカでは、食べ物を他人にねだっている人なんか見たこともなかった。でも、たとえそういう人に食べ物をあげたとしても、なんのことはなかったと思う。だって、レストランには食べ物があふれていたんだから！毎日毎日食材が到着した！　収容所にいたときでさえ、カフェテリアに行きさえすれば食べるものはそこにあったのだ。

ハナコは父のほうに向きなおり、父が口を開くのを待った。それから何分もたって、父は、やっと灰色の空からハナコに目を移し、真剣な顔で話しだした。

「世の中には、生きている間にすばらしいことをたくさんするような人もいる。だが、その他の人にとっては、あるときあるところで、ひとつだけすばらしいことをすればよいほうだろう。たまたまちょうどそこに居合わせて、人の命を救う、なんてこともあるかもしれん。

おれがレストランを始めたことだって、すばらしいことだとおれは思う。だって、おれは、何もないところから、一人で築き上げたんだから。自分でゲタをつくって、それを売る店を持つのだって、そうだ。その人は、二時間もかけて、そのひとつひとつのゲタにきれいなドラゴンやら木やら文字やらを描いたりする。そして、その店に、爆弾が落ちる」

そういって、父はハナコの頭をなでた。

「な？　おれたちはそんな日本に来た。おれには、もう一度すばらしい何かをなしとげるチャンスはない。ただ家族が生きのびるようがんばるのが関の山だ」

父はそういうと、目を閉じた。それから、頭をブルブルッとふって、目をあけた。

「わかるな？　あんなふうによその子にあげられるようなものは、おれたちにはもうないんだ。これが現実だ」

ハナコはじっと立ったまま考えた。しっかりと一生懸命考えた。そして、心を鬼にして決心した。たとえあの少年がどんなにたのもうと、あの小さい妹がどんなに泣きさけぼうと、かれらがどんなにりっぱな着物を持ってこようと、二度とアキラが食べるはずの物をやってしまったりすまい。自分自身が泣いてしまうかもしれないが、絶対に分けたりするものか。

食べ物が足りない。それは現実だ。世の中は、変えることのできない現実にあふれている。そう、このことは収容所生活ですでに学んだはずだ。うんざりするほどたくさんの現実で成り立っているのが、この世の中なのだと。

18

夕方、じいちゃんとばあちゃんが畑から帰ってきた。こたつに入ると、じいちゃんは何度も何度も咳ばらいをし、それから、しばらく何もいわずに頭をふり続けていたが、とうとう、いきなり口走った。

「わしらにはもっとコメがいる！」

じいちゃんは、自分のいったことに驚いたように口ごもった。それから、とても悲しい顔になって続けた。

「あさましいことよのう、来てくれたばかりの者に、こんなことをいうんは……。じゃが、人数が多いけえ、もうコメがなくなりそうなんじゃ。いや、野菜はじゅうぶんあるぞ。これからずうっと食べていけるほどじゅうぶんに！　コメもじゅうぶんじゃ思うとったんじゃが、今日見てみたら……」

そういったきり、じいちゃんは下くちびるをつきだし、まるで泣きだす寸前の四歳児みたいな顔になった。

「わしが、もっとええじいちゃんで、みんなにうんとコメを食べさせてやれればよかったのにのう」

「お父さん！　やめてください、自分を責めるのは！」と父が怒ったようにいった。

それからは、みんながいっせいにしゃべりだした。母が、テーブルをバンとたたいて注目を集めた。

「あす、神戸へ行って、バターと砂糖をもらってきましょう。少しは足しになりますよ」

「はい、はい！　そうじゃ！　そのバターと砂糖を闇市でコメと交換するんじゃ！」

しかし、みんなで話すうちに、祖父母は、今日麦が虫にやられているのを発見したから早急に虫を退治しなければならず、あす神戸に出かけるのは無理だといいだした。父は、あすは仕事を探しにいかなければならない。

そこで、残るのは、パスポートを持っているハナコとアキラと、それに母なのだが、母の日本語はまったくたよりない。みんなは、しょんぼりとこたつにすわってテーブルを見つめたまま、だまりこんだ。すると、父と母が顔を上げ、たがいに目を合わせた。そして、何もいわず、三分間もじっと見つめ合った。やがて、父が明るい顔になっていいだした。

「どうでしょう？　カガコが畑で働いたら？　お母さんがカガコに虫の殺しかたを教えればいい。そして、お父さんが、子どもたちをつれて神戸に行くんです！」

「ええ、できることはなんだってやりますよ！」と母もいった。

じいちゃんが子どもたちをつれて神戸に行くことが決まったので、みんな元気になってしゃべりだした。

　父はとても満足そうだ。

「おれって、アイデアマンかもな」と小声でいった。

　すると、じいちゃんがさけんだ。

「わしに似とるんじゃ！　覚えておらんか？　若いころ、わしはいろんなアイデアを思いついとった。今じゃ、考えることといやあ、雑草と虫のことばっかしじゃが」

　それから、アキラのほうに顔をぐっと近づけた。

「わしが神戸につれていくぞ。心配せんでええ、アキ。迷子にはさせん」

　ばあちゃんが何か話しだそうとしている。しばらく口をあけたまま何もいわなかったが、とつぜん口をきいた。

「いや、こんなことはいえん」と一度首をふって、それから、また話しだした。

「いいや、やっぱりいわないけん！　なしてって、この子らはえろう目立つと思うんじゃ。アメリカ帰りとすぐわかる。ほんにかわいいけど、人目を引くのは、ようない。なんせ、バターと砂糖という貴重品を持っとるんじゃけえ。わたしなど、バターや砂糖やらにはもう何年もお目にかかっておらん。たぶん十年にもなるかねえ。正直いうて、思いだすこともできん。たぶん、見たこともないのに、見たと思いこんどるだけなんじゃろうねえ」

　ばあちゃんの目は、夢でも見ているようにとろんとなった。

「どんな味なんじゃろうねえ。もう死ぬまで味わえんかもしれんねえ」とばあちゃんはさびしげにほほえんだ。

　すると、じいちゃんがいらだたしげにいった。

「アメリカで食うたじゃろうが！　覚えとらんのか？　農場を持っとった友だちから、バターを買うたじゃないか。だが、わしも、砂糖についちゃあ、覚えとらんのう。口にしたかもしれんが、まったく記憶がない」

　じいちゃんの目も遠い昔を見つめている。

　ばあちゃんがそれにうなずいた。

「こんなばあさんのいうことなどに、どうして腹を立てなさるかね？　はーい、バターのことは思いだしましたよ。あんときは、一週間、バターで野菜をいためたもんじゃ。あの一週間はよかった。最高とまではいわんけど、よい週じゃった」

　ハナコも、父が週に二度、新鮮なバターをレストランに仕入れていたことを思いだしていた。そのバターを、チーズのように薄切りにして食べたものだ。レストランには、バターと砂糖が何キロもあった。とにかく、バターはレストランになくてはならないものだった。今では、金より貴重品になっている。ハナコの口につばがたまってきた。

　ばあちゃんが怒ったようにまた話しだした。

「だれも、わたしの話なぞ聞こうともせんね。だけど、もう一度いうよ。うちの孫はとびきりかわいらしい。じゃが、あすは、貴重品を持って列車に乗ったりするじゃろう？　そんで、みんながきっと二人を見る」

じっと聞いていた母がたずねた。

「それで、どうすればいいんでしょうか？」

「ああ、あのねえ……」

ばあちゃんは心配でたまらないというふうに続けた。

「わたしは、ハナちゃんの三つ編みを心配しとるんよ。戦時中、そんな三つ編みは見んかったけねえ……」

えっ、そうなの？

ハナコは困ったことになったと思った。三つ編みを切るなんてこと、考えたこともなかった。ばあちゃんはそれを望んでいるんだろうか？　でも、三つ編みは自分の一部だ。

すると、じいちゃんが大声を出した。

「いかん！　ハナコの三つ編みはそのままにしておくんじゃ！　そうでなけりゃ、ハナコじゃのうなる」

「そうじゃろ、そうじゃろ。わたしのいうことなぞ聞かんでもええ」

ハナコは無理に笑っていった。

「この三つ編みが、わたしよ！　今までずっとこれだったのよ！」

「ええ、ええ。聞かんでもええ」とばあちゃんがまたいった。

それから、みんなが話題を移したので、ハナコはほっとした。

結局、神戸へ行くための列車は一本しかなく、それはその夜の十時に出発し、それに乗れば、あすの朝八時に神戸に着くことがわかった。夕食後、風呂（ふろ）に入ったじいちゃんが大声でおかしな歌を歌うのが聞こえてきた。

「新雪よ、新雪よ、どこへ行こうとかまわんが、どこへ行くんじゃあ？」

「とけるよ、雪は！　じいちゃん！　とけるよ！」とアキラが笑いながらさけんだ。

出発前、ハナコとアキラのパスポートはじいちゃんが持っていくことになった。

「もし、だれかがとろうとしても、わしが闘（たたこ）うて守るけえの」とじいちゃんがボクシングのポーズをとった。

ハナコは、目立たない服装（ふくそう）をすることに同意して、モンペというふくらんだみっともないズボンをはき、ばあちゃんが畑に出るときに着る飾（かざ）り気のない白いブラウスを着た。ばあちゃんは、ついでにハナコの寸法（すんぽう）をとった。チェックのスカートにとりかかれるようにだ。

「ハナちゃんが出かけてる間、休まずぬうて仕上げるけえ。気に入るとええがねえ」

「もちろん、気に入りますとも！」と母がいって、ハナコをぐっと引き寄せた。「前にわたしがつくった服も、なんでも気に入りましたから」

「そうね、ママ」とハナコはおとなしく賛成した。

母は、花柄の厚地の布でおそろいのスカートを作ったときのことをばあちゃんに話したが、実際には、そのスカートをはいた二人は、まるで「歩くカーテン」にしか見えなかった！

母はうれしそうにハナコにいった。

「覚えてる？　二人で着たあの花柄のスカート。すてきだったねえ！」

「そうね、ママ」

「ぼくは覚えてないなあ」とアキラ。

そこで、ハナコは母に加勢した。

「あんたは、まだ赤ん坊だったもの。あのスカートは、世界で一番……」

「さあ、出発じゃ、出発じゃ！」

興奮したようすでうろうろ歩きまわりながら、じいちゃんがどなった。

ばあちゃんが、おそるおそるハナコにいった。

「わたしの黒の上着を着ていくのは、どうかね？」

「ばあちゃん、ありがとう。でも、わたし、このコートじゃなきゃダメなの」

ハナコはやっぱり紫色のコートを着た。

父がアキラにいった。

「じいちゃんのために、お利口にするな？」

「でも、パパ！　ぼく、ずっとお利口にはできないよ！」

父が顔をしかめてみせる。

「わかったよ、パパ」

「ハナコ、アキラがお利口にするよう、たのむぞ」

「はい、パパ」

じいちゃんは小柄で、背たけはハナコとあまり変わらない。こんな小さな大人につれられて夜に外出するのかと思うと、何だか不思議な感じがする。それに、本当のことをいうと、ハナコは夜がちょっとこわかった。

アメリカにいたころは、日が暮れてから裏庭にすわるだけで、なんだか冒険みたいに思えたものだ。みんなでシートを持ち出し、母がつくってくれたポップコーンを食べながらコオロギの鳴き声に耳をすます。夜の野外の経験といえば、それくらいなものだ。

でも、ハナコはアキラの手をとっていった。

「だいじょうぶよ！　わたし、とっても勇敢なんだから」

「わかってるよ」

みんなで「いってきます」「いってらっしゃい」といいあって、三人は夜の中に出ていった。

先頭を行くじいちゃんに、ハナコとアキラが続いた。ハナコはじいちゃんに近づきすぎて、たびたびじいちゃんのかかとを踏みそうになった。片手でアキラの手をしっかりにぎり、もう片手で弁当の入ったかごをさげた。

　じいちゃんは、二人のパスポートを腹巻きの中に隠していた。町で野菜を売るときも、売り上げのお金をいつも腹巻きの中に入れて帰るのだそうだ。じいちゃんが石油ランプで三人の足もとを照らしてくれた。そのランプは土台が陶製で、芯を調整する金属製のねじがついている見るからに古いもので、まるで願いごとをかなえてくれる魔法のランプみたいだった。

「もっと近う寄れ、転ばんように」

　じいちゃんはそういうと、こそこそとあたりを見まわし、声を落として話した。

「戦争が始まる前に、灯油をとっておいたんじゃ。今はもう、あらかたなくなったがな。灯油をとっておいたがいいというのは、ばあさんの思いつきじゃ。そのころ、すでに日本は中国と戦争しておったが、もっと大きな戦争に発展して長引くじゃろうと思うたんじゃな。とにかく、わしらがまだ灯油を持っとることは、あまり知られとうない」

　アキラが二人に追いつこうとかけだしたとたん、石につまずいて転んでしまった。

「おお！　おお！」

　じいちゃんが、まるで自分が転んだみたいに痛そうにさけんだ。

　たぶん、じいちゃんはあんまり年をとって、子どもはしょっちゅう転ぶものだということを忘れているんだろう。アキラのそばにひざまずいて、ランプで照らした。

　アキラはすわりこんで、ひざのよごれたズボンをながめている。

「このズボンしかないのに！」

アキラが今にも泣きだしそうな声を上げた。

ハナコはあわててはげました。

「ばあちゃんがつくってくれるわよ！　アキラの好きな色の布で！　そうよね？　じいちゃん！」

「はーい、好きな色でな。紫でも青でも、どんな布でも買うて」

アキラは、このままダダをこねて泣こうか、機嫌をなおしてやろうかと決めかねているようだったが、とうとういった。

「わかった。ぼく、茶色のズボンにする」

「茶色とは、ええ色を選んだのう！」じいちゃんは、本当にうれしそうだ。「アキラの趣味がええから、わしも鼻が高い。賢い子は、ええ選択をするのう！」

「ありがとう」

今度はアキラがうれしそうにいった。

それからは、もっとゆっくり歩いた。ランプの光は弱く、大きなホタル一匹分くらいだ。

三人はだまって歩き続けた。ハナコは、暗がりで足を進めることに全神経を使った。だが、じいちゃんは、なれたものだ。ハナコは感心した。じいちゃんは並みの人ではない！　昼間、じいちゃんの動きはぎくしゃくすることもあるが、今はどことなく優雅でさえある。歩きにくそうなわらじをはいているのに。

歩くことだけに一生懸命だったので、驚くほどあっというまに駅に着いてしまった。駅は闇の中にしずんでいた。

線路までやってくると、三人はホームに腰をおろし、列車を待った。

「ときどき、時間より早く来るときもあるし、遅れるときもある。神戸には三度、列車で行った。神戸にいとこがおったんじゃ。七十歳で死んでしもうたがな。じゃから、列車のことはわかっとる。待っておれば、そのうち来る」

すぐ近くでガサッと音がしたので、ハナコはドキッとしたが、じいちゃんは気づいていないらしい。すると、今度は気味の悪い鳴き声がした。猫のような、野生動物のような……。

アキラがキャーッとさけんで、立ち上がりざまにランプを倒した。それで、じいちゃんとハナコも驚いて飛び上がった。じいちゃんはすぐにアキラを抱きしめてやった。

「あれは、ただのタヌキじゃ」

だが、アキラは泣いている。

「タヌキって、何?」

ハナコはたずねながら、ランプを起こした。

しまった！　石油がこぼれて、小さく広がっている。

じいちゃんがその上にかがんで、思わずいった。

「あー、しもうたのう。もったいないことをした」それでも、すぐにアキラを元気づけた。「アキちゃん、タヌキというのはな、アライグマみたいなやつじゃ。日本にはタヌキがいっぱいおって、だれでも知っとる。化けるのがうまいが、人をおそったりはせん。タヌキは幸運を運んでくるというから、わしらも、きっと、運よくいい値でコメが手に入るじゃろう。うん、タヌキのお墨つきじゃ」

アキラは、ブルブルッと頭をふって聞いた。

「それ、化けるの?」

「ああ、本当いうと、わしも自分で見たわけじゃない。じゃが、そういわれておるんじゃ。とくに人間に化けるのがうまい。昔からの言い伝えじゃ。しかし、人間には何も悪いことはせん。かわいいぞ。きっと好きになるよ。そのうち見られるじゃろう。食べ物があったら、えづけしようのう。じき、アキちゃんの手からものを食うようになるぞ。そうなりゃ、幸運が舞いこんでくるというもんじゃ」

アキラはそのことをじっと考えているようだったが、下くちびるをつきだしている顔は、じいちゃんそっくり! やがて、「わかった」といって、またホームに腰をおろした。

そのとき、ランプの灯りがチラチラしたかと思うと、パタパタと小さい音を立て、消えてしまった。あたりは闇に包まれた。ハナコは手をのばしてアキラをさぐりあて、そばにすわった。じいちゃんがマッチをすってランプをまたともそうとしたが、うまく火がつかない。

「ああ、つかんなあ。芯がよごれとるんじゃ。列車が来たら、手をふって大声を上げにゃならんな。ランプを上げて知らせることができんけえのう」

そういいながら、じいちゃんは、バターや砂糖などの貴重品みたいにランプをしっかり抱きかかえた。

三人は暗がりの中にすわった。灯りといえば、夜空の星明かりがあるばかりだ。今までこんなに気を張っていたことはないように思える。アキラは今夜、ハナコにではなく、じいちゃんに寄りかかっている。妙なさびしさを感じたが、それもつかのまだった。ハナコは一生懸命耳をすました。ランプの灯りがないので、列車が通過してしまうかもしれないからだ。だが、まだ何も聞こえない。

「タヌキが悪運を運んできたみたい。ランプが消えちゃったもの」とハナコはいった。

「まだまだわからん、わしらの運は！　旅はまだ始まっておらん。家に帰り着いて初めて、運がよかったか悪かったかがわかるんじゃ。子どもには難しいが、しんぼうせんとな。わしだって、子どものころは、なーんもしんぼうできんじゃった。時のたつのがのろうてのろうて、がまんできんじゃったが、なんの、あっというまにじいさんじゃ」

そのときだ、かすかに列車の音が聞こえてきた。だが、まだ光は見えない。

「さあ、立つんじゃ。だが、線路には入らんように。列車が近づいてきたら、手をふってさけばにゃならん。運転手にわしらが見えるように」

とつぜん、闇の中に光が現れた、と思うまに急速に大きくなる。列車がこれほどの勢いでせまってくるとは！　前のライトがはっきり見えた。ハナコは両手を大きくふってさけんだ。

「とまってー!!」

「おーい！　とまれ！」アキラとじいちゃんもどなった。

ハナコはピョンピョンとびはねながら、今まで出したこともないような大声でさけんだ。

すると、よかった！　列車がスピードをゆるめ、そして、とまった。ドアが開いて、制服を着た男の人が現れたが、はしごはおろしてはくれなかった。だれかが盗んでしまったということだった。

アキラがまず乗ろうとすると、その人が両わきをかかえて引っぱり上げてくれた。次にハナコ。それから弁当の入ったかご。最後にじいちゃん。じいちゃんが高い車内によじのぼりながら大声でうなるので、その人が手を貸そうとしたが、じいちゃんは断った。

「わしは、年のわりには強いんじゃ！」

車内は混んでいたが、空いた席をひとつ見つけ、三人で体をおしこむようにしてすわった。アキラは目をつむると同時に眠りこんだ。今回はハナコに寄りかかっている。じいちゃんもすでに目を閉じている。ハナコは弁当のかごをしっかり抱いていたが、仕方なく、足もとの床におろした。

どっと疲れを感じて、目を閉じた。だが、まだ目の中で、道を照らすランプの灯りが上下にゆれている。
ジェローム収容所でのある風景がよみがえった。ハナコとアキラは、有刺鉄線のフェンスのわきに立っていた。フェンスの向こうの森に、何千というホタルが光っていた。アキラは、有刺鉄線の間から食い入るように光を見つめていた。実際、夢のように美しい風景だった。

「アキ、これは、今からなんだってうまくいくっていう印よ。うちの家族はだいじょうぶ。将来はきっとよくなる！　これがその証拠よ」

もちろん、アキラは信じた。だが、そのあとすぐ、家族はツールレイク収容所に移された。そこでは、騒動や暴動が起き、逮捕者が出て……。そして、今はここ。バターと砂糖をもらいに行く十時間の旅の途中の列車の中だ。

ハナコは目をあけた。じいちゃんもアキラもおだやかな表情で眠っている。二人の顔を見ながら、ハナコは思った。

わたしは今、なんとかうまくいっている。

そして、このことは、夢でも願いでもない、本当のことだ。

19

やがて、ハナコも眠りに落ちた。そのとたん、じいちゃんがガバッと起きてさけんだ。

「忘れとった！　驚くべき記憶力を持つわしとしたことが！　わしら、広島で乗り換えにゃならん！」

列車はちょうどスピードを落としはじめたところだった。三人は荷物を持ってあわてて出口に向かった。列車をおりると、駅の中をかけぬけ、別のホームを探しだし、とまっていた神戸行きの列車に乗りこんだ。

やっと席を見つけてすわってから、ハナコは、今の大あわての乗り換えがゆかいなことだったのか、ひどいことだったのか、考えてみた。アキラはどうでもいい顔をしている。いつ、どこへつれていかれようとかまわない、どうにでもして、というあの態度だ。

だが、眠りこむ前に、さすがのアキラも疑わしげにじいちゃんにたずねた。

「ほんとにこの列車で合ってるの？」

「合っとる。万全じゃ」

じいちゃんの返事は自信たっぷりだ。

そこで、ハナコもアキラも眠りについた。ハナコが次に目を覚ましたときは、もうすっかり朝になっていて、雲ひとつない空に太陽がかがやいていた。

「ハナコ！　ハナコ！　アキラがどうしても起きん！」

じいちゃんはうろたえていたが、ハナコは少しも驚かなかった。

「顔を近づけて、どなるの。起こすときは、それしかないの」

じいちゃんは、鼻と鼻がくっつくほどアキラに顔を近づけた。二人の顔が向き合うと、まるで若いじいちゃんと年とったじいちゃんが向かい合わせになってるみたいだ。

「アキ!!!　起きるんじゃー！」

アキラが片方の目をあけ、また片方の目をあけた。じいちゃんが、ほっとしたように座席の背にもたれた。

「たいへんじゃのう、アキラを起こすのは。まったく、いたずらに年寄りを心配させよって」

ハナコとじいちゃんは弁当を半分だけ食べたが、アキラは全部食べてしまった。ハナコもじいちゃんも、あとのために半分残しておくようアキラにいう気になれなかったのだ。

列車をおりると、じいちゃんは切符売り場の窓口でアメリカ領事館へ行く道を聞いてきた。三人は駅舎から神戸の町へ歩み出た。ハナコはなんの想像もしていなかったが、神戸は、がれきと半分こわれた建物と無傷の建物とが入りまじった町だった。

「ああ、神戸もやられたんじゃのう。新聞で読んではおったが」じいちゃんが暗い顔でいった。

「原子爆弾？」とハナコは聞いた。

「いや、ふつうのやつじゃ。ピカは二発だけ。もう一発は、長崎じゃ」

広島を見たときのショックに比べれば、神戸の空襲のあとは驚くほどのものではないように思われた。

道行く人たちは、がれきなどひとつも気づかぬ顔で、今の生活を営んでいた。歩いている女性のうち、若くない人たちは地味で重たそうな着物を着ていて、若い女性はいくらか色のついた着物を着ている。たいていの女性がモンペをはいている。男性は、だぶだぶのズボンに、なんのへんてつもないふだん着を着て、みんな何かの帽子をかぶっている。

アメリカ兵が一人、化粧の濃い日本人の娘といっしょに歩いていた。二人は笑っていて、すこぶる幸せそうだった。通りは人も多くにぎやかで、ほんの数か月前、ここに爆弾の雨が降ったことを考えると、不思議な気がした。

でも、ハナコにはわかる。人々は過去をただ受け入れて、自分の生活を先に進めているだけなのだ。それが、父のいう、生きのびるということなんだろう。

三人はだまって人通りの多い道を歩いていった。活気あふれる市場があるかと思うと、そのとなりは、こわれかけたコンクリートの壁が一枚残っているだけのがれきの山だったりする。

混雑した市場には、一筋縄ではいかなそうな不敵な顔つきの者たちが、それぞれの小さな店をかまえ、ものを売りつけたり買いとろうとしたりしていた。その中に、おかっぱ頭の女の子も一人いたが、やはりたくましく意地の悪そうな顔をしていた。五ドルと一回の食事のためにハナコだって殺しかねない顔つきだ。これもまた、生きのびるということだ。

アキラは片手でハナコの手を、もう片手でじいちゃんの手をしっかりにぎりしめ、おびえた顔で市場のようすに目を見張っている。ハナコはアキラの手をぎゅっとにぎってやった。

「あの人たちは悪い人じゃないの。ただ、おなかがすいてるだけ」

「危険な人たちなんでしょ?!」

「それはそうかも」とハナコは認めた。

「それは、腹が減っとるからじゃ。じゃけん、気をつけにゃならんぞ。闇市は、子どもが来るようなとこじゃない。やくざがからんどるそうじゃ。まあ、ここにおるような子どもは、そうとうに世慣れた者じゃ。そりゃそうじゃ」

　領事館は、がんじょうそうな石造りの建物で、アメリカの強さを思わせたが、中は銀行のようだった。四角い低いテーブルがひとつあって、そのまわりにひじかけイスが何脚か置かれている。テーブルのまん中に置かれているのは、造花の鉢だ。

　父のレストランの内装を担当していた母は、造花をきらって、十万本の植物を育てている日系人の園芸店から花の鉢を買って店に置いた。それに水をやるのはハナコの仕事だったが、日系人の退去が決まり、レストランを閉店にするときのごたごたで、水やりを忘れてしまった。鉢の花はみんな枯れて茶色になった。あとで聞いた話によると、その日系人の園芸店は、十万本の植物とその農園をたった五百ドルで売らなければならなかったそうだ。

　領事館の部屋の奥のほうには木製のカウンターがあって、カウンターの向こうに一人の女性が立っていた。その人は日本人の顔だったが、その人のうしろの机には白人の男性がすわっていて、「わたしがここのボスだ」という顔をしている。

　アメリカ領事館の主な仕事は、外国に住むアメリカ人を助けたり守ったりすることだと、ハナコは父から聞いていた。アメリカ国籍のパスポートを持っている者にバターと砂糖を配るのも、そのためなのだと。

　じいちゃんは、まるで重要人物みたいにいばってカウンターに近づいていくと、カウンターの女性に英語で話しかけた。

「わしは、二人のアメリカ人の祖父じゃが、二人のパスポートを持って、バターと砂糖をとりにきた」

　威厳を出すために、できるだけ低い声で話そうとしている。

「わかりました」

　女性はパスポートをもらって、どこかに歩いていった。じいちゃんは、「やったぜ！」とでもいうようにアキラにウインクしたが、そのあと急に無邪気な笑顔になった。

「うまくいった！　ほんというと、心配だったんじゃ！」

「やったね！　今日の夜はおなかいっぱい食べたいよ！」とアキラがうれしそうに答えた。

女性は四つの袋を持ってもどってくると、じいちゃんにわたした。

「ああ、あんたはええ人じゃ。アメリカはなんだってできるんじゃのう」じいちゃんはそういうと、その人におじぎをした。「ありがとう。おかげで孫たちも、今夜たっぷり食べられる」

「どういたしまして」とその女性はとても日本人っぽい発音の英語で答えた。

日系人ではなかったのだ。その人が、じいちゃんのうしろに並んでいる人に向かってほほえみかけたので、じいちゃんは、ハナコのかごの中にこそこそと四つの包みを隠し入れ、今度は自分でそのかごを下げた。

外に出ると、ふたたびそこは敗戦に打ちのめされた日本だった。ハナコはアメリカにいたころを思った。ツールレイク収容所では、自分たち日系人を打ちすえるアメリカという国の力をつねに感じていたものだ。収容所に入れられる前、日系人はそのアメリカの国力の上にうまくのっかろうとしていた。それは、ハナコがカリフォルニア州のマンハッタンビーチで見たサーファーのようだった。筋骨たくましいサーファーたちは、色あざやかなサーフボードに立ち、荒々しい波の頂点でからくもバランスをとり続けていた。そんな姿を見るのは心がおどった。そのころは、ときどき、アメリカを愛してやまない気持ちが大波のようにハナコの胸にわき上がってきたものだ。

そばでじいちゃんがひとり言をいっている。

「コメをあつかっとる闇市に行かんならんな、列車に乗る前に」

そのとき、とつぜん三人の男が立ちはだかるように近寄ってきて、大声でいっせいに、その配給の品をいい値で買おうといいだした。

「いやーじゃー!!」

じいちゃんがけだものみたいにさけんだ。顔もまるで野獣だ！　男たちもたじろいでいる。

じいちゃんはハナコに怒ったようにいった。

「早う、アキラの手を引いて、わしについてこい！」

そして、両手でかごをしっかりと抱くと、男たちを肩でおし分けて歩きだした。

その場を急ぎ足で通りぬけてから、じいちゃんがハナコに説明した。

「これを円に換えるなど、もってのほかじゃ。日本円は紙くずじゃ。紙で腹は太らん」

アキラがかがんで、いきなり吐いた。

「あーっ、ダメ、アキラ」

「あいつらが、おどかすからだよ！」

アキラが下を向いたまま首をふる。

ハナコはコートのポケットからハンカチをとりだし、アキラのよごれた口もとをふいてやった。でも、このきたないハンカチ、どうしよう？　ハナコはさっとアキラの上着のポケットにつっこんだ。

しばらく歩いて、がれきのとなりの市場までもどってくると、じいちゃんは立ちどまって考えはじめた。

「おまえたちを闇市につれいきとうはないが、ここに置いていくわけにもいかんなあ」

ハナコも考えてみた。闇市の中に入っていくのはいやだ。でも、子どもだけでこんなところに残りたくもない。そこで、だまって、じいちゃんが決めるのを待った。

「よし、いっしょに来い」と、やっとじいちゃんがいった。

三人は人ごみをぬって進んだ。じいちゃんは、そこで売られているものすべてをのぞいた。売り手と買い手が大声で値段の交渉をしたり、激しくいいあらそったりしている。そのうしろには、うまい取り引きをしようとチャンスをうかがっている人たちが群がっている。闇市は、どこまで行っても混雑していてうるさかった。ときどき買い手を笑いとばしている売り手がいたが、それは買い手からより高い買い値を引きだすためなんだろうか。ハナコがぼんやり見ていると、いきなりどなられた。

「じゃまじゃ!」

ハナコは面くらって、あわててじいちゃんのうしろに隠れた。

ここの売り買いは、ふつうの店での買い物となんとちがっているんだろう! なべ、フライパン、スプーン、箸、タバコ、灯油、お茶、革製品……、不ぞろいの古木材をテーブルに何本か置いているだけの店もある。コート、キャンディ、得体の知れない物……。じいちゃんが、ランプの芯を見つけて買った。灯油のほうは、あのときずいぶんこぼれてしまったものの、まだ残っている。

　一人の女がハナコに向かって金切り声を上げた。

「そのコート、買うよ！」

　ちょうどそのとき、じいちゃんがコメを売っている屋台を見つけた。とたんに、じいちゃんは別人となって、きたない言葉で売り手をののしりながら交渉を始めた。すると、売り手も、じいちゃんを「じじい」と無礼な言葉で呼んでどなり返した。でも、じいちゃんはそんな侮辱も気づかないほど興奮している。まるでブルドッグだ。

「よくばりじじいめ！　そんな値で売れるか！　あっち行け！　これじゃから、じじいはすかん。じじいはみんなけちじゃ！」

　そんなやりとりがくり返されたが、とうとうじいちゃんがハナコに首をふってみせた。

「行くぞ。ここじゃ、まともな取り引きはできん」

　ハナコは、がっかりを通り越して胸がうずいた。バターと砂糖のような貴重品なら、すぐになんでも買えると思っていたのに……。じいちゃんを先頭にその場をはなれようとしたとき、売り手が呼んだ。

「待て、じじい！」

　三人がふりむくと、売り手の男がうなずいた。

「売ってやる。子どもらに免じて」

男はそういったが、ハナコたちのことなど、いや、他人のことなど毛ほども気にかけていないことは明らかだ。

だが、ハナコだって、自分たちが気にかけてもらっていないことなどこれっぽっちも気にならない。そんな神経を使っている場合じゃないのだ。

男はバターと砂糖を受けとると、コメを二袋よこした。一袋に七、八キロは入っていそうだ。じいちゃんはどっちの袋もあけ、中にコメが入っているのを確認すると、ようやくうなずいた。

それから、やっといつものやさしいじいちゃんにもどって、コメの一袋をハナコのかごの中に入れると、まじめくさった顔でハナコに注意をあたえた。

「これを、自分の弟を守るつもりで守らにゃならんぞ」でも、ちょっと考えて、こういった。「いや、やっぱり、アキラが一番じゃ。だが、コメにはじゅうぶん気をつけにゃならん。もしできんようなら、わしがふたつとも持っていくが」

「だいじょうぶ！　わたし、ちゃんと守る！」

すると、アキラが心配そうにハナコを見た。

「ハナ、じいちゃんに持ってもらったほうがいいよ。だれかが引ったくっていくかもしれないから！」

「アキ、わたし、世界一の勇者なのよ！」

それから、三人は、何かほしい食べ物が売られてないか、しばらく見て歩いた。母から、二ドルもらってきていたのだ。だが、じいちゃんの気に入るものは見つからなかった。

そのとき、ハナコは見つけた。一番ほしかったものを。屋台のテーブルいっぱいに置かれた餅菓子だ。

「じいちゃん、お願い！　これ、世界一おいしいお菓子なの！　食べたことあるでしょう？」

アキラもピョンピョンとびはねて、せがんだ。

「餅菓子だ！　買って！　ねえ、じいちゃん！」

とたんに、じいちゃんは、頭痛におそわれたような顔になった。

「あーあーあー！　孫にダメというのは至難の業じゃ！　しかも、これはどうでもええ食べ物じゃ。そうじゃろう？」

「じいちゃん、お願い！」ハナコとアキラはいい続けた。

じいちゃんががっくりと肩を落とした。

「負けた。ダメとはいえん」

じいちゃんがうなだれたまま、餅菓子の屋台に近づいていく。客の手のドル札を見たとたん、売り手の顔がぱっとかがやいた。じいちゃんが値段の交渉をしている間、ハナコとアキラは、駅のときのように、色づけされた餅菓子をわれ先に五袋ずつ選んだ。

ハナコはうれしくてたまらなかった。あのときの餅菓子もきれいだったけど、こっちのほうがもっときれいかも！　にぎりしめた五袋から目が離せない。

「さ、かごに入れろ。食べるのはあとじゃ。一時間がまんすれば、それだけうまく感じるぞ！　もう何十年も前に、わしはこのことをおふくろから教えてもろうたんじゃ」

「でも、じいちゃん！」とハナコとアキラは同時にさけんだ。

「それが工夫というもんじゃ！　おふくろから教えてもろうた生きるためのコツじゃ！」

じいちゃんはハナコたちと同じくらい興奮している。実際、顔まで赤くなっている。

ハナコは考えてみた。がまんすれば、それだけおいしく感じる？　それに反論するのは難しい。そこで、ハナコもアキラもおとなしく、大切な餅菓子をかごに入れた。ハナコはかがんでアキラの鼻に自分の鼻をくっつけ、不満顔のアキラが笑いだすまで寄り目にしてみせた。

「わしはいろんなコツを知っとる。そのうち全部教えてやろう。なんせ、ながーい間かかって年をとってきたんじゃけえのう！　いろいろと知っとるわけなんじゃ！」

三人は、買いもとめた大切なものを大事にかかえて、駅にもどってきた。列車に乗ってからも、ハナコとアキラはしんぼうづよくだまって席にすわっていた。コメと餅菓子を入れたかごは、ハナコの足もとに置いてある。もうひとつのコメの袋は、ハナコたちの向かいの席に腰かけたじいちゃんが自分の座席の下におしこんだ。

とうとう列車が動きだした。すると、とつぜん、じいちゃんが高らかに告げた。

「さあ、二人とも、餅菓子をひとつずつ食べなさい！　今こそ、そのときじゃ！」

ハナコはかごをあけ、アキラと二人して美しい色の餅菓子をながめた。

「どっちが先にとるか、じゃんけんで決めようよ！」とアキラがいった。

そこで二人はじゃんけんをし、勝ったハナコは餅菓子(もちがし)に顔を近づけ、よくよく吟味(ぎんみ)した。

ピンク、黄緑、黄色。黄色はひとつしかないから、まだとっておこう。

「早くして！」とアキラがハナコのコートを引っぱった。

「コートは引っぱらないでっていったでしょ！」

「だって、ぐずぐずしてるんだもん！」

ハナコはちょっと迷ったが、じいちゃんに声をかけた。

「じいちゃん、まず、じいちゃんがひとつとって」

「はあ？　子どもがまずとるもんじゃ。しかし、わしに聞いてくれたのはうれしいのう。よーし、ひとつとるぞ」じいちゃんがかごの中をのぞく。「うーん、これ……、いや、こっち……、いやいや……」

ハナコとアキラは顔を見合わせた。

「あー、ここはひとつ、ええのをとりたいのう……」

「じいちゃん、きっと味は同じだよ！」アキラが金切り声を上げる。

「そう思うか？　じゃあ、緑にしよう。緑の菓子(かし)やらいうもんを食べるのは初めてじゃ」

ハナコはピンクを選び、弟が選ぶのを待った。アキラは茶色に緑の点々(てんてん)がついたのを選んだ。

それから、ハナコはかごのふたを閉め、いよいよ自分の餅菓子(もちがし)をかじった。その味は……。

味が、ない。

アキラを見ると、顔をしかめて前かがみになっている。あわててハナコはアキラのポケットからよごれたハンカチをとりだすと、その上に餅菓子を吐かせてやった。ハナコ自身も吐きだした。

じいちゃんはうなずきながら、考えこんでいる。

「やられたな。まんまと。きれいな色がついとるから、てっきりあまいと思いこんだんじゃ。今どき、菓子に砂糖が入っとるわけがない。美しい色にまどわされたんじゃなあ。わしのおふくろも、今回だけはまちごうとったわけじゃ。一時間待っても菓子はうまくならなんだ。今日の今日まで、おふくろのいうことにまちがいはないと思うておったがのう。おふくろはえろう利口じゃったけえ」

じいちゃんはしゃべり続けながら、どうしてこんな不首尾に終わってしまったのかをはっきりさせたいらしかった。ハナコやアキラより、じいちゃんのほうが動揺していた。

アキラが心配そうな顔でいった。

「じいちゃん、もういいよ。食べたほうがいいんなら、ぼく食べるよ」

「とにかく、これ、とってもきれいよ。テーブルに置いたら飾りになるわ！」

だが、じいちゃんの表情は明るくならなかった。

「今までの人生で、がまんする分だけうまくなるというのは、つねに正しかった。今日は、なんでうまくいかなかったかのう？　おまえたちをこんなにがっかりさせてしもうた」

　じいちゃんは頭をふっていたが、急に背筋をぴんとのばしてすわりなおした。

「じゃが、これだけはいえる。おまえたちが来る前は、毎日毎日同じことのくり返しじゃった。それが、今は何をやっても心がときめく。これはええことじゃ。非常にええ。年はとっても、気持ちは豊かじゃ。そうじゃろう？」

　それでも、じいちゃんの顔はなかなか晴れなかった。そこで、ハナコはいった。

「じいちゃんのお母さんは正しかったんだと思う。でも、そのあと戦争になっちゃったでしょ。戦争になると、全部のやりかたが変わってしまうもの。だから、今は、新しいやりかたが必要なんじゃないかしら」

「ああ、それはもっともじゃ。じゃあ、わしらはいっしょに、新しいやりかたを探すとしよう」

「はい、じいちゃん」

「わしらは、タヌキのおかげで、うまいことコメを手に入れた。これにはなんも文句はない」

「でも、あの餅菓子を売ってた人は、どうして商売を続けられるのかしら。餅菓子がにせものだって、だれもがわかっちゃうでしょう？」

「いや、わしの考えが足りんじゃった。たぶん、この菓子がうまいと思う者もおるんじゃ。サツマイモが入っておって、ほんの少しあまくなっておるかもしれん。自分の子どもに、こんなふうにきれいで、ほんの少しでもあまいものを食べさせたいと思う者もおるじゃろう。それが悪いなどとだれがいえよう？　おまえたちをがっかりさせたこの菓子が、日本の子どもらを幸せにするということじゃてある」

そばでアキラが、自分の茶色いにせものの餅菓子の残りに、がんこにかじりついていた。

「ぼく、むだにしないよ」

じいちゃんは、それを見るとにやりとして、それから、声を立てて笑った。そして、通路をはさんだ座席の男の人に、うれしそうな顔を向けた。

「これは、わしの孫息子でのう。ほんにええ子なんじゃ」

いわれた人は、心から賛成だという顔でうなずいた。じいちゃんは、いかにも満足げに座席に体をあずけた。

20

夜中に、列車がどこかの駅にとまった。すると、孤児だろうか？　はだしの子どもたちが、さけんだり笑ったり、大騒ぎしながら列車に乗りこんできた。

その中の男の子が一人、ハナコたちの前で立ちどまり、アキラの顔のシミを指さして大声で笑った。

「やめなさいよ！」とハナコも大声を返した。

「やめろ！」

アキラがどなって、顔をそむけた。それから、くるっとその子のほうに向きなおると、けもののようにとがった両手のつめをかまえ、「うーっ」とうなった。

「やるか！」

男の子の一人がどなり返したが、アキラの「とんがり」を見たとたん、驚いて後ずさった。ハナコにさえ、アキラは小さな野獣に見えたのだから、無理もない。男の子たちはどっと笑いながら逃げだし、車掌がかれらを追いかけていった。

面くらっていた乗客たちも、やがて静かになり、ハナコもまた眠りに落ちた。次にハナコが目を覚ましたときは、さっきの車掌がハナコたちの上にかがみこんで、小声で起こしているところだった。

「すみません、着きましたよ」

窓の外はまだ暗かった。じいちゃんが、かごともうひとつのコメ袋を持ち、ハナコは、眠っているアキラをやっとのことで抱え上げた。アキラを起こしたくはなかった。車内で大声を上げないといけないからだ。

じいちゃんは、車掌にコメの袋にふれてほしくないのか、コメとかごをさっさとホームに投げおろすと、自分もとびおりた。ハナコは車掌にアキラを抱いてもらい、ホームにおりた。車掌はアキラをハナコにもどすと、列車のドアを閉める前に、三人におじぎをした。

「アキラ！　アキ！」

ハナコはどなってアキラを立たせたが、列車がごう音とともに走り去ると、アキラはふたたびホームに倒れてしまった。

「アキ！」

アキラがとつぜん体を起こして、ぱっと立ち上がり、両手をかまえてボクシングのポーズをとった。神戸を出発する前にじいちゃんがとったポーズそっくりだ。

「あ、もう家に着いたの？」とアキラ。

「ここから歩くのよ」

「抱っこしてくれる？」

「重すぎるわよ」

「じゃあ、おんぶは？」

「わたし、おコメも持たなくちゃいけないのよ」

じいちゃんが列車の中でランプの芯をとりかえていたので、帰り道も小さな灯りが三人の足もとを照らした。道々、あちこちから奇妙な鳴き声が聞こえてきたが、ハナコはもう、それがタヌキの声だと知っている。ひょっとしたら、往きに幸運をさずけてくれたタヌキがその中にいるかもしれない。月にはかさがかかっていた。だが、そのぼんやりした光の輪に黒雲がかかり、月を完全に隠したころ、霧雨が降りだした。

まっ暗になった。でも、じいちゃんのすばらしくよくきく目は、小さなランプの灯りひとつでなんでも見えるらしい。ハナコとアキラはしょっちゅうよろけているのに、じいちゃんは一度もよろけない。ハナコは目をこらして、ゆっくりと前を進むじいちゃんの影を追った。影はちょくちょく立ちどまり、ハナコとアキラがついてくるのをたしかめた。

雨が激しくなった。ハナコはコートをぬぎ、抱いているコメの袋がぬれないように包んだ。コメも心配だが、コートも心配だ。でも、それ以外はなんとかだいじょうぶだ。

どしゃぶりの中の行軍。しかも、ここは日本。ハナコは暗がりの中で大きく目を見開いていた。これほど体のすみずみまで目覚め、これほど、今ここに生きていることを実感したことはないのではないだろうか。

ところが、アキラは泣いている。

「アキ、寒いの？」

返事がない。

「アキ？」

「凍っちゃいそうだよ」やっと返事が返ってきた。

ハナコはコメの袋からコートをはずし、弟の体にかけてやった。ずぶぬれのコートでも少しは温かいかもしれないと思って。でも、アキラは泣き続けている。不思議なことに、ハナコ自身はまったく平気だった。それより、ある雨の日にツールレイク収容所の先生がいった言葉をふと思いだしていた。

ハナコと先生は、みすぼらしいバラックの並んだ泥だらけの道に立っていた。父は刑務所に入れられていた。大きな鳥の群れが収容所の上空を飛んでいった。まるで魔法の鳥のようだった。先生はハナコをはげましたりしなかった。「ほら、きれいな鳥」などともいわなかった。その代わり、悲しみの中の美しさや、人間は悲しいときにも自然の中の美を見いだせることなどを話してくれたが、ハナコはあまりピンとこなかった。

でも、今はとてもわかる気がする。まっ暗闇の真夜中、少し前までは想像もしなかった日本のこんなところで、激しい雨の中を歩きながら、ハナコは、あのとき先生がいおうとしていたことを理解した。

ここは暗くて美しい。神秘的なほど。今、ここに自分はいる。泥んこになって、ここに。

とつぜん、ハナコはつまずいて泥の中に倒れた。胸をしたたかかごにぶつけて。じいちゃんがかけつけて起こしてくれた。アキラも寄ってきた。そのアキラに向かって、ハナコは金切り声を上げた。

「わたしにふれないで！　泥んこなんだから！　そのコートをよごしたら承知しないわよ！」

自分の声に、ヒステリックなひびきがあるのがわかった。

わたしのコート！　わたしの大事なコート！

さっきまでの知的な高揚は完全に失われた。あのとき先生が何をいったのかも思いだせない。ハナコはどっと疲れを感じて、じいちゃんのうしろからとぼとぼとついていった。

でも、自分がこれほど疲れているんだから、アキラとじいちゃんはどれほど疲れているだろう？　自分よりうんと年をとったじいちゃんと、自分より幼いアキラは。

家までの道は、えんえんと続いた。ハナコは疲れすぎて、家に着いたこともわからなかった。ただ、じいちゃんのかかとだけを見て、とまったのだ。

居間に入ると、ばあちゃんがこたつで眠っていた。待ちくたびれて。

じいちゃんが畳の上にコメ袋をおろした。

「ばあさんを起こさんように」

そうつぶやいて、そのまま自分の部屋へ入っていった。

アキラとハナコも自分たちの部屋へ入った。ぐずぐずしていたらその場に眠りこんでしまう。

いつもの部屋に横になると、アキラが赤ちゃん猿のようにしがみついてきた。アキラの手が長く長くのびて、ハナコの体じゅうに巻きついてくるような気がした。二人とも髪がぐっしょりだった。

とつぜん、ハナコは泣けてきた。泣いて泣いて、いつまでも泣きやむことができなかった。涙は、収容所での数年間をおし流した。あの年月はもう流れ去って、もどってこないのだ。それが今、はっきりとわかった。以前は、あのいやなすべてのことがいつまでも終わりなく続くのではないかと心配したものだ。でも、今はわかる。あれは終わったのだ。ハナコの家族は、今後それほど成功することはないかもしれない。でも、これ以上落ちていくことはないだろう。ハナコは寒さにふるえていた。果てしない宇宙に浮かぶ地球の、ある片田舎のちっぽけな家のまん中で。

そう、わたしは今、ここに生きている。

21

次の朝、ハナコが台所に入ると、雑炊のにおいがした。ばあちゃんが台所の戸口まで走ってきて、ハナコを迎えた。

「きのうはよくやってくれたねえ！　今、そのおコメを炊いとるんよ！」

コメを炊いているのはわかるのに、においはほとんどないといってもいいくらいだ。それがアメリカの食品とちがうところで、ハナコはコメのそんなところが好きだった。

「わたし、おなかぺこぺこ！」

「このおコメは、どのくらいもつだろうねえ。もし長くもてば、次にバターと砂糖をもらうときは、おコメに換えずにとっとけるけどねえ」

ばあちゃんはそういうと、両手をコメの袋にのせて目を閉じた。

「ああ、おコメのたましいを感じる！」

「わたしにもやらせて」

ハナコはそっと両手を袋にのせた。が、何も感じなかった。ただのコメの袋だ。それでも、気分はよかった。満足感でいっぱいだ。

「パパはどこ？」とハナコは聞いた。起きたとき、父がふとんの中にいなかったのだ。

「まだ仕事を探しとるんじゃろうねえ。きのうは帰ってこなんだ。でも、まずはごはんを食べんさい。みんなにも食べさせてやって。わたしはもう行かねばならん。じいちゃんはもう畑に出ておるけえ。わたしは、あんたが起きてくるのを待っとったん。おはようがいいとうてね。じゃが、これ以上ぐずぐずしてはおれん。畑でやることがいっぱいあるけえ。けど、もどってきたら、びっくりさすことがあるんよ！」

ばあちゃんはそういって、熱でうるんだような目でハナコを見た。

実際、ばあちゃんは有頂天で、異常なほど興奮している。

ということは、スカートだ！

「あーっ、ばあちゃん！」

「さ、もう行くけえ。お楽しみはあとじゃ！」

ばあちゃんは、小さい子どもみたいにぴょんと一度だけスキップすると、いつものすり足で出ていった。ハナコは戸口まで走っていって、ばあちゃんを見送った。

ハナコはこたつにすわって、キンツクロイの美しい茶わんでごはんとニンジンを食べはじめた。足はほかほかと温かいが、茶わんを持った指先は冷たい。母がとなりの部屋から出てきて、アキラが熱を出しているといった。

「ハナ、アキラにお茶づけをつくってくれる?」

お茶づけは、ごはんに緑茶をかけ、その上に、ふつうは海苔(のり)か、かつお節をのせるが、この家には、おそらくイナゴしかのせるものがないだろう。

ハナコはすぐに立ち上がって、お茶を入れるために台所に行った。緑茶はとても体にいいが、高価なものなので、子どもはふだんは麦茶しか飲ませてもらえない。だから、緑茶のお茶づけを食べるということは、アキラの具合がかなり悪いということだ。

ハナコはお茶づけを自分のキンツクロイの茶わんに入れ、瀬戸物(せともの)のさじをつけて、アキラの寝(ね)ている部屋へ運んだ。

母がアキラを起こして体をささえ、ハナコがさじでアキラの口にお茶づけを入れてやった。アキラは目をあけているのもつらそうだ。重いまぶたをあけてお茶づけを一さじ食べたかと思うと、パタリと閉(と)じ、またどうにかあけてはお茶づけを口に入れてもらうというありさまだった。やっと茶わん半分ほど食べると、とうとう眠(ねむ)ってしまった。

母は午前中ずっと、寝(ね)ているアキラについていた。

ハナコやアキラが病気になると、母はものすごく心配する。あんまりひどく心配するので、まわりの者は、たとえ家にいなくても、母の不安が感じられるほどだった。母は、ただ熱が出たというだけで、子どもが今にも死ぬかのように騒ぎたてた。

ハナコが部屋を出たとき、母はアキラのそばに正座してじっとアキラを見ていたが、まるで一瞬にして凍ってしまったかのようにまったく動かなかった。

ハナコは畳の部屋をていねいにはき、それから台所のそうじをした。家はきちんと片づけられていたが、意外によごれていた。せまい台所の床をほんのちょっとふいただけで、ぞうきんがまっ黒になった。けれど、他のところはまったくよごれてなかったりする。

おそらく、畑で一日じゅう働かなければならないばあちゃんにとって、床のそうじは何がなんでもやらなくてはならないものではないのだろう。とにかく生きていくのが先決。何を優先させるかの問題だ。

きっと、じいちゃんとばあちゃんには、畑仕事が何ものにも優先されるのだ。父が八歳のとき、祖父母はアメリカから日本に帰ってきた。それから約二十五年間、畑で働いているうちに、ばあちゃんは年をとり、背中は曲がってしまった。いったい、日本で暮らすとはどういうことなのだろう？　だれもが死ぬまで働き続けなければならないのだろうか？

雲が太陽を横切るたびに、台所は暗くなったり明るくなったりした。そのとき、玄関の戸があく音が聞こえた。

パパだ！

走っていってみて、ハナコは驚いて口をぽかんとあけた。あのピンクの顔の少年と幼い妹だ。しかも、玄関からもう家の中に入っている！

少年のほうも、ハナコを見て驚いている。

「だれもいないか思うた！」

ハナコは日本語でなんといえばいいのかわからず、ただこういった。

「わたしがいるわ」

少年は持っていた包みをすばやくあけた。片手にけがをしているとは思えないほど手際よく。以前は気づかなかったが、少年の二本の指は、溶接したみたいにぴったりとくっついている。

「どうじゃ！」

少年は勝利のさけびを上げ、包んでいた布切れを投げ捨てて着物をとりだし、ハナコに見せた。それは、赤とだいだい色の地に白い鳥と白い花の模様のある美しいもので、他にもさまざまな色がちりばめられている。とても高価なもののようだ。

「ここに置いていく！　おまえんとこにコメが入ったら、これと交換じゃ。おれは盗むつもりはない。だから、この着物を置いていくんじゃ。そんだけの値打ちのあるもんじゃ」

そばで、幼い妹がハナコをにらんでいる。ハナコが悪者か何かみたいに。

どうすればいいんだろう？　アキラのことがすぐに頭に浮かんだ。アキラはとてもおなかをすかせている。でも、この女の子だって……。でも、でも、アキラは……。

ハナコは心を鬼にしていった。

「うちにおコメはないの。……でも、ニンジンならあげられるわ。ニンジンには何もはらわなくていいから」

少年はうつむいた。が、ゆっくりと顔を上げると、疑いの目つきでハナコを見た。

「コメがない？」

少年の目に怒りが走った。

とっさにハナコはさけんだ。

「ママ！　ママ！」

部屋から出てきた母の姿に、少年はうろたえた。

「どうしたの？」

「この子が、……わたし、今ニンジンをあげるところなんだけど、ほんとはおコメがほしいんだって。でも、うちにおコメはないってことをいったの」

「ニンジンはわたしが持ってきます。うちにはおコメはありませんからね！」と母が怒ったように少年を見た。

母が台所に行っている間に、少年はまたすばやく着物を布に包んだ。その目から怒りの炎は消えていて、少年はたのみこむようにハナコにいった。

「おまえんとこにコメがあったら、ほんに助かるんじゃがなあ！　おまえら、毎晩何を食っとるん？」

「ニンジンを、たくさん」

　少年はがっかりしたように頭をたれた。だが、ふたたび上げられた目には、怒りが宿っていた。怒りは隠されている。でも、ハナコには見える。無理にほほえんだ顔のうしろにひそむ怒りが。幼い妹のほうは、うつろな目であらぬほうを見つめている。アキラがときどき見せる表情にそっくりだ。

　その子がかわいそうでたまらなくなって、ハナコは顔をそむけた。と、そのとき、あの餅菓子を思いだした。

「そうだ、餅菓子ならあるわ！」

　ところが、母も同じことを考えていたのだ！　ニンジン二束といっしょに、どんぶりに入れた餅菓子を手にしてもどってきた。

「これを入れられるもの、何かある？」

　少年には大きなポケットがあった。少年は明らかに喜んでいる。ハナコは、こんなにせものの菓子でも喜ぶ子どもが日本にはおる、といったじいちゃんを思いだした。と同時に、心配にもなった。もし、自分とアキラがそんな子どもになったら？　そのうちコメがなくなって、この味のない餅菓子をよその子にやってしまったことを後悔するようになるとしたら？

少年は家の中を見まわしていた。壁（かべ）、床（ゆか）、こたつへと目を移し、一通り見ると、皮肉な調子でいった。

「ここは、ぬくいのう」

それから、妹と外に出ていった。礼もいわずに。

ハナコは母にいった。

「ノックもしないで入ってきてたの！　こわかったわ」

ハナコに向きなおった母の顔には、あの子たちへの気づかいがあった。

「それはいいことじゃないけど、あの子はまだ子どもなんだから。ハナちゃんとあまり変わらない年だろうにねえ」

ハナコは胸（むね）が痛（いた）んだ。

やっぱり、おコメを少しでもやるべきだったんじゃないだろうか。せめて、ここで温まっていくようにいえばよかった。

アキラが呼（よ）んだので、母は急いで部屋へ行った。

ハナコも母のうしろから弟の部屋へ行き、ひざをついて弟のひたいに手を当てた。ものすごく熱い。心配で胸（むね）がいっぱいになって、さっきの罪悪感はすっかり消えてしまった。

この弟のためなら、なんだってする！　弟の食べ物をよその子に分けてなんかやるものか。もう、二度と、絶対に！　だって、うちにだってじゅうぶんにはないんだから。

「世の中、どうにもならないことだらけ」とハナコはひとり言のようにいった。

だが、いったとたん、罪の意識がまた大波のようにハナコにおそいかかった。

「あの子、着物をどこで手に入れたの？」と母が聞いた。

「たぶん、盗(ぬす)んだんだと思う。他に手に入れようがないもの」

母は少し考えていた。

「あの子が悪いんじゃない。あなたたちのためならわたしだってやる。それ以上のことだって」

母の「それ以上のこと」が何を意味するのか、ハナコにはわからなかった。でも、それがなんであれ、あの少年だってやるにちがいない。あの幼(おさな)い妹のためなら。

ハナコのほほに熱い涙(なみだ)がつたった。いったいどうすればよかったというの？

「でもね、ハナコ」

母の声に、ハナコは顔を上げた。母の表情はかたく、目は石のようだった。

「正しかったの、あなたがおコメをやらなかったのは。もし同じようなことが起こったら、そのことを思いだしなさい。涙(なみだ)が出るのはわかるけど、忘(わす)れないで。あなたのしたことは正しいことよ」

22

夕方、じいちゃんとばあちゃんは畑から帰ってくると、ハナコと三人でこたつでだまって夕ごはんを食べた。母はアキラの部屋に入ったきりだ。家の中は重苦しい雰囲気だった。アキラの病状が悪くて、無意識にちょっと頭を動かすか、弱々しくうなるかする他は、ほとんど動かなくなっていたからだ。

母は、ごはんをやわらかくつぶして食べさせようとしたが、ハナコが見にいくと、アキラはまったく食べていなかった。

その日の夕食も最初の日とまったく同じ。ごはんとニンジンとニンジンの葉っぱ、それにイナゴだ。だれもが飢えた人のようにガツガツと食べた。イナゴを食べるたび、ハナコは体に電気が走るように感じた。自分の体には、今イナゴが何より必要なのだという気がした。そして、まるでとてもおいしいものでも食べているみたいにイナゴをかみしめた。つまるところ、おなかがすいてたまらなかったのだ。それほどの空腹になると、人はどんなものでもおいしく感じるものらしい。

それを食べてしまえば、あとはもう何もなかった。ただ、父が今夜帰ってきたときのために、大きな茶わんに一杯のごはんが残っているだけ。あとじまいの手伝いをしたあと、ハナコは母のコートを着て、外に出て父を待つことにした。そうすれば、父がいつ帰ってきても、外で話をすることができる。アキラが回復するかどうかもたずねたかったし、他にも聞きたいことがいくつかあった。

ハナコは玄関の前の石段のところに立って目をこらした。すでに七時か八時、外はもうまっ暗だ。軒先に忘れられた風鈴がたまに小さく鳴るだけで、世界は静まり返っている。うしろでゆっくりと玄関の戸があく音がして、ばあちゃんが毛布を持って家から出てきた。

「外は寒かろう」

「はい、ありがとうございます」

ハナコはていねいな日本語で礼をいうと、毛布を受けとり体に巻きつけた。

ばあちゃんはまだ戸口にいて、暗闇を見つめている。

「お父さんはええ人じゃろう？　あの子は奇跡のようにさずかった赤ん坊じゃった。わたしはそのとき、もう四十二歳じゃったけえ」

「パパもいってた。パパは年がら年じゅう、ばあちゃんのことを話してた」

「ほう？　少しはええこともいうてくれたかいね？」とばあちゃんがはずかしそうに笑った。

「ばあちゃんはとってもきれいで、きゃしゃだったっていってたわ」

「きれいだなんて、そがなこと！　それに、きゃしゃ？」

「そう、小さくてやせてて」

「やせこけとったと？　そりゃ、聞き捨てならん！」

ばあちゃんはそういって、笑いこけた。まるで、今このときが人生で一番楽しい時間ででもあるように。ばあちゃんの笑い声にハナコは胸を打たれた。もちろん、両親はハナコを愛してくれている。それはわかっている。でも、ばあちゃんとのこのような関係は、また別のものだ。

ばあちゃんはまだハナコに会ったばかりなのに、それはもう、あがめるように愛してくれている。それほど愛されるようなことは何ひとつしていないのに。ばあちゃんの愛情で、まわりまでキラキラかがやいているみたいだ。ばあちゃんといっしょにいると、まるで自分がすばらしい人物になったような気がする。ひょっとしたら、空爆で破壊しつくされ、ひどい貧しさの中で苦しんでいるこの国に来たことは、自分の生涯で一番有意義な経験なのではないだろうか。ひどい空腹に耐えることとさえ、一種の冒険のような気がしてきた。

「ばあちゃん、パパは、やせこけてたっていったんじゃないの！　きゃしゃっていうのは、ただやせてるんじゃなくて、かっこよくやせてるのよ」

ばあちゃんは、ハナコの言葉をお世辞と思ったのか、はずかしそうに首をすくめた。

「それにね、パパはいってた。お母さんには一度もどなられたことがないって。でも、いたずらしたときは、ちゃんとしかってくれたって」

「そりゃ、子どもじゃけえ、ときどきは悪いこともしたよ。でも、奇跡の子どもをどなったりはできん。幸運が逃げてしまうけえねえ」

「写真はある？」

「今夜見せてあげる！　三枚あるんよ。息子の成長を忘れんように、お金をためて、三度だけじゃが、写真をとった」

　そのときとつぜん、道のほうから父の声がした。

「お母さん？　ハナコなのか？　二人ともどうして外なんかに？　こんなに寒いのに！」

「パパ、お帰りなさい！」

　ハナコは走っていって、父にぎゅっと抱きついた。

「白いおコメが手に入ったのよ！　まずバターと砂糖を取りに行って、それから、じいちゃんがおコメに換えたの！」

「そりゃ、すごい！　おめでとう！」

　父がハナコを抱き上げ、くるっとまわった。

「それで、今度は、おれが仕事を見つけたかどうか聞きたいんだろ？」

「見つかったの？」

「通訳の仕事を探しに行ったんだが、結局、進駐軍で働くことになった」それから、父は声を落とした。「やつらはどうも違法なことをやってるようだ」

「たとえば、どんな？　パパ」と聞くハナコを、父は地面におろした。

「軍の食料やなんかを闇市に流している兵士がいる。今日、おれもタバコを売らされたよ」父がポケットからタバコを二箱とりだした。「こうやって、現物支給だ。もう何箱かたまったら、魚か何か、食い物と交換できるな」

「でも、パパ、盗みは絶対にいかんって、いってたでしょ！」

そういったあと、ハナコはすぐに昼間の少年のこと、それに、母が「わたしだってやる。それ以上のことだって」といったことを思いだした。

「そのうち、まともな仕事を探すつもりだ。だが、それまでは、こんな仕事でも、おまえたちを養うためなら仕方がない」

ばあちゃんが口を開いた。

「アキラが病気なんじゃ。今は、食べさせることのほうが、盗みをせんことより大切じゃ。わたしは盗みを働いたことはない。わたしだけのことなら、一番に飢えてもええんじゃ。でも、アキラには食べさせねばならんけえねぇ」

父がばあちゃんの頭にやさしくキスした。

「アキラが飢えることは、絶対ないよ」

父とばあちゃんが話をしている間、ハナコはタバコの一箱を手にとって、においをかいでみた。これまでタバコを手にしたことはなかった。今の日本では、たったこの一箱が、バターや砂糖のように高価なものなのだろう。世の中には、タバコが好きでたまらない人たちがいるらしいが、このところアメリカでもときどき手に入らないと聞いた。それにしても、このにおいはひどい。ハナコは気持ちが悪くなって頭がくらくらした。それでも、タバコの箱を両手で大切に包んだ。まるでお金のように。いや、実際には、これはお金より高価なのだ。おそらく、今はたくさんの物がそうなのだろう。

　お金というのは、戦争で国土が破壊されずにすんだ国や、ものがちゃんとふつうの市場や店で買えるような国でこそ通用するものだ。一ドルでタバコ一箱とか、バター一本だとか、きちんと価値が決まっているところで。

　ハナコは、授業で習ったアメリカの南北戦争のころのことを考えた。そのころの戦場では、たとえ一ドルを持っていても、豆のかんづめ一個買えなかったそうだ。それどころか、百ドルでだって。南北戦争について父に聞いてみたことがある。父はいった。アメリカにとって、その戦争が国内で最後の戦争になるかどうかわからんぞ、と。

「世の中とはそんなものだ。だが、おれはおまえたちを絶対に守るよ」

　その父の言葉を、ハナコは信じた。だが、今こうやって考えなおしてみると、もはやそれを信じることはできなかった。世の中には、父がどうがんばっても、ハナコやアキラや母を守りきれないような状況があるのだ。

　それでも、父は、自分にできるすべてのことをやってくれるだろう。それはたしかだ。盗みやそれ以上のことさえ。母もそうするといったように。

23

ハナコたちは、みんなでアキラのようすを見に部屋に入っていった。アキラは眠っていた。母は、アキラの気分は少しよくなっているといったが、なぜそれがわかるのか説明することはできなかった。アキラの顔を見つめながら、ただこういっただけだ。

「息子のことぐらい、わかりますよ」

そこで、みんなは少し明るい気持ちになって、こたつの部屋へ引き上げたが、母はアキラのそばに残った。父は、テーブルに置かれたまますっかり冷たくなった自分の夕ごはんを、あっというまにたいらげた。

ばあちゃんが部屋を出ていったかと思うと、すりきれた封筒を持ってきて、ハナコのとなりにすわった。

「これが、三枚の写真」

ばあちゃんがそうっと封筒をあけた。ばあちゃんの手は日に焼け、ふしくれだっている。曲がってしまった指の第一関節は、背中と同じように、もう決してのびないだろう。ばあちゃんは三枚の白黒写真をとりだすと、テーブルの上に横一列にきちんとそろえて並べた。

最初の一枚は、父が子ども用の軍服軍帽を身につけて立っている写真だ。父はばあちゃんに寄りかかり、反対側にじいちゃんがいる。ばあちゃんは背筋がぴんとのびていて、その顔はといえば、まさに喜びにあふれていた。

ハナコははっとした。今、こうやって、家族みんなが日本でいっしょに暮らすようになって喜んでいるはずなのに、ばあちゃんの顔には、この写真とはちがって、何かかげりのようなものがあるのだ。そう、今この瞬間にも。ハナコは思わずばあちゃんの腕に手を置いた。

「だいじょうぶよ、ばあちゃん」

ばあちゃんが戸惑った顔を向けた。ハナコはあわてていった。

「あの……、今はみんないっしょだからねって、いいたかっただけ！」

ばあちゃんは写真に顔をもどし、いとおしげにいった。

「六歳のときじゃね。わたしにべったりじゃった」

じいちゃんが話に入ってきた。

「ああ、そのころは、ばあさんにべったりでなあ。わしにもなついとったが、小さいころは、いっつもばあさんにくっついとった。ばあさんが風呂に入ったとたん、大泣きじゃ。だから、風呂にもつれて入ってなあ。体を洗う間、床にすわらせておくんじゃ。いや、冗談なもんか。そうでもしないと、しっぽでも踏まれた犬ころみたいに泣きわめくんじゃけえ。九歳になっても、ばあさんが便所から出るまで外で待っておったけえのう」

「そりゃ、うそだ！　そんなこと覚えてませんよ」と父があわてて抗議した。

「母親になつくのは悪いことじゃない。はずかしがらんでもええ」といって、じいちゃんがクスクス笑った。

　父も笑っている。写真の中の六歳の父は、大きく見開いた目をかがやかせていた。

　二枚目の写真は父がハナコくらいのときのものだ。写真をのぞきこみ、じいちゃんがいった。

「まだ今は子どもじゃが、すぐに子どもじゃなくなるぞ、思うて、とったんじゃ。十二歳のころじゃ。あんまり速う大きくなりすぎる、いうて、ばあさんがいつもなげいとった」

「ほんにねえ、もう、どんどん背がのびてねえ」ばあちゃんが涙をぬぐいながら、写真をそっとたたいた。「ときどき、写真を額に入れてテーブルの上に飾っておこう思うたんじゃけど、見るたんびに泣くじゃろう思うて、やめたん」

　三枚目の写真では、三人は正座をして写っていた。

「これは、アメリカに出発する直前のものじゃね。誇らしくもあったけど、もう会えん思うとねえ」

　ばあちゃんはまたもや涙目になっている。

　写真の中で、父は自信に満ち、やはり目をかがやかせていた。ばあちゃんの背中はすでに少し曲がっていた。それに気づくと、ハナコはとても悲しくなった。一枚目の写真にふれ、それから、ばあちゃんの腕にふれていった。

「ばあちゃんはきれいで、きゃしゃね。パパがいったとおりよ」

ばあちゃんがうなずいた。

「はい、はい。わかった、わかった」

ばあちゃんの目は生き生きと明るく、いつもはいやがるお世辞も、これ一回きり、と受け入れている。

そんなばあちゃんとは対照的に、じいちゃんはほめられるのが大好きだ。そこで、ハナコはじいちゃんにいった。

「じいちゃんは若いころ、世界一ハンサムだったのね！」

じいちゃんは顔をかがやかせて笑った。

「ハナちゃんは賢いのう！　こんな賢い孫娘を持って、わしはまことに鼻が高い！」

すると、ばあちゃんがいきなり立ち上がって、ゆっくりと三度手を打った。

「さあさ、いよいよ賢い孫娘をびっくりさせるときじゃ！」

ハナコも、期待のあまり思わず立ち上がった。ばあちゃんは、部屋のすみの大きなかごのところで何やらゴソゴソしていたが、とりだしたものは、なんとチェックのスカートだ！

「ああっ、すごい！」ハナコは走っていって手をのばした。「すばらしいわ！」

本当にそのとおりだ。お世辞ではなく、スカートは本当にすばらしい出来だった。ここ数年で初めて、ハナコは人前で着替えるのをはずかしく思い、風呂場へ走った。スカートは、どこもかしこもぴったりだった。体にぴったり合っていて、それでいて、少しもきつくなかった。それに、長さもハナコが思ったとおりの位置、ちょうどひざのところだ。ハナコは走るようにこたつの部屋にもどった。

みんなが感心して、口々にほめた。ほんとにぴったり合ってる！　スカートもきれいだが、ハナコもきれいだ！　と。

祖父母の家には鏡がなかったが、ハナコは自信を持っていえる。このスカートをはいた自分は、カタログの写真の女の子のように見えるはずだと。もちろん、カタログに日系人の女の子の写真があればの話だけれど。

自分の姿を鏡で見られないことをほんの一瞬残念に思ったが、すぐにどうでもよくなった。だって、このスカートが完璧だということは、ちゃんと体でわかる。だから、見る必要なんかないのだ。

ばあちゃんが、遠慮がちに話しだした。

「夜中、ずうっとぬうてたんよ。ほとんど寝ずに。でも、次の日、ちっとも疲れてないん」そういって、何度もこっくりこっくりうなずく。「ハナちゃんを驚かせたい、思うてねえ、ぬい上げてしまいたかったんよ。ほんにようできた。もっとお金があったら、もっといっぱいぬってやるんじゃけどねえ。着おうせんほど、いーっぱい」

「それでも、このスカートほど完璧なものはできないわ！　これは、世界が始まって以来、最高のスカートよ！」

　この言葉にうそはない、とハナコは思った。

24

　次の朝、ハナコが起きると、母は、アキラが赤ん坊のときのように、歌を歌い聞かせていた。

「高く、高く、赤い鳥、飛んでった……」

　アキラは母をじっと見つめていたが、その表情は、いつものようにぼんやりしている、というより、妙に物思いにふけっていた。

　土曜日でも、じいちゃんとばあちゃんに休みはない。二人とももう畑に出ていた。父も、新しくありついた仕事に出かけていた。

　ハナコが一人でごはんとニンジンの朝食をすませ、台所を片づけていると、母がアキラのまくらもとをはなれ、居間のこたつへハナコを呼んだ。

「ちょっと話があるの」

　その声の調子にハナコはいやな予感がしたが、こたつに行ってすわった。母はハナコの顔にそっとふれてから、話しはじめた。

「ここから二十分くらいのところに、学校があってね。あなたをそこの六年生に転入させようと思うの。そうすれば、四月の新学期になったとき、高等科に進める」

ハナコはあぜんとした。

学校？　もう学校に行かなきゃならないの？

「わたしの日本語じゃ、学校は無理よ！　ちゃんと読むことも書くこともできないんだもの！　行くってったって、スクールバスはあるの？　まさか一人で歩いていかなきゃならないんじゃない？　それに、他の生徒がわたしを好きになってくれるの？　アメリカに爆弾を落とされたから、アメリカを憎んでるんじゃない？　それに、日本の先生ってどんな人よ？」

ハナコは、そこでようやく息をついだ。考えれば考えるほど、自分は日本のことを何ひとつ知らないではないか！

「だいじょうぶよ。最初の日は、ばあちゃんがいっしょに行って、道を教えてくれるから。わかりやすい道だってよ」

「でも、わたし、きっとみんなとちがってる。きらわれるわ！」

「ハナコ……。あのね、ハナコ、わたしたち、もう日本に住んでるんだから、そういう心構えでいなくちゃ。家にいても、あなた一日じゅう何もすることがないでしょ。それに、ばあちゃんが聞いてきた話では、アメリカは、日本の義務教育を九年にしようとしているそうよ」

「どうして、いっつもアメリカ人のいうことを聞かなきゃならないのよ？」

「今、日本はアメリカに管理されてるの。仕方がないことでしょ。いつだって、どこにだって、管理者はいるんだから」

ハナコは、アキラが怒ったときにときどきやることをまねてみた。つまり、母に背を向け、腕組みをし、だれもいないほうを向いてしゃべった。

「いつから行かなきゃならないの？」

「月曜よ。ばあちゃんがとくにそうしてほしがってるの。学校に通って、一生懸命勉強して、そうすれば……」

「そうすれば、何？」

「そうすれば……、いつか、アメリカにもどらなくちゃならなくなったときも、アメリカの教育が受けられる」

ハナコは驚いて母のほうへ向きなおった。

「わたし、もう日本人になったと思ってたのに！」

「ハナ、父さんもわたしも、まだ考えを決めきれていないの。でも、わたしたちはすべてをなくして無一文になってしまったでしょ。父さんはね、財産はとりあげられるし、ルーズベルト大統領のせいで収容所には入れられるし、それに、友人たちが収容所でなぐられたり、その他いろんな理由で、アメリカ国籍を放棄しようと思ったらしいの。

でもね、国籍を放棄するなんて、自分から思いついたことじゃないのよ。政府にしつこく返事をせまられたとき、このままアメリカにとどまっても安心して暮らせるだろうかって、疑問を持ったのね。そこで、父さんとわたしは、アメリカ国籍を捨てることを決めた。十八歳になるまで国籍放棄できないから、あなたたちはまだアメリカ国籍だけど。でも、船で日本に向かっているときにはもう、父さんの気持ちがゆれだした。というのは、あなたとアキラのことを思ってなの」

そういって、母がとつぜん身を乗りだしたので、あやうくハナコとひたいをぶつけるところだった。

「わかる?」

母は、耳の悪い人に話すみたいに大声をだした。

「ここのじいちゃんとばあちゃんは小作人で、これから先も決して土地を持つことはできない。だれもあなたたちに財産を残してやれないから、あなたたちは自分の将来を自分で築かなきゃならない。自分の将来を築くのは、アメリカでのほうがやさしいの。父さんが親もとをはなれてアメリカにわたったのも、もともとそういう理由からなのよ。

でも、日本にいる女の子にとって……、しかも、小作人の子となると……、小作人にはほとんど未来がない。だって、借地料をたくさん支払わなくちゃならないから、そこからはい上がることは不可能なの。はい上がれないどころか、そのうち地主に借金しなくちゃならなくなって、それがどんどん増える。そして、ある年、不作になったとたん、自分の未来のすべてを地主の手ににぎられてしまう。そうなると、もう逃げようがない。それは、アメリカの小作農も同じことだけどね。地主は利益を上げるけど、小作農は家族を養うのでせいいっぱい。ちょうど、砂嵐で土地を追われたあの写真の農民みたいに」

母が言葉を切った。そして、よみがえった写真の光景をふりはらうように、頭を一ふりすると、立ち上がって、ハナコを真上から見下ろした。

「わかった?」

ハナコは首をたれ、つぶやいた。

「あの写真の人たち、土地を持ってなかったんだ」

「小作農よ。父さんは、子どもにあんな生活はさせたくないと思ってた。だからこそ、レストランであんなに必死に働いたんだけど、結局は、あなたたちを日本に連れ帰ることに……」

「でも、どうして? わたし、日本で大学へ行って、レストランを開けないの?」

「日本の女の子は、アメリカの女の子のようにはいかないの」

「でも、ママ、わたし、わかんない。ママたちは、わたしに日本人になってほしいの? それともアメリカ人? ママ、わたし、全然わかんないよ!」

母に見下ろされて、ハナコは自分がとてもちっぽけに、まるでアリにでもなってしまったような気がした。

「父さんは、あなたたちの将来のことをいろいろ考えてくれてるのよ。そりゃもう一生懸命に。

父さんが将来のことに責任を持って、わたしがあなたたちの今の生活に責任を持ってる。そして、そのわたしがいってるんです。月曜から学校に行きなさいって」

ハナコはぎゅっとひざを抱いた。

「それなら、行く。月曜から学校に」

出てきた声は、アキラの声のようにかぼそかった。

母がハナコの前にすわり、同じようにひざを抱いた。ハナコは顔を上げなかった。だが、母の、まるでハナコの脳の中まで入りこもうとするような、あの強烈な視線を感じた。

「ハナ……、ずっと前だけど、父さんがわたしにばあちゃんの背中のことをいったことがあるの。百姓は、畑や何かで働いているとき、かがんだ拍子に背骨を痛めることがあるんだって。ある日、そうやって、ばあちゃんも畑でとつぜん背中に痛みを覚えた。でも、ばあちゃんはそのまま働き続けた。何日も、何年も。そして、ばあちゃんの背中は、ますますひどく曲がっていった。きっとそうだったんだろうって、父さんはいうの」

「それはちがうわ！　ばあちゃんは自分でいったもの。曲がっていくのも気づかなかったって！」

「いいえ、本当です。ばあちゃんは、痛めた日がわかってるの。でも、痛いのを無視して、だれにもいわなかったのよ」

「今も痛むの？」

「ええ、ちゃんと聞きました。ときどき、とっても痛むそうよ。くしゃみをするときなんかね。だから、くしゃみが出るのがいやなんだって。でも、ふだんは、苦にはなるけど痛くはないそうよ。ただ、背中がとってもかたくなってて、何をやるにもやっかいなんだって。

わたしは何も、あなたが将来小作人になったら、ばあちゃんと同じようになるとはいってないのよ。でも、小作人が土地を持つことはない。そして、ものすごくきびしい暮らしを強いられる。もちろん、土地を持っていても生活が苦しくなることはあるよ。でも、土地持ちのほうがチャンスがある。それに、自分の子どもたちに何か残してやれるわけだし。

あなたにも、いつかきっとわかる。子どもたちに何か残してやれるってことが、いかに大切かが。父さんは、そのことにとりつかれたようになってた。でも、もう父さんにもわかったの。そんなことは決してできないだろうって」

ハナコは想像できなかった。腰が曲がって、ずうっと下を向いたまま暮らす自分の一生を。そういえば、ばあちゃんは立っていてもたいてい下を向いている。きっとそれがばあちゃんには楽な姿勢なのだ。

母はまたすぐにアキラのところへもどっていき、ハナコは風呂のしたくにとりかかった。よごれた水を流し、湯船を洗い、井戸水をポンプでくみあげて入れた。それから、湯船の下の焚き口で火を燃やした。

働いている間じゅう、ハナコは学校のことを考えていた。ツールレイク収容所では、学校の授業を真剣に受けている子は少なかった。収容所内の学校は、それ以前に通っていた学校とはちがって、もっと気楽で、生徒たちの態度もよくなかったのだ。

　暗くなるとまもなく、じいちゃんとばあちゃんが麦畑から帰ってきた。ばあちゃんは白菜を一玉かかえている。

「草とりをしていたんじゃけど、孫の健康のために白菜がいるんじゃないかと思うてね。さ、これで雑炊をつくろ」

　ハナコはばあちゃんのうしろから台所に入った。

「ハナちゃんはそこにすわっときんさい。わたしが雑炊をつくるけえ」とばあちゃんがいった。

「あら、ばあちゃん、手伝うわ！」

「わたしのことなんか、心配せんでええ。働くのはかまわんのじゃけえ」

「わたしもかまわないわ」

　ばあちゃんはなべに水を入れると、かまどにかけた。それから、ハナコのほうを向いた。

「なんで、ひたいにしわを寄せとるん？」

「学校のことが心配なの」とハナコはすぐに答えた。

「学校に行くのは、大事じゃ」

　ばあちゃんはそういうと、一気に話した。

「わたしは一度も学校に行ったことがない。貧乏で行けんじゃった。わたしを見んさい。ハナちゃんの背中はまっすぐじゃろう。それでも、学校に行かんと、最後はわたしのようになるかもしれんよ。わたしをよう見て、わたしから学びんさい」

ばあちゃんの顔は、今にも泣きだしそうだった。

「もしハナちゃんがこうなったら、わたしのせいじゃ！」

「でも、ばあちゃん！　わたしはわたしなのよ！」

ばあちゃんはハナコをしげしげと見た。

それから、手をのばして自分の背中をたたくしぐさをした。

「もし、わたしが学校に行っておったら、背中は曲がったじゃろうか。勉強がよくできて、金持ちの家のお手伝いさんになったかもしれん。世の中がちがっとれば、仕立屋にだってなれたかもしれん。今さら文句をいうつもりはない。ただ、ハナちゃんに話しておるだけじゃ」

ばあちゃんは遠慮がちに手をのばし、ハナコの顔にふれた。

「わかる、わかる。ここはアメリカとはちがうけえ、心配なんじゃろう？」

「わたし、日本語を読むのも書くのもできないの。字はていねいなんだけど、漢字は少ししか知らないし」

それを聞くと、ばあちゃんは本当に心配そうな顔になった。その顔を見ているうちに、ハナコは思った。ばあちゃんは美しい。きれいという意味ではなく、善良な美しさだ。

ばあちゃんがハナコの手をとって、自分の背中に当てた。

「わたしの背中(せなか)をさわってみんさい」

ハナコは、なぜ、ばあちゃんがこんなことをさせるのかわからなかったが、いわれるままに、曲がった背中(せなか)を上から下へなでおろした。背骨(せぼね)が、まるで木のこぶのように、ぼこぼこと飛びだしている。

「あんたの将来(しょうらい)がこうならんように、わたしらはがんばらにゃ。この背中(せなか)をようく覚えときんさい。いいたいことはそれだけ」

ハナコは、自分のはだしの足もとに目をやった。それから、顔を上げて祖母を見た。体は小さくちぢんでしまっても、希望を失(うしな)わない祖母を。

「わかったわ」

「よかった！」

ハナコはばあちゃんの背中(せなか)に目を移した。

「ママがいってたけど、背中(せなか)がときどき痛(いた)むの？」

ばあちゃんはゆっくりとうなずいた。

「ああ、ときどきは」

それから、いつもやるように手で宙(ちゅう)をはらうようなしぐさをした。

「ほうらね、こうなりとうはないじゃろう？　わたしは文句いっとるんじゃないん。あんたに知っといてもらいたいだけじゃ。ね？」

ハナコはうなずいた。

「じゃあ、料理としようかね！」

ばあちゃんが白菜をなべに入れた。それから、うれしそうになべを見て話しだした。

「このなべをもらったんは、結婚したときじゃ。母親からの贈り物じゃった。たったひとつの結婚祝いじゃ」ばあちゃんがハナコにほほえんだ。「ハナちゃんが結婚するときは、たくさん贈り物をもらうじゃろうねえ。わたしからの贈り物は、このわたしじゃ！　スカートを百枚ぬうてやる。どうにかして、布を買う金を工面せにゃ」

「ばあちゃんは、結婚式のときは着物を着たの？」

「はい、もちろん！　母親がぬうてくれた紫の着物じゃったよ」

「わたしも紫が好き！　その着物、どこにあるの？」

「ああ、もうずっと前に売ってしもうた。結婚して二、三年後に。そのあと、おばが亡くなって、子どもがおらんじゃったけえ、着物をわたしに残してくれたん。それを、あんたにやりたかったけど、それも売らなならんかった。じゃけど、あげられるものがあるよ。わたしが結婚式のときにつけた紫色の絹の花のかんざし。ハナちゃんが結婚するときつけてくれたら、うれしいけどねえ」と、ばあちゃんがとてもひかえ目に聞いた。

「もちろん、つけるわ！　紫は大好きな色だもん！」

ばあちゃんが何度もうなずいた。

「わたしの好きな色も、紫じゃ」

白菜とコメが炊き上がる間、ハナコとばあちゃんは土間の小さなイスにすわって待った。

ばあちゃんが、考え考え話しだした。

「ハナちゃんも、この新しいとこに、だんだんなれてきたじゃろう？　おかしなことじゃが、この背中もそうなんじゃ。バカバカしく聞こえるかもしれんけど、こうなるうちになれてしもうた。どうにもならんことは受け入れる。日本式のやりかたじゃね」

「日本では、だれも不平をいわないの？」

ばあちゃんは初めて両手で、いつもの宙を打つような手つきをやった。

「そんなこたあない。不平いうよ。たくさんの人が。ああ、わたしらだって、文句はいう。だけど、受け入れもする。とにかく、わたしはそう。そのあと戦争がやってきて、どうやって生き残るかを考えなならんようになった。それは、おおかたの人にはたいへんなことじゃ。それからはもう、そのことばっかりで、文句いうひまものうなった」

「それで、戦争が始まったときは、どう思ったの？　ばあちゃんは、戦争に賛成する投票をしたの？」

「わたしら、投票はできんかった。いまだにしたことはない。わたしらは、ただ戦争から立ちなおろうとしとるだけ」

「それじゃあ、……夢は？　夢は持たないの？　将来のことを考えるでしょう？」

「ああ、そりゃあ、考えるよ！　わたしは毎日毎日、息子に会うこと、息子の子どもに会うことを考えとった。息子の嫁さんに会うて、ええ人かどうかたしかめたかった」

「ママはいいお嫁さんだと思う？」

「もちろんじゃ。ハナちゃんはわたしの孫。だから、あんたの母さんはわたしの娘じゃもん。畑で毎日働きながら、ずうっと息子のことを想像しとった。コメが実る。刈りとる。麦を植えて、麦が育って、刈りとる。野菜を育てて、雑草をぬいて、害虫を殺す。わたしの人生はこのくり返じゃ。肥料にお金がかかるのが悩みじゃけえ、肥料と、野菜と、雑草と、虫。これが、将来を考えるということかねえ。夢は豊作じゃや。ハナちゃんの夢は？」

「今までの夢は、パパと同じだった。一生懸命働いて、自分のレストランを三軒持つの。それから、パパがばあちゃんに百万ドル送金するの！　それがわたしの夢だったのよ！」

　百万ドルの部分は本当ではない。こんな夢を考えたことはない。でも、当時、もし祖父母に会っていれば、絶対にこんな夢を持ったにちがいないのだ！

　ばあちゃんがおかしそうに笑った。

「百万ドルで、わたしが何するん？　ハナちゃんにたくさんスカートをつくってやるくらいなもんじゃ。それより、ハナちゃんがお金を持っといて、自分でスカート買うほうがええ。わたしも手間がはぶけるというもんじゃ」

　そういったとたん、ばあちゃんは急にしずんだ顔になった。

「あんたの父さんは、わたしらとはなれるのがつらかった。でも、アメリカにわたらんわけにはいかんじゃった」

　ばあちゃんが顔を上げて、遠くを見つめた。

「自分の子どもと別々の国で暮らすいうのは、つらいもんじゃ。でも、出発のときも、わたしは何もいわんじゃった。あの子の気がとがめんように」

　それから台所に目をもどすと、ばあちゃんは明るい顔でハナコを見た。

「いつか、ハナちゃんも父さんと同じことをするんかのう。他の人とはちがう新しいことを。アメリカ式に」

　ばあちゃんがなべをかきまわし、かまどからおろす。まくり上げた袖からつきでた腕は細く、まさに老人の腕だった。しわしわで、しみだらけで。何十年も休みなく働き続けてきた腕だ。

「ばあちゃん、あの……、聞いていい？　戦争は、ここではどうだった？　このあたりに爆弾は落ちなかったの？」

「いなかには爆弾は落ちんじゃった。けど、ここでも戦争はあった。だれもかれもがますます貧乏になっていって、若い男はどんどん戦地に送られた。となりの青年は隠れた。徴兵検査に行かずに。警察が探しにきたときは、うちのおし入れに隠れとった。びっくりしたねえ、その子があわててうちに入ってきたときは。でも、顔があんまりおびえとったけえ、何も聞かずに隠したよ。その子がかけこんできてすぐ、じいちゃんが『おし入れに入れ！』いうてね。何から逃げとるのかも知らんじゃったけど、隠れにゃならんわけがあるのはわかったけえ」

「その人、どうなった？」

「おし入れん中に夜までおったよ。そのあとは、一度も見てない。となりの家の者にも、何も話さん。知らんほうがええんじゃ」

「アメリカでは、日本がどうして真珠湾を攻撃したのか、みんなよくわかってないの」

「ああ、日本の報道はそのころ統制されておったけえ、わたしらもあまりよくは知らんじゃったんよ。じわじわ戦争に向かっていく間に、日本じゃ、いくつも暗殺事件があった。軍は日本を大きな国にしたかった。西洋のような大帝国に。ただ、みんなの話じゃ、高橋是清いう政治家だけは、そういう日本を望んどらんじゃったんだと。その人は、国を富ませ、国民を豊かにしたかった。じゃが、他のたいていの政治家たちは、国を富ませ、軍隊を強くしたかった。高橋いう人は、日本が帝国になるんじゃのうて、国と国が協力することを望んどった。でも、その人は、暗殺されてしもうた。そのころ、あんまりたくさんの人が暗殺されたけえ、だれに責任があるんか、ようわからんようになったんじゃ」

「パパがいってた。世界の歴史は権力闘争だって。それぞれの国の中でも、国と国でも」

「ハナちゃんの父さんがそういうなら、本当じゃろう。わたしやじいちゃんには、複雑すぎてようわからんが。わたしらは小作人じゃけえ、家の中んことや畑のことは、何がよくて何が悪いか、わたしにもわかる。じゃけど、国のこととなると、難しいねえ」

「ばあちゃん、アメリカから日本に帰るとき、悲しかった？　一九一九年のことよね？　パパから聞いたけど」

「帰るときは不安じゃったねえ。でも、それは、せねばならんことじゃった。じいちゃんの母親が、もう年とって病気じゃったけえ。

　けど、一九一八年は、日本にもたくさんの騒動があった。米騒動いうて、コメの値上がりで困った人たちがいっぱいおって、あちこちで大きな騒動を起こしたんよ。たくさんの町が混乱しとるいう話じゃった。それに、一九一八年は、スペイン風邪でいっぱい人が死んだ。そのすぐあとなんじゃ、わたしらが日本に帰ったんは。

　そのころ日本には、軍事大国を望む権力者と、貧しい人のために政治をせにゃいかんいう人らがおった。日本には何度もたいへんな時期があったけど、そのころは、そんないろんな考えの人たちがクーデターやら暗殺やら起こして、とくに悪い時期じゃった。そのあとは長い戦争じゃ。人々は殺し、戦い、殺し、戦い、その間、わたしは畑で働いて、背中はどんどん曲がった。これが、あんたの父さんが出ていったあとのわたしの人生じゃ」

　ばあちゃんがハナコにやさしい顔を向けた。

「だから、あんたらが帰ってきてくれて、わたしはほんにうれしいんじゃ。どうもありがとう」

　ハナコは顔が赤くなった。

「それより、ばあちゃんたち、アメリカにずっといればよかったのに！　じいちゃんのお母さんの面倒を見てくれる人は、他にいなかったの？」

　ばあちゃんは、たまげた顔で声を上げた。

「まあ、ハナちゃん、なんちゅうことを！　じいちゃんの義務なんじゃ、母親を見るのは。アメリカにいることより、ずっとずっと大切なことなんよ」

　そのことはハナコにもわかる。そこで、話を明るい方向に持っていった。

「でも、そんな混乱はもう終わったから、これからはよくなるね」

　ばあちゃんは、すぐには答えず、しばらく考えていた。

「とにかく、たくさんの人が死んでしもうた。上の方の人たちは、戦争がこんなふうに終わるとは思うていなかった。みんな、だれか他の人がまちごうとると思うた。たぶん、ほとんどの人がまちごうとったんじゃ。もしかしたら、正しい人が一人くらいおったかもしれん。でも、暗殺されてしもうた。だれも、その人が正しいいうことがわからなんだ」それから、ばあちゃんは急に明るくいった。「じゃけど、世の中に、正しい人が一人きりいうことはないじゃろう。じゃから、世の中はだんだんようなる。うん、ようなっていくとわたしは思う」

　ばあちゃんは、自分の手のごつごつした関節に目をやった。

「わたしの人生は、働くばっかり。戦争があろうと、なかろうと。もし、だれかがあんたらを傷つけようとすれば、わたしはその人を殺す。じゃが、そうせんかぎり、殺しはせん。じいちゃんもわたしも、殺し合いはすかん。わたしらは、生まれて死ぬるまで、働くばっかり。ところが、今働いとるんは、あんたらのためじゃ。これは、大きなちがいじゃ」

「殺す」といったときのばあちゃんの声のおそろしさに、ハナコはぎょっとした。だが、それは一瞬のこと。ばあちゃんは、もういつものおだやかなばあちゃんにもどっていた。

「じゃあ、ばあちゃん、今は、アメリカのことをどう思ってるの？」

「アメリカには十一年住んどった。アメリカは強い。アメリカにおると、アメリカという国がいかに強いか、思い知る」

「パパの友だちに、いつも父親になぐられてた人がいるんだって。その人は、父親を好きになろうとしたんだけど、なぐられたせいで、好きになるのがとても難しいっていったそうよ。アメリカに対する自分の気持ちはちょうどそれだって、パパはいってる」

ばあちゃんがまゆを寄せた。

「息子がアメリカに住んどるんは、いいことじゃと思うとった。アメリカは強い、アメリカが守ってくれるから、安心じゃと。でも、今、息子がここにおるのもうれしい。こうやって孫の顔が見られるなんて、今が人生で一番幸せじゃ」

そういうと、とつぜん、ばあちゃんは泣きだした。声を上げて、激しく。

ハナコは飛び上がって、ばあちゃんのそばに行った。ばあちゃんは泣きながらなべをかきまぜている。ハナコは思わずばあちゃんの背中に手をのばし、それから、思いきって、ごつごつした背骨の上に手を置いた。

「どうしたの？　ばあちゃん」

「思いだしてしもうたんよ、結婚式の着物を売った日のことを！　ほんとは売りとうなかった！」

　ばあちゃんは泣きながらそういうと、今度は半分どなるようにハナコにいった。

「行きんさい！　行きんさい！　早う！　まったく、こんなつまらんことで泣くなんぞ！」

　ばあちゃんの態度のあまりの激しさに驚いて、ハナコは急いで台所を出た。アキラの寝ている部屋から、じいちゃんと母の話し声が聞こえてくる。ハナコは一人こたつに入り、手の中に顔をうずめた。

　学校に行こう。そして、学校を卒業したら、お金持ちになって、ばあちゃんが売ってしまったのとそっくりの着物を見つけて、買ってあげよう。

　でも、ばあちゃんが持っているたった三枚の写真の中に、その着物は写っていなかった。だから、そっくりのものを見つけることはできないだろう。その着物はすでに失われたのだ。世界じゅうのお金を合わせても、もはや、その着物はとりもどせない。

　ばあちゃんのまっすぐな背骨と同じように。

25

ハナコは一人だった。

でも、ばあちゃんが結婚式の着物を売ったときのことを考えているうちに、ハナコは急に、さらに一人っきりになりたいと思った。

立ち上がって、玄関の戸をそっとあけ、石段をおりてそろそろと前庭に出ていった。家の前の道まで歩いていき、闇の中でまわりを見まわした。だれもいない。生まれてこのかた、今が一番一人きりになったといえるかもしれない。

松の木に半月がかかっている。その月をかすめ、光を帯びた小さな雲がゆっくりと動いていく。空の表情が刻々と変わる。これが、日本人の好きな「無常」なのだろう。すべては移ろい、はかない。無常の世の中で、またとないそのときどきを愛でるというのが、日本人の考え方だ。

おそらく、戦時中はみんなたいへんな目にあっていたので、そんな考えは忘れられていただろう。たしかに、ハナコ自身、収容所生活ではそんなことなど考えたこともなかった。しかし、結局、永遠に続くと思われた収容所生活も一時的なものだったのだ。

ハナコがふたたび空を見上げると、なんとさっきの雲はもうすっかりなくなっている！　消えちゃった？　それとも、どこかへ流れていった？　わからない。

そのとき、ハナコはとつぜん思いだした。かわいがっていた猫(ねこ)のセイディのこと。えさ代の二十七ドルといっしょに近所の女の人にあずけたが、その人は結局、ハナコが出した手紙に一度も返事をくれなかった。だから、セイディがそのあとどうなったか、知ることはできない。つまり、ハナコにも、ばあちゃんの着物と同じように、二度ととりもどせないものがあるのだ。

でも、それに対して、じいちゃんはなんていったっけ？

「だから、わしらは前に進んでいこうや」

そして、今、自分には祖父母がいる。そのことは、前に進んでいくうえで一番に考えなければならないことだ。

家のほうから、ばあちゃんの呼(よ)ぶ声が聞こえてきた。

「ごめんね、ハナちゃん！　怒(おこ)らせてしもうた？」

ハナコはふり返った。

「そんなことないよ！　全然！」

「どなるつもりなんかなかったんよ」

家にもどっていきながら、ハナコは答えた。

「怒(おこ)ってなんかないよ。ちょっと考えてただけ」

玄関(げんかん)まで来ると、ばあちゃんがはずかしそうな顔で立っていた。

「すまんかったねえ。さ、ごはん食べる？　もう怒ってない？」

「なんともないって！　ばあちゃん。全然怒ってないってば！」

ハナコはばあちゃんをそっと抱いた。

今日も、父が帰ってくる前にみんなは夕ごはんを食べた。八時すぎにならないと帰らないと父がいったからだ。

驚いたことに、母がアキラをつれてこたつの部屋にやってきた。厚い毛布にくるまれたアキラは、こたつの前にすとんと腰をおろすと、はっきりとした声でいった。

「おなかすいた！　ハナ、なんでぼくにごはん食べさせなかったんだよ」

「ママが食べさせてあげる、アキちゃん！」

母がアキラの頭をなで、赤ん坊みたいにアキラの口にスプーンでごはんを入れてやった。そんな赤ちゃんあつかいをアキラは楽しんでいるふうだ。

自分のかゆを全部食べると、ほしそうにハナコの茶わんを見た。ハナコは残りのかゆをアキラにやった。

茶わんを片づけ、みんながこたつで話していると、父が部屋に入ってきた。そして、得意げにリュックを高く上げた。

「いいもの、持ってきたぞ！」

父はみんなをじらすように、わざとゆっくりこたつのところにやって来ると、もったいぶってリュックをあけた。ハナコは期待ではじけそうだ。

父がおもむろに大きなインゲン豆の絵柄のかんづめをとりだしてみせた。まるで海賊みたいに笑いながら。ハナコの初めて見る顔だ。

「どうだ！　ベーコンの脂だぞ！　今日はタバコじゃなくて、これをくれたんだ」

じいちゃんが立ち上がって、引ったくるようにかんをとると、ふたをあけた。それから、深々とにおいを吸いこんだ。

「あー！　子どもたちにはこれが必要なんじゃ。わしのおふくろもいっとった。子どもには脂肪が必要じゃと。おふくろは教育など受けとらんじゃったが、ちゃーんと、真実を感じる力があったんじゃのう。魚が手に入ったときは、必ずわしら子どもに食わしてくれた」

じいちゃんはかんにまたふたをすると、こたつのテーブルに注意して置いた。じいちゃんの顔は得意げで、まるで自分がこの脂を手に入れてきたみたいだ。

「わしはええ息子を育てた。満足じゃ。わしはええことをした」

アキラがそのかんをとり、ハナコと二人でにおいをかいだ。そして、二人で指をかんにつっこんで、指についた油をなめとった。

おいしーい！

「他にもあるぞ。ハナコとアキラに防空頭巾を買ってきた」

ハナコは弟と顔を見合わせた。防空頭巾？

「何？　それ」

「今でも、子どもはみんなかぶってるぞ。戦時中、爆弾から身を守るためにかぶったものだ」

防空頭巾というのは、肩までかかる綿入れ頭巾で、首の位置にひもがついていた。こんなもので、どうやって爆弾から身を守ることができるんだろう？　とくに、広島の町を破壊しつくした原子爆弾のようなものに、こんなちっぽけな頭巾で対抗するなんて不可能じゃないだろうか？

でも、とにかく、ハナコは頭巾をかぶり、首のところでひもを結んでみた。

「学校に行くときにかぶれるよう、買ってきたんだ。これをかぶってたほうが、みんなに早くなじむだろう」

「そうね、パパ」

とハナコはおとなしく賛成した。

それにしても、ここの学校はどんなところなんだろう。収容所の学校は教育内容も少なく、規律もきびしくなかった。ハナコはそこであまり勉強しなかった。

収容所に入れられる前は地元の学校に通っていたので、他の日系人のようには日本語の読み書きができなかった。収容所で同じクラスになった生徒たちは、ほとんど戦争前から日本人学校に通っていた子たちだ。収容所の先生は日本語で授業をしたから、ハナコは日本語を聞いたり話したりする能力はじきに追いついたが、読み書きはついていくことができなかった。

きっと、ここの学校でも無理だ。

ああ、行きたくない。

一方、父のみやげはまだ終わっていなかった。今度は、酔っぱらったサンタクロースみたいな顔で、リュックを高く上げている。

アキラがピョンピョンとびはねながらさけんだ。

「わかった！　わかった！　においでわかるよ！　魚だね！」

父がリュックを逆さにすると、新聞紙に包んだものが落っこちてきた。

ハナコとアキラは包みを破りあけた。サバだ！　とびきり新鮮とはいえない。おそらく一日くらい古くなったにおいがする。でも、とにかくハナコには、最高においしそうなにおいに思えた。

「自転車で売り歩いてる魚屋と行き会ったんだ。さあ、すぐみんなで食べよう！」

そこで、ばあちゃんが一人で魚を台所に持っていって料理した。ばあちゃんは、古くなった魚をおいしく料理する秘訣を知っているのだという。

「そのうち教えてやるけえ、ハナちゃん。でも、今夜は特別じゃけん、わたしが一人でやる。この秘訣を知っておるのは、世界じゅうでわたし一人なんよ」

顔が興奮でほてっている。

ばあちゃんがこっそり料理した魚の味は、まるで一時間前につり上げられたみたいに、史上最高においしかった！

Ⅳ

学校

26

初めて学校に行く日に鏡がないというのは、まったく悲劇としかいいようがない。この家には、姿の映せるガラス窓さえない。

ハナコは白いブラウスに新しいチェックのスカートという出で立ちで、ばあちゃんに髪を三つ編みにしてもらっていた。本当は、なれている母のほうがよかったのだが、ばあちゃんが編んでやろうといったときハナコが断ろうとしたのを、母が目でしかって、いわせなかったのだ。

準備のできたハナコが居間に立つと、アキラと母とばあちゃんが口々に品評した。ばあちゃんは感激して、片手を胸に当てた。

「こんなふうにいうとじいちゃんみたいじゃが、いわずにはおれんねえ。わたしは申し分なしの女の子に、申し分なしのスカートをつくった。ほんに自分でも感心する」

それから、手をおろして、はずかしそうに肩をすくめた。

「もう、じゅうぶん。自慢はやめじゃ。さあ、コートを着んさい。今日は寒いけえ」

ハナコはおさげに手をやって、いつも母が編んでくれるようにできているかどうかたしかめた。だいじょうぶそうだ。もちろん、スカートは完璧。でも、これがどのくらいすてきにできているか、今までにチェックのスカートを見たことがない人には、きっとわからないだろう。

そもそも、国がちがったら、同じものを同じようにすてきだって思うかしら？

でも、もう出発の時間だ。ばあちゃんがコートを着ている。ハナコは、やっぱり気が進まなかった。何ごとであれ、初めてというのはきらいだ。初めてのときはいつも、どぎまぎ、おどおどしてしまって、なぜこんなことしなきゃならないの？　なぜ？　と、どうしても考えてしまう。ハナコはだんだんいやになってきた。なぜ、あと何日か家にいちゃいけないんだろう？こんなにあわてて学校に通いはじめる必要が本当にあるんだろうか？

ハナコは思わず、ドンと足を踏みならした。だが、母とばあちゃんは、ちょうどアキラを見ていたので気づかない。もう一度やってみた。それでも、だれも気にかけない。

そこで、ハナコは仕方なく、紫色のコートを着て防空頭巾をかぶり、革靴をはいた。

他の生徒たちは、たぶん革靴をはいたり、紫色のコートやチェックのスカートを着てはいないだろう。だから、みんなにすんなりとは溶けこめないかもしれない。でも、初めて学校に行く日に特別のよそおいをして、いったい何が悪いの？

母はアキラと家に残るので、学校に行くのはハナコとばあちゃんだけだ。家を出ようとすると、アキラがコートの袖を引っぱった。

「なんで、引っぱるのよ！」

「またこのコートか！」

アキラは怒ったように顔をしかめている。

「二人とも、やめなさい」

　母が身を乗りだして、鼻をハナコの鼻にくっつけた。そして、まるで鼻でもって話しているみたいに二、三度こすってから、ハナコにいった。

「だいじょうぶよね？」

　でも、ハナコは、とにかく何ごとも初めてがきらいなのだ！

「たぶん。まだわかんないけど」

　ばあちゃんがハナコの腕をとって、やさしく外につれだした。

　二人が村の中のせまい通りを歩いていくと、せわしなくすれちがう人々があいさつする。

「おはようございます！」

「おはようございます！」とばあちゃんもあいさつを返した。

　ハナコは小さい子どものように、ばあちゃんの手にしがみついて歩いた。ばあちゃんのコートは古くて袖口がすりきれている。でも、見た目は重そうだから、たぶん温かいことは温かいのだろう。背中が曲がっているので、前を見るたびに首をもたげなければならない。

「いっしょに学校についてきてくれて、ありがとう」

「わたしも楽しんどるんよ。この道を毎日あんたの父さんと歩いたもんじゃ。同じ学校じゃったんよ！　ハナちゃんのおかげで、ええ思い出がもどってきた」

「パパは成績がよかった？」

ばあちゃんがクスクス笑った。

「いいや、きっとハナちゃんのほうがええ思うよ。そう願いたいねえ」

「そのあとパパは大人になって、すてきなレストランを始めた。ばあちゃんにも見てもらいたかったなあ」

「見とるよ、ちゃーんと、ここで」ばあちゃんが自分の頭を指さした。「息子のことなら、なんだって頭の中に見えるんじゃ」

ばあちゃんはそういって、コートのえりを寄せた。一番上のボタンがとれている。

「ばあちゃん、寒いの?」

「なれとるけえ。心配せんでええよ、わたしのことなんか。ほうら、あそこじゃ!」

ばあちゃんの見ている先に、簡素(かんそ)な平屋の建物があった。黒い壁板(かべいた)は百年くらいたっていそうだ。色あせて、あちこち欠けたり、ひびが入ったりしている。村の家と同じで、ガラス窓(まど)はひとつもない。

校舎の外を子どもたちが動きまわっていた。顔がピンクのあの少年がいるかもしれないと期待したが、見あたらなかった。広島市内の青空学校にでも行ってるのだろうか?　そもそも、学校に通っているんだろうか?

はでな色の服を着ている子もいれば、地味な色の服の子もいる。よく見ると、はでな色の服もずいぶん着古されていることがわかる。女の子たちはみんなおかっぱ頭で、ただのスカートかモンペをはいている。はだしの子もいるし、ゲタの子もいるが、たいていがぞうりだった。

ハナコはすぐに、みんなとちがう服装をしてきたことを後悔した。それでも、自分の格好が気に入っていることには変わりない。

「職員室がどこにあるか、ちゃんと覚えとるよ。ハナちゃんの父さんのことは、ひとつだって忘れとらん。さ、こっちじゃ」とばあちゃんが先に立った。

ハナコとばあちゃんは、はきものをぬいで、小さな事務室がふたつ並んだほうへろうかを歩いていった。そこが職員室らしい。その部屋の中も、外側と同じように古びていた。部屋全体が茶色で黒ずんでいて、色のついたものはすべて色あせていた。

ばあちゃんが、机で仕事をしている女の人に、ハナコのことを日本語で説明して、おじぎをした。その人はちょっぴりほほえんで、次の部屋に声をかけた。すると、男の人が出てきた。ばあちゃんは、その男の人に自分とハナコのことを話した。

「おお、アメリカ帰りですか。ああ、なるほど」

その人は好奇心を隠そうともせず、ハナコが今に何かアメリカ的なことをしだすのではないかと期待するような顔で、ハナコを見た。

ばあちゃんがハナコに向きなおって英語でいった。

「じゃあ、わたしはもう帰るよ。学校が終わったころ、迎えに来るけえ。もし、わたしが遅くなっても、待っときんさい」

「え？　もう行っちゃうの？」

「だいじょうぶじゃ。いっぱい勉強しんさい。そいじゃあ」

ばあちゃんがそういって職員室から出ていくと、ハナコは急に、日本語の読み書きがほとんどできないことを思いだして、心配でたまらなくなった。

「ついて来なさい」と男の人がハナコに日本語でいった。

ハナコは、その人のうしろから、生徒たちが席に着いたばかりの教室に入っていった。

教室には暖房（だんぼう）がないらしく、とても寒い。生徒たちはコートを着たまま席にすわっているが、コートを持っていないのか、防空頭巾（ぼうくうずきん）だけの子もいる。ハナコをつれてきた人は教壇（きょうだん）の先生に、ハナコのことを、日本の親戚（しんせき）のところに着いたばかりのアメリカ帰りだと説明した。

そのとたん、教室じゅうが「アメリカ帰り！」のささやきでいっぱいになった。生徒たちは、先生に指示された席に向かうハナコをじっと見つめた。あいている席は一番うしろだったが、どの子もわざわざふりむいてハナコを見つめ続けた。

一人の女の子が口走った。

「紫（むらさき）じゃ！」

ハナコは紫色（むらさきいろ）のコートを気はずかしく思ったが、やっぱり思いなおし、もっとよくみんなにコートが見えるように防空頭巾（ぼうくうずきん）をぬいだ。席に着くと、両手を机（つくえ）の上に重ね、背筋（せすじ）をのばしてまっすぐ前を向いた。ダックテールのあの青年たちのように、何もこわいものはない、という態度で。少なくとも、そう見えるように。

職員室の男の人が帰っていくと、とつぜん一人の少年が立ち上がって、どなった。

「起立！」

みんながいっせいに立ち上がる。ハナコもあわてて立った。

「礼！」

ハナコも、他の生徒たちに合わせて、おじぎをした。

「高橋先生、おはようございます！」

生徒たちが、声をひとつにしてさけんだ。

先生と呼ばれた人は、かなり白髪になったきびしい表情の女性で、何に使うのか、細い棒を持っていた。先生がくるっとまわれ右して歩きだすと、生徒たちは一列に並んでしたがった。

みんなは校庭に出て、軽く体を動かした。体を前後に曲げたり、のばしたり、ひねったり、手をふりまわしたり、その場でとんだり、かけたりした。学校じゅうの生徒が出てきて、みんなはだしで校庭をとびまわっている。

ハナコは、そんなふうに体をひねったりのばしたりするのは初めてだったが、やってみると気持ちがよかった。校庭を走るのも快かった。他の生徒と同じように、とんだりひねったりのびたりできるのだから、きっとこの学校にすぐになじむのではないかという気がしてきた。

そのあと、生徒たちはみんな教室にもどった。高橋先生が細い棒をふって、一時間目は算数だといった。

ハナコはほっとした。算数なら得意だ。ところが、生徒たちは、机の引きだしから、いっせいにそろばんをとりだした。ハナコはぽかんと口をあけた。そろばん？　一度だけ見たことはあるが、どうやって使うのか見当もつかない。先生は、ハナコがそろばんを持っていないのにすぐに気づいて、予備のものをわたしてくれた。

授業が始まり、教室はそろばんの玉のパチパチいう音で満たされた。ハナコは先生の顔を見、そろばんを見、他の生徒たちに目をやった。すでに、生徒たちはクスクス笑いはじめている。「アメリカ帰り」のつぶやきがあちこちから聞こえる。ハナコはまっ赤になった。少なくとも算数くらいは授業についていけるだろうと思っていたのに。

ほとんど一時間もはずかしい思いをしたあげく、授業の最後には先生までハナコのことを少し笑った。でも、先生の笑いかたは意地の悪いものではなかった。それがわかると、生徒たちもハナコをバカにして笑っているのではなく、ただおもしろがっているだけのように思えてきた。実際、ハナコは、先生が自分を好いてくれているような気がした。

次の時間、先生がハナコにわたしたのは歴史の教科書だったが、中のページには、墨でべったりとぬりつぶされた部分がたくさんあった。先生が棒でコツコツたたいてページをしめした。そのページのぬりつぶされた部分を見ているうちに、ハナコは、父がノースダコタの刑務所からくれた手紙にもぬりつぶされた部分があったことを思いだした。

教科書の漢字が読めないイライラで、ハナコの足がひとりでに貧乏ゆすりを始めた。先生は、日本の封建時代とサムライのことを話しているようだ。

ハナコが一生懸命聞きとったところでは、十三世紀、モンゴルが日本を侵略しようと大きな船団を送ったようだ。日本の武士はモンゴル軍より数が少なく、大きな損害をこうむった。ところが、そのとき台風が来たために、モンゴルの船はこわれたりしずんだりして、結局、モンゴル軍は退却してしまった。その数年後、モンゴルはふたたび攻めてきたが、日本は侵略を防ぐための防塁を築いていた。そして、ふたたび今回も台風が来て、モンゴル軍の船のほとんどをしずめてしまった。そこで、その台風は、「神風」と呼ばれたという話だった。

ハナコは日本語でノートをとろうとしたが、追いつかないので、すぐに英語に切り替えた。それでも、歴史の授業が終わるころには、聞きとった日本語を頭の中で英語に翻訳して書くという作業に、疲れはててしまった。

次の授業は国語だ。先生がハナコを指した。ハナコが読めないでたびたびつっかえるので、子どもたちは喜んでいるようだ。一人の男の子が、「やっぱ、アメリカ帰りじゃ！」と大声でいった。先生も気の毒になったのか、他の子を指した。

まだ一月の半ばだ。学期は三月で終わると母がいったから、少なくともあと二か月こんなことに耐えなければならないわけだ。

休み時間、ハナコはぽつんと一人で立っていた。きっと、だれもがめずらしがって近づいてくるだろうと期待していたのに、みんな、ハナコのことを完全に忘れてしまったみたいだ。ハナコはコートのポケットから糸くずをさぐりだし、それを調べているふりをして、二、三分、時間をつぶした。

だれか一人でも自分のほうを見たような気がすると、小さく手をふって、その子の気を引こうとした。でも、うまくいかない。だれかに目星をつけて、こちらから友だちになろうとしなくてはダメなのかもしれない。

ハナコはためらいながら、女の子のグループのひとつに近づいていった。グループのまわりをうろうろしているハナコを、その子たちはただじっと見ている。

女の子たちの防空頭巾は、地味なものもあれば、きれいな柄のものもあった。ひとりの背の高い女の子が、あざやかな青に白と黄色の花柄の防空頭巾をかぶっていた。

ハナコは思いきって日本語で話しかけた。

「あなたの防空頭巾、きれいね。お母さんがつくったの？」

その子はハナコをしげしげと見ていたが、質問は無視して、逆にハナコにたずねた。

「なんで日本にもどってきたん？」

「もどってきたってわけじゃないの。わたしはアメリカで生まれたから」

女の子たちは話の続きを待っているようだ。そこで、ハナコはつけくわえた。

「わたしの両親がなぜもどってきたのかというと……、アメリカでやってたようなレストランを、日本でも開きたいと思ったからよ」

女の子たちは小声でぶつぶついいあっていたが、背の高い子が「サンキュー」と英語でいうと、みんないっしょに移動を始めた。まるでハナコから遠ざかろうとするように。

ベルが鳴って、次は俳句をつくる授業だった。ハナコはふと思いついて、「目」についての俳句をつくることに決めた。収容所での俳句の授業のように、きっとだれもが自然について書くだろうから、「目」についての俳句をつくれば独創的なものになるにちがいないと思ったのだ。ハナコは、目は左も見るし、右も見る、というような俳句を書いた。先生に指されて読み上げると、みんなが笑った。ハナコはとてもうれしかった。これこそハナコの望んでいたことだったからだ。

次は昼食の時間だ。ハナコは、ごはんと白菜を弁当箱につめ、ごはんの上にベーコンの脂をちょっぴりぬりつけて持ってきていた。先生のかけ声で生徒たちが歌いだした。

よくかんで　いただきます
こぼさぬように　いただきます
先生　ありがとう
お父さん　お母さん　ありがとう
みなさん　ありがとう

いただきます

昼食が終わると、みんなはまた歌を歌った。言葉は、さっぱりわからなかったが、ハナコもいっしょになって他の生徒と同じように体を前後にゆすった。おかしなことに、他の子と同時に同じことをすると、何か、自分自身というものがなくなって、集団の一部になったような気がした。

その次は、ふたたび国語の教科書を読む授業で、ハナコにとっては苦痛の時間だった。次は理科で、これはだいたい理解できたのでおもしろかった。

授業が終わると、先生が生徒たちに校舎の床をそうじするようにいったので、ハナコはとても驚いた。ハナコも五人の班の中に入れられ、長いろうかのはしに並んで四つんばいになり、ぞうきんをかけながら進んでいく。そのあと、その床に油をぬった。アメリカでも床のそうじはずいぶんやってきたから、床ぶきにはなれていたが、学校の床をふいたのは初めてだ。やっとそうじが終わり、終業のベルが鳴って門から出ると、ばあちゃんが門のところで待っていた。

ハナコは一息に報告した。

「国語の教科書を読むのと算数ができなくて、困っちゃった。でも、わたしの俳句にみんなが笑ってくれたわ。今晩、そろばんを練習しなくちゃ。先生が貸してくれたから」

先生は、ハナコがそろばんを使ってやるように、計算問題を書いた紙もくれていた。でも、どうして筆算でやっちゃいけないんだろう？　筆算なら二秒でできるのに。

「宿題は大事じゃ。他の子の二倍時間をかければ、じきに追いつくじゃろう。いやあ、三倍かねえ。たとえ四倍時間がかかったとしても、やらにゃならんよ」

二人はだまってそのまま歩いていたが、今度はハナコが聞いた。

「ばあちゃんは、今日何やってたの？」

「草とり。じゃが、今日は楽しく働けた。ハナちゃんを迎えにくるために、早く切り上げられたけねえ。でも、そのうち、自分で帰ってこにゃならんよ。わたしはそうそう畑をぬけられんけえ。そんなことしとったら、大惨事じゃ」

ばあちゃんは、もう心配顔になっている。

「うん、わかるわ」

ばあちゃんもうなずいた。

「もし、わたしが畑をないがしろにすりゃ、雑草と害虫が勝つ。そうなりゃ大惨事。わたしらは飢えにゃならんし、みんなも飢える。じゃけえ、畑を休むことはできん。そうじゃろう？」

27

毎日、学校から帰ってくると、ハナコは寒い居間の火のないこたつにすわって、そろばんと漢字の練習をした。木炭も不足してきたので、こたつに火を入れるのは夕食のときだけになったのだ。

アキラの風邪(かぜ)はゆっくりと回復に向かっていたが、まだもとのアキラにはもどっていなかった。それどころか、元気のない、おなかがすいたといつも不平ばかりいう子になってしまった。豚肉(ぶたにく)が食べたい、牛肉が食べたい、ピーナッツバターが、リンゴが、パンがほしいと。もうじき六歳(さい)になるが、学校に入学するのは四月だから、それまでは母が一人で相手をしなければならない。散歩につれだしたり、作り話を聞かせたり、歌を歌ってやったりと、まるでおかかえ芸人だ。子ども用の本も何冊(さつ)かどこかで手に入れてきて、読み聞かせてやった。その中に、昔の有名な俳人(はいじん)がつくった俳句(はいく)の本もあって、アキラが一番気に入った句は、これだ。

人来たら　蛙(かえる)となれよ　冷し瓜(うり)

この俳句が、アキラをすっかり幸せにしてしまった。アキラは、瓜が蛙に変わるところを想像しているのだといって、よく一人ですわっているようになった。そんなとき、だれかがそのじゃまをすると、とても怒った。ときどきかすかなほほえみを浮かべたまま、じっとすわりこんでいることもあった。見るからに、瓜と蛙という自分だけの小さな世界で満ち足りているようすだった。

だが、アキラの体重はどんどん落ちていた。父がまた魚を買ってきたが、この前のものより古かったので、ばあちゃんさえ、それをおいしく料理することはできなかった。

食事のときには、だれもが自分のニンジンをアキラに分けてやったが、アキラは満腹にならなかった。不機嫌な顔で部屋のすみにすわりこみ、母さえ寄せつけない。それでも、母はいつアキラに呼ばれてもいいようにと、三メートルほどはなれたところに正座して待っていた。

ある夜、ハナコが一人で家の前にいたときだ。うしろから足音が聞こえたのでふりむくと、ちょうちんを持った中年の男の人がいた。

「あ！」

ハナコは小さくさけんだきり、驚いて何もいえなかった。心臓がドキドキ鳴るのが自分でもわかる。

その人はすぐにおじぎをして、こわがらせてしまったことをあやまり、ハナコにたずねた。

「あなた、ここのお孫さんじゃろうか？」

「はい！　わたしはハナコです」とハナコも日本語で答えて、おじぎをした。

その人はハナコに近づくと、腰（こし）をかがめて、ひそひそ声でいった。

「うちの息子が、今夜帰ってきましたのじゃ。それをおじいさまがたにいいに来よりましたが、あなたから伝えてくださらんじゃろうか。他の者は知らんことです。どうぞお二人に、ほんにありがとうございましたと、お礼をいうてください！」

「はい！」

ハナコも男もたがいにおじぎをし、それから、男はとなりの百姓家（ひゃくしょうや）のほうへ歩いていった。

ハナコは急いで家にもどると、居間に飛びこんで大声でいった。

「今夜、息子さんが帰ってきたって！　たぶんとなりの人だと思うけど、男の人がそういったの。息子がもどりましたって。そして、これは秘密（ひみつ）だって！」

まるでわたし、スパイになったみたい！

みんなはこたつのいつもの場所にすわっていたが、ぽかんとハナコを見つめている。アキラが最初に口を開いた。

「秘密（ひみつ）なら、なんでぼくたちに話すんだよ？」

「ああ、そりゃ、となりの人じゃ。前に、息子を隠（かく）してやったんじゃ」とじいちゃんがいって、ハナコのほうを向いた。

「もう、その子は安全じゃ。戦争は終わったんじゃ。この国は一からやりなおしよる。じゃから、だいじょうぶじゃとは思うが、やっぱり人にはいわんがええ」

ハナコはやっと思い当たった。ああ、ばあちゃんが話したあの青年、いや少年？　とにかく、戦時中、夜中にこの家に逃げこんできたという人のことか！

ハナコがさらにしゃべろうとすると、母が人さし指を口につけて、しっとだまらせた。

「話しちゃダメよ。たとえもう安全でも」

「でも、ママ、この国はやりなおしてるのよ！」

だが、じいちゃんもいった。

「わしらの国がどっちのほうに行くかは、まだわからん。ええほうに行くとええとは思うとるが、まだわからんけえのう」

そこで、ハナコはこたつに入って、そろばんの練習に集中した。足し算はかなり速くできるようになった。でも、他の子たちの指は飛ぶように動く。いつかは自分の指もそうなるように練習しようとハナコは決心した。そうやって、完全にみんなに溶けこんで、自分がアメリカ人だということがだれにもわからないようにするのだ。それが、きっと、ここで友だちをつくる秘訣なのだ。

だが、そう思ったとき、ハナコは、自分が毎日着ていっている紫色のコートとチェックのスカートのことを思いだした。それに、みんなは手作りのわらぞうりか、はだしの子もいるというのに、自分は温かい革靴。他の女の子はみんなおかっぱなのに、自分は長い三つ編みだ。

ばあちゃんが、家族の他の者を居間から台所に移動させたので、今、ハナコは一人だ。ばあちゃんは、ハナコが勉強するときはこたつでやらなくちゃならないといいはる。もし他の者がこたつで温まりたければ、静かにしていなさい。おしゃべりがしたいのなら、こたつの部屋を出なさい。そうしないと、ハナコが集中できないから、というのだ。

ハナコには、将来アメリカにもどってビジネスウーマンになってもらいたい、とばあちゃんは考えていた。そうなれば、もうけたお金を計算するために足し算が必要になるというわけだ。

その晩、ハナコは宿題に集中するより、自分がいかに他の生徒とちがっているかを考えて、少々不機嫌になっていた。それでも、一人でこたつに入って、くつろいでいられるのはいいものだ。

しばらくすると、父が帰ってきて、ハナコの頭のてっぺんにキスした。

「えらいな！　一生懸命勉強して！」

「お帰り、パパ！」ハナコは立ち上がって父に抱きついた。「パパ、日本で子どもだったころ、パパはみんなに溶けこんでた？」

「いいや、長いことダメだった。でも、そのうちなじんだ。そして、そのあと日本を出た」

ばあちゃんがいきなり居間に入ってきた。

「タダシ、ハナコは勉強しとるんよ。あんたは台所で食べんさい！」

父はおどけたふうに肩をすくめて、ハナコにいった。

「おれ、追いだされてる？」

「でも、宿題は終わったのよ！　ねえ、ばあちゃん、お願い」

ばあちゃんは、腕組みをして怒ったようすをしていたが、みるみる顔がやさしくなっていく。

「ねえ、ばあちゃん！」

「そうじゃねえ、アキラも暖かい部屋にいたほうがええし。じゃあ、タダシはこたつで食べてええことにしましょう」

ハナコとアキラは、夕食を食べる父の両側にすわった。父には日ごろあまり会えないからだ。

「パパ、ほんとのことをいってね。ぼくはハナコより利口だと思う？　バカだと思う？」とアキラが聞いた。

「ふーん、おもしろい質問だな。どうだろうなあ」父が、わざと大きな音を立てて、かゆをすすった。「おれは、おまえたちはきっかり同じに賢いと思うよ！」

アキラがぴょんと立ち上がった。

「やっぱり！　ぼくもそう思ったんだ！」

「じゃあ、それでいいな。おまえたち二人がそう思うのなら、そういうことだ」

アキラが父に寄りかかって、右腕につかまった。そこで、父は左手でかゆの残りを食べなければならなかった。

「だから、そういっただろ？　ハナ」とアキラ。

「そんなこといってないくせに！」

「いったよ！」

「いってないってば！」

とつぜん、ばあちゃんがうなり声を上げて、こたつから立ち上がると、二人をしかった。

「けんかしちゃいけん！　けんかはきらいじゃ！」

「ごめんなさい、ばあちゃん。ごめん、ハナコ。ごめんなさい、じいちゃん。ママ、ごめんなさい！　ごめんなさい、パパ」アキラが一気にいって、息をついだ。「ときどきハナコとけんかしたくなるんだ。でも、他の人とはしないよ」

「かまわん！　子どもはけんかさせとけばええんじゃ！」と今度はじいちゃんがさけぶ。

「いいえ、わたしはきらいじゃ！」とばあちゃんが怒ったようにいった。

じいちゃんとばあちゃんはたがいににらみあった。が、すぐにじいちゃんが折れた。

「もうええ。ばあさんが家の中の担当じゃ。わしは、家ん中のことを女房といいあらそったりはせん。そんなら、けんかも起きんじゃろう」

でも、じいちゃんは立ち上がると、ハナコとアキラにウインクをよこした。そして、大声でいった。

「わしゃ、風呂に入るぞ！」

背を向けて戸口に向かうじいちゃんは、クスクス笑っていた。

28

二日目から、ハナコは一人で学校に通ったが、それは意外におもしろい経験だった。ハナコは初めて気づいた。大きくなるということは、自分一人になることが多くなるということなのだ。そうなってみると、ハナコは一人が気に入った。一人だと、見まわせば、すべてのものが目に入る。まわりのすべてと自分との間に、なんのじゃまも入らない。そこが新鮮なのだ。

一人での登校は、ハラハラするような、こわいような、さびしいような、それでいて楽しい経験だった。途中には、ものすごく大きな木が何本もあった。ハナコはいちいち立ちどまって、この木はいったい何年生きているんだろう、と想像した。おそらく何百歳にもなる木もあるはずだ。一本の木は、ハナコの背たけの二十倍はありそうだった。収容所なんかができるずっと前から立っているにちがいない。第二次世界大戦、第一次世界大戦、いや南北戦争よりも前かもしれない。ひょっとすると、アメリカという国ができるより前かも。そうね、たぶん。日本はそのころ、すでに国になっていたはず。少なくとも千年以上の歴史があるんだから。

ときどき、そんな巨木の間のだれもいない道に立ちどまると、ハナコはちょっぴりこわいような気がしたが、それは悪い感じではなかった。松林の中は安全だ。松の木が負のエネルギーを近づかせないからだと、何かで読んだことがある。
カリフォルニアにいたとき、父が家主に、裏庭に松の木を一本植えていいかどうかたずねた。家主が許可したので、父は植えた。父は長い間ハナコに話さなかったが、神道では、松の木には神聖な霊が宿っているとされていて、それだから父は植えたのだ。そのことを父が話したがらなかったのは、松の木の中の霊を信じるなどということがアメリカ的でなかったからだ。まったくだ。ハナコも父がそのことを話したときには、何やら冗談めいて聞こえたものだ。けれども、今は、父のいうことはたしかに本当だと思う。毎日一人で登下校するたびに、そう感じる。

ある日、そうやって学校からぶらぶら帰ってくると、家は空っぽで、いつもいる母もアキラも留守だった。ハナコは宿題をしようとしたが、すぐにやめて、畑に母とアキラがいるかどうか見に行くことにした。おやつにしようと、ニンジンを二本切って布に包んだ。

外の冷たい空気に、ハナコは思わず身ぶるいした。二、三軒の農家の前を通りすぎたとき、二階建ての家の前の石段に、あのピンクの顔をした少年と妹がすわっているのに気づいた。ハナコはちょっとためらったが、近づいていった。数歩手前で立ちどまって、声をかけた。

「こんにちは！　ここが家なの？　あなたたち、家がないのかと思ってたけど」

「ここでちょっと休んどるだけじゃ。一日じゅう歩いても、食いもんは一個も手に入らんかったけえ」

ハナコは二歩近づいた。

「あなた、名前は何？」

「キヨシ」

キヨシという日本語が、「けがれがない」という意味だとハナコは知っていたが、この場合はあてはまらないと思った。いや、キヨシも、以前はけがれがなかったのかもしれない。でも、戦争がキヨシを別のものに変えてしまったのだ。

「わたし、ハナコ」とハナコも名乗った。

キヨシはどうでもよさそうにうなずいた。

「妹さんの名前は？」

キヨシが急に元気づいて答えた。

「ミチじゃ。おれはミミと呼んどる」

ミミは、この前会ったときと同じように、うつろな目で宙を見つめていた。

「妹さん、具合が悪いの？」

「腹が減っとるんじゃ。でも、どうせおまえはコメなんかくれんじゃろ」とキヨシが責めるようにいった。

ハナコはだまって靴の先で地面をけった。

「ええ靴じゃ」キヨシが靴をじっと見た。

キヨシがはいているのは泥だらけのぞうりだ。だが、初めて会ったときははだしだったから、少しは改善されたわけだ。

ハナコの靴は黒い革のひも靴で、かかとがちょっぴり高く、つま先がとがっている。このとがっている点が、ハナコは気に入っていた。革はもう傷だらけでしわも寄っていたが、はきごこちはすばらしくよくて、外見もまだきれいだ。収容所で新しい革靴を注文することになったとき、一時間もかけてカタログのすみからすみまで何度も見てから、やっとこれに決めたのだ。そのときのことは、今でも覚えている。

キヨシは、ますます熱心にハナコの靴を観察した。

「その靴がありゃあ、食いもんが手に入るがなあ。そんな靴をほしがっとる女の子を知っとんじゃ。そこんちにはコメがあるんじゃが」

キヨシの視線が、まるでキリのように革靴の中に食いこんでくる。実際、そのせいで足が温かくなったような気がした。キヨシが顔を上げ、今度はハナコの目に視線を定めた。キヨシは、ハナコの靴を手に入れることに自信を持っているようだった。

ハナコは心を鬼にして、「いやだ」といおうとした。でも、もし、キヨシが無理に靴をとろうとしたら？　だったら、今すぐ逃げたほうがいい？

ところが、そのときキヨシの顔が急にやさしくなった。そして、妹をひざに抱くと、ぎゅっと抱きしめた。

「腹減ったよなあ。ごめんなあ……」

ハナコはよく考えてみた。弟のアキラがこの靴を食べるわけじゃない。そうよね？　だから、もし自分がこの靴をキヨシにあげてしまったとしても、アキラに悪いことは何もないはず。そうでしょ？　とはいっても……、この靴がなくなったら、わたしは何をはけばいいんだろう？

ハナコは靴のつま先をトンと打ち合わせた。たしかに、この靴はすごく気に入っている。でも、紫色のコートほどではない。だから……。

ハナコはかがんで、靴をぬいだ。両手にのせて、ほんの少しながめた。そして、キヨシにさしだした。

「ありがとうございます！」キヨシは神妙な顔で、おじぎをした。「おまえ、親切じゃのう」

それから、キヨシの目は値ぶみするようにするどくなった。

「もし、万一、おまえんとこに、ちっとでもコメがあるんなら、おれ、ものすごくいいもんを持ってきてやるがのう。この前の着物が気に入らんいうなら、他のもんを持ってきてやる。おまえ、何がほしいんじゃ？」

それから、キヨシは急にやさしそうにこう続けた。

「おまえのほしいもんを、持ってこられるかもしれんぞ。もう一枚、スカートがほしゅうはないか？」

ハナコは迷った。もちろん、スカートがもう一枚あればどんなにいいだろう。今はたった二枚しか持っていない。それに、ばあちゃんが次のスカートのための布を買えるなんてことは、とうていありそうもない。だが、とつぜんハナコはわれに返って、はっきりといった。

「おコメはあげられないの」

そのとき、また、ばあちゃんのことが思い浮かんだ。自分の花嫁衣装のことを思いだして、泣きながらハナコを台所から追いだしたときのことを。ハナコはすばらしいことを思いついた。

「ひょっとして、紫色の着物を持ってくること、できる?」

キヨシの目に火がついた。

「紫の?」

「そう。生地は絹よ」

「コメ、あるんじゃな?」

ふたたびハナコは返事に困った。意味もなくわきの方を見たりしてから、キヨシに目をもどした。ミミも聞きつけたと見えて、今は真剣な表情でハナコを見つめている。

「えーっとー、……、ひょっとして、あなたが、ものすごくきれいな紫の着物を探してきてくれたら、ほんの少しあげられるおコメがあるかどうか、見てあげられるかもしれないけど……。でも、きれいな着物でなきゃいけないの。とってもきれいな」

キヨシがまた、ハナコの心の中を探るように、じっと見つめた。

ミミがいった。

「あたし、おコメが食べたい」

キヨシが立ち上がった。

「じゃあ、またすぐ来るで」

キヨシはきっぱりとそういうと、ミミをおんぶして歩き去った。

一人になって、ハナコはあらためてあたりを見まわした。頭の中は混乱(こんらん)していた。いったい自分のしたことはよいことだったんだろうか？　それとも、悪いこと？　ただ、最初は悪いことでも、結局はよいことになる場合だってあるけど……。

キヨシと妹はおコメを手に入れ、自分は、ばあちゃんのためのとびきりきれいな着物を手に入れる。つまり、これは、だれにとってもいい取り引きじゃないのかしら？　着物はばあちゃんの誕生日(たんじょうび)にあげよう。誕生日(たんじょうび)がいつかは知らないけど、とにかく、すばらしいびっくりプレゼントになるわ！　それに、もし、あの兄妹になんの見返りもなくおコメをやったとしたら、みんな怒(おこ)るに決まってる。そうでしょう？

そう考えても、畑に向かうハナコの心は重く、一足ごとにますます重くなっていった。さっきのことが、まったく誤(あやま)っているような気がしてならなかった。どうしてあんなによく考えもせずに返事をしちゃったんだろう！　森の中にはだしの足を踏(ふ)み入れたとき、ふと、今もどれば、まだキヨシに追いつくかもしれないと思いついた。ハナコは大急ぎでかけもどった。

でも、二人の姿(すがた)はもうなかった。赤ん坊(ぼう)を背負(せお)った女の人と、一輪車をおしていく男の人が見えるばかりで、他にはだれもいない。ハナコは仕方なく、また畑のほうへ向かった。

畑に着いたが、だれの姿も見えなかった。ただ、目に入るものすべてが美しかった。穂をつけた麦は、先週よりさらに黄色くなり、雲ひとつない空は青々と晴れわたっている。

ハナコはとつぜん、刺すようなさびしさを感じた。この地球上にたった一人残された者のような……。そのとき、麦畑の中に不自然に動く麦の穂を見つけた。

「じいちゃん！　ばあちゃん！」

そのあたりの穂がゆれて、麦の中からばあちゃんが現れた。すぐにじいちゃんも立ち上がった。二人の動きは決してすばやくはなかったが、あわてているようすが感じられる。二人とも心配そうな表情だ。たぶん、ハナコが急にやってきて大声で呼んだから、何か起こったのかと思ったのだろう。

ハナコは急いでそちらに行きながら、大声でいった。

「何も心配ないの！　何も起こってないから！」

「びっくりしたあ！」とばあちゃんがいった。

「心臓がとまるところじゃった！」とじいちゃんもいったが、怒ってはいなかった。

「ただ、来ただけなんかい？」

「ママもアキラも家にいなかったから、ここにいると思って」

すると、ばあちゃんが、さっきよりもっと不安げな顔になって、じいちゃんに目をやった。

じっと何か考えていたじいちゃんが、とうとういった。

「悪い予感がする。家に帰るぞ！」

「え？　どういうこと？」

「わしにもようわからんが、体が感じるんじゃ」

じいちゃんは目を閉じ、両手をほんの少しもち上げた。それから、パタリと両手をおろし、目をあけた。

「やっぱり、悪い予感じゃ。すぐ帰らにゃいかん」

祖父母の弁当箱のかごをハナコが下げて、三人は家に急いだ。ハナコは二人より先に走り、一人で森に入っていった。ハナコ自身も悪い予感がしたからだ。祖父母を引き離し、ずいぶん早く家に着いてみると、玄関の引き戸がほんの少しあいている。

「ママとアキラが帰ってる！」

大声でいってふり返ったが、祖父母はまだ追いついていなかった。

ハナコは勢いよく戸をあけた。

「ママ！　アキラ！」

土間から部屋へ行く戸はあいていたが、部屋に入ってみると、だれもいない。ハナコは急にこわくなって、外に走りでた。追いついてきた祖父母が見えたので、気をとりなおし、また家に入った。

ハナコは身構えて、台所へ足を踏み入れた。なんと、戸棚の戸があいている！　走り寄ると、中は空っぽだ。ショックに、ハナコは思わず土間に目を落とした。かぼそいさけび声がひとりでに出てきた。

「どうしたんじゃ？」

じいちゃんがようやく追いついて、あえぎあえぎうしろからいった。

ハナコは、息を切らしたじいちゃんに面と向かった。

「なくなってる！　ここに……」

今朝はたしかに、コメがここに入っていた！　この目で見たのだ！

「いったい何がないんじゃ？」じいちゃんがせきたてるように聞く。

「おコメ……」

キヨシが盗んだのだ。もうハナコにははっきりとわかった。自分がコメがあることをキヨシにさとらせ、それでキヨシが盗んでいったのだ。

「わたしが家にいなくちゃいけなかったのに！　家を守ってなきゃいけなかったのに！」

ハナコはわっと泣きだした。だが、じいちゃんがそっと包むようにハナコを抱いた。

「いや、いや、おまえのせいじゃない。おまえにはわからんじゃった。弟を探しに行っとったんじゃけえ」

じいちゃんはハナコのあごをおし上げた。

「おまえのせいじゃない。絶対にちがう。それより、これからどうするか考えることじゃ。おまえの父さんの金を使わなならんかもしれん。もう、六十ドルもはなかろうが。だが、なんとかなるじゃろう」

じいちゃんはハナコを放して、自分で戸棚の中を見てみた。一目で空っぽだとわかるのに、戸棚の中にわざわざ手を入れてさぐったりした。それから、大きなため息をついた。

「タダシは、子どものために食料を買うとは思うが、子どもの将来のための金もためにゃならんけえのう」

ハナコは、あるとき父が、チップとして十ドルもらってきたことを思いだした。何に対するチップなのか父はいおうとしなかったが、きっとよくないことをしたのだろう。たぶん、毎日、闇市で何か取り引きしているにちがいない。父も、あのときのじいちゃんみたいにブルドッグになってるんだろうか。

そのとき、やっとばあちゃんが入ってきた。

「何?　なんじゃね?」

ハナコは二人に最初っから全部話そうと思ったが、できなかった。祖父母の言葉に、ただ泣きながらうなずくのがせいいっぱいだった。それから、いつも寝ている大きな部屋にかけこみ、畳に倒れこんで泣きじゃくった。

自分はよい人間じゃない！　賢い人間でもない！　それどころか、人間ともいえない！

祖父母は、ハナコをそっとしておいてくれた。とハナコは思っていた。だが、しばらくして、ふと目をあけてみると、すぐそばに二人が静かに正座していた。あんまりはげしく泣いていたので、祖父母が入ってきたのも気づかなかったのだ。

じいちゃんは、あわれなほどしょげ返っていた。まるで自分が悪いことをしたみたいに。

「おまえたちに、もっとマシな生活をさせてやれたらのう」

そういって、じいちゃんは、毛が薄くなっている頭のてっぺんをゴシゴシかいた。あんまりゴシゴシかくので、しまいには少ない毛が逆立ってしまった。

「わしのせいじゃ」じいちゃんが手を放すと、立っていた毛が倒れた。「わしが、もっと働けば……」

「ちがうわ、わたしのせいよ！　家にいなくちゃいけなかったのよ！」

すると、今度はばあちゃんがいった。

「ハナちゃん、あんたは子どもじゃけえ、責任はない。心配はいらん。父さんのお金を使わせてもらおう。ちゃんとわかってくれるけえ。あんたらの将来のことは心配じゃろうが、わたしからいってあげる。今は、今日のごはんの心配が先じゃと……」

すると、急にじいちゃんが明るい声でいった。

「ベーコンの脂があるじゃないか。そうじゃ！　ちょっと見てこよう。さっき、あったと思うたが、たしかめてくる」とじいちゃんが畳に手をついて立ち上がった。

もしベーコンの脂までとられていたら、自分は、いったい……。ハナコはまた泣きだした。

「今夜はベーコンの脂でニンジンをいためようねえ。ニンジンのベーコン脂いためは、りっぱな食べ物じゃから、アキラもきっと好きじゃろう」とばあちゃんがいった。

　じいちゃんが部屋にもどってきた。

「ベーコンの脂はちゃんとあったぞ！　わしらはついとる！」

「ついとって、よかった！」

　ばあちゃんがそういって、ハナコの髪をなでながら、やさしい声でいった。

「ええ子、ええ子。あんたはほんにええ子じゃねえ」

　ばあちゃんのやわらかな声とゆっくりとした手の動きで、ハナコの体じゅうを温かい血液がめぐり出したようだった。

　なんて快いんだろう！　まるで催眠術だ。ハナコは幸せな気持ちで、キヨシがベーコンの脂を置いていったことを考えた。キヨシはコメだけをねらったのだ。もしかしたら、ベーコンの脂がなんなのか知らなかったのかもしれない。さっき見たところでは、棚の上のふたつのかめもそのままになっていた。中には、父が買ってきた味噌がつまっているはずだ。ほんの今まで、コメを盗まれてどん底に落ちこんでいたのに、その絶望感がまるで煙のように体から出ていく。

「ええ子、ええ子、ええ子じゃねえ……」のリズムとともに。

　じいちゃんは、両腕を前にさしだし、目を閉じて部屋のまん中に立っていたが、とつぜん目を開くと、ほっとしたように、「ああ」と声をもらした。そして、ばあちゃんにいった。

「アキラはだいじょうぶじゃ。そう感じるんじゃ。二人ともうすぐ帰る」

じいちゃんは咳ばらいをすると、ぐっと背筋をのばした。

「得意がるのもどうかと思うが、ひとつだけいわせてもらおう。わしは、さっき何か悪いものを体に感じた。そうじゃ、わしは感じることができるんじゃ。家の中で何か悪いことが起こっとるのがわかった。だが、それはコメが盗まれたことじゃった。アキラのことじゃなかった」

そういって、じいちゃんはハナコを見た。

「ハナコとアキラがもう少し大きゅうなったら、教えてやろう。どうやれば善し悪しを体で感じられるかをな。これは、わしが今度の戦争中に身につけた能力じゃ。この村には、戦争に協力する組織があった。日本じゅう、どこの村や町にもあったと思う。その会合に欠席するなど、おそろしゅうて、だれもできんじゃった。そして、あるとき、わしは、信頼できる友と信頼できん友がいることがわかった。だれが信頼できる者か、体で感じたんじゃ。これは、生きのびるうえで、なかなか役立つ能力じゃ」

ハナコは、じいちゃんのいったことを考えてみた。

「でも、じいちゃん、もし信頼できないんなら、友だちじゃないんじゃないの?」

「ああ、子どもにはわからんかもしれんのう。戦争中、たしかにその者らはわしの友ではなかった。じゃが、戦争の前はわしの友であったし、戦争が終わってからもそうじゃ。村のある男は、戦前わしに雄牛を貸してくれた。ただで。なぜなら、わしには金がなかったからじゃ。コメの収穫のあとも、コメではらえとはいわなんだ。わしに余分なコメがないのを知っとったからじゃ。何も要求せんじゃった。だから、その者はわしの友じゃったし、これからも友じゃ。だが、戦時中は友ではなかった。その者は、腹を減らした子どものために食料を隠そうとする村人がおれば、だれであろうと当局に届けた。息子を兵隊にとられまいと隠す村人も、残らず届けた。じゃが、今、息子を隠した同じ村人がその者に雄牛を借りたいとたのめば、その者は貸してやるじゃろう。たとえ、借料として何も受けとれないとわかっていてもじゃ」

ばあちゃんが悲しそうな顔でうなずいた。

「その人は、戦争で息子さんを失くされたんよ。わたしがあんたらを愛しておるのと同じように、その息子さんのことを愛してなさったんじゃけどねえ。でも、じいちゃんのいうことは本当じゃ。あの人は、何も持たん人にも牛を貸してくれる人じゃ」

部屋の中はもう暗くなりかけていた。だが、なぜだろう。顔のしわなど見えない薄暗がりの中でさえ、祖父母はいつもよりぐっと年をとって見えた。二人はさらに疲れ、くたびれきっているように見えた。

今日、自分は、この家のみんなの暮らしをさらにつらいものにしてしまった。ハナコの暮らしがよくなるようにと、それればかり願っている人たちなのに。

父はいつもいっている。悪い経験をしたら、それから学ばなければ意味がないと。

でも、ハナコのうしろには今までの悪い経験がえんえんと続いている。自分はそれからいったい何を学んだんだろう？　これからの人生すべての時間を使っても、わからない気がする。

29

母とアキラがいなかったのは、こういうわけだった。

アキラが近所の川が見たいといいだしたので、母がアキラをつれていった。遊んでいるうちに、アキラが川原ですべって足首を痛めた。それで、帰り道は母がアキラをおんぶしてきたが、母は何度も休まなければならなかった。家の近くになると、アキラが足首は治ったといって、それからは自分で歩いて帰ってきた。

母はそう話しながらも、疲れて呆然としていたが、アキラはのんきに指遊びしている。

ハナコはアキラをしかりつけた。

「アキラ！　どうしてママにおんぶしてもらったりしたのよ？」

「いいのよ、ハナ。今は、しかったりする気分じゃないから」と母は大儀そうにいうと、「ああ、アキ、アキ、アキ……」とつぶやきながら、畳の上にあおむけになった。

実際アキラは、みんなの気が変になるほど大騒ぎしたかと思うと、とつぜん、うそみたいにケロリと機嫌を直すことがある。ときどきハナコでさえ殺してやりたくなるほど聞き分けのないことをいって困らせるが、今のように、とつぜんなんでもなかったみたいにおとなしくなって、家族だけが美しいと思うワインカラーのシミのある顔で、すまして一人遊びしたりする。

アキラがたしか三歳のとき、ハナコもアキラをおぶって歩いたことがある。収容所のはしまで二人で歩いていったのに、いざ帰ろうとすると、疲れたといって自分で歩こうとしなかったのだ。夏だったので、それはそれは暑かったが、とにかくハナコは最後までおぶって歩きとおした。

なぜだろう。そんなことのあるたびに、アキラをきらいになるどころか、もっと好きになってしまう。ただ、できることなら、自分の小さなおもちゃで一日じゅうおとなしく遊んでほしいものだ。

とつぜん、みんなの目がハナコの泥だらけの足に向けられた。みんなは見ているだけで何もいわない。

「あっ、靴！」とハナコはさけんでから、考えた。「うそ」か、「ほんと」か、どっちにしよう？

「靴は……」

ここはやっぱり、「ほんと」だ。

「靴はあげたの。だって、わたしより、ずっと靴が必要な女の子がいたから！」

「でも、ハナコ！　いったいどこの子に？」と母がさけんだ。

ハナコは目をふせたが、またすぐ目を上げた。

「ママ、わたしのよく知らない子なの。話せば長くなるけど……」

それから、いきなりおなかをつかんで大げさにさけんだ。

「おなかすいたあ！」

「ぼくも、おなかすいた！」アキラもいっしょになってさけんだ。

しかし、母は泣かんばかりだ。

「あなたの……あなたのあの上等の靴(くつ)を……」

ばあちゃんが畳(たたみ)に手をついて立ち上がった。

「どれ、夕飯をつくろうかね。さ、今日は、ニンジンをベーコンの脂(あぶら)でいためよう。おいしいよー！　いや、手伝いはいらん。わたしがやるけえ。それで、夕飯がすんだら、ハナちゃんにわらでぞうりを編んであげようねえ。だから、心配は無用じゃ！」

ばあちゃんが部屋を出ると、ハナコは、コメが盗(ぬす)まれたことを母とアキラに話すのは、やはり自分だと思った。気は重かったが、よごれたはだしを見ながら、まずアキラにいった。

「もう、うちにはおコメがなくなったみたいよ」

ばあちゃんのやさしい声や手のぬくもりが消え去って、ハナコはふたたび自分がどうしようもない大バカ者に思えた。

アキラが顔を上げた。

「バターと砂糖と取りかえたおコメが、まだあるよ」

「もうないの、っていうのは……、もう全部食べちゃったからかもしれないし……、ほんとは盗まれたのかも……。たぶん、盗まれたんだと思う」

「どっちなんだよ？　盗まれたの？　食べたの？」

　母がまゆを寄せた。

「ハナコ、おコメはあるのよ。何がいいたいの？」

「おコメが盗まれたのよ。それは……、それはかなりたしかだと思う。家にだれもいなくって、それで、盗まれちゃったのよ！」

　母がぎょっとなった。そのショックの大きさに、ハナコは思わず目をそらした。だが、すぐにハッハッとひどくあえぐ声が聞こえてきたので、母に顔を向けないわけにはいかなかった。母がそんな息づかいをしたことなど、今まで一度もなかったから。

「わたしのせいだ。家を留守にしてはいけなかったのに」

「ぼくのせいだよ。ぼくが川に行きたいっていったから。いつだって、なんだって、ぼくのせいなんだ！」アキラがわっと泣きだした。

　でも、今度ばかりは母もアキラをなぐさめなかった。コメがなくなったことで、母のほうが度を失っていたからだ。

　じいちゃんは、さっきから部屋の中を行ったりきたりしていたが、とつぜん立ちどまった。

「だれのせいでもなーい！　盗まれたんは、盗まれた者のせいじゃない」

「わたしが悪いの！」

ハナコはそういって、わっと泣きだしてしまった。

「ぼくのせいだよ！」とアキラが金切り声を上げた。

「わたしのせいだってば！」とハナコがどなり返す。

「ハナコ！」

母がアキラを抱き上げて、どなりあいをとめた。

そのとき、じいちゃんがとつぜん笑いだして、みんなを驚かせた。

「この子らにも、いろんな欠点があるんじゃのう。わしは、子どもが泣くのを長いこと忘れておった。いわんじゃったかね？　おまえたちの父さんも、子どものときは泣き虫じゃった。はーい、信じられんかもしれんがのう」

ハナコとアキラは、じいちゃんの顔をまじまじと見た。

パパが、泣き虫？

「泣きやませられるんは、母親だけじゃった。大きゅうなっても、年じゅう泣いとった。ところがじゃ、十二歳になると、ぴたっと泣かんようになってしもうた。こりゃもう、一生、二度と泣かんのじゃないかと思うたぞ！　いやはや、最初は泣きすぎるというて心配し、それでまた、二度と泣かんのじゃないかと心配する。親というもんは、よう心配したがるもんじゃが、わしとばあさんは特別じゃ。年がら年じゅう心配しよる。心配がとまらんのじゃ！　子が泣く、心配する。子が泣かんようになる、心配する。ね、わかるじゃろう？」

　ハナコには、実際、まったくわからない。

「何がわかればいいの？　じいちゃん」

「泣くのは子どもの仕事ということじゃ。親が心配するのも親の仕事。じゃから、今夜のところは、これでいいんじゃ。さもあるべしじゃ」

　じいちゃんはいばって腕組み（うでぐ）をして、まるで何かに勝ったみたいに足をふんばった。

「わしにはいろんなことがわかる！」

「ほんとだね、じいちゃん」

　ハナコとアキラが声をそろえた。

　いつのまにか二人とも泣きやんでいた。

「わたし、ニンジンのスペシャル料理を手伝ってくる。ベーコンの脂（あぶら）をたっぷり使うからね」

とハナコがアキラにいった。

「ありがとう」

　じいちゃんも顔をかがやかせた。

「じゃあ、わしはとなりからタマネギをもろうてこよう。タマネギを入れると、なんでも味がようなるからのう」

ハナコは台所に向かった。母は背中が痛いといって、畳の上に体をのばした。
台所では、ばあちゃんがニンジンを拍子木切り、輪切り、乱切りの三種類の切り方で切っていた。見た目を美しくするためだ。ニンジンはとてもきれいだった。ばあちゃんはどんな食べ物も美しく料理できる。フライパンにスプーンで二杯のベーコンの脂を入れ、かまどにかけた。それから、火をおこした。

「あ、ばあちゃん、まだ始めないで！　じいちゃんがおとなりからタマネギをもらってくるって。タマネギはなんだって味をよくするからって」

「タマネギ！　戦時中、一度食べるものがなんにものうなって、おとなりのタマネギだけで三週間食いつないだことがあった。それ以来、わたしはタマネギがきらいじゃ」

そういうと、ばあちゃんはがんこな顔つきで料理を続けた。

「タマネギなんぞ、においをかぐのもいやじゃ！」

ハナコはタマネギが大好物だった。サンドイッチに入れるのも好きだし、スパゲッティにも入れて食べる。天ぷらもいい。でも、今はそんなことはいえない。

「ばあちゃん、そのときタマネギを食べなかったら、本当に飢え死にするところだったの？」

ばあちゃんが、フライパンの上でうなずいた。もう、いつものおだやかな顔にもどっている。

「おとなりには、そのころ赤ん坊のお孫さんがいなさってねえ。つぶしたタマネギを食べさせたから、死なさずにすんだ……。ほんに、わたしは、そんないろんなことをまだよう覚えとる。

じゃけど、わたしが死んだら、そんなんは、みんな無うなってしまうねえ」

「全部わたしに話すといいわ。そしたら、なくならないから」

ばあちゃんがおもしろそうにハナコを見た。

「どうするん？　わたしのタマネギの思い出なんぞ頭ん中に入れて。」

「うーん……、もし、それをわたしが書きとめておけば、ひょっとしてたくさんの人が飢え死にしそうになったときも、だれかがわたしのメモを見つけて、タマネギで生きのびられることがわかるわ」

「書きとめる必要などあるかね。飢えたときには、人はなんだって食べる。とにかく腹に何か入れたいばっかりに、おがくずを食べた者もたくさんいたよ。わたしもためしてみたが、腹が痛うなっただけじゃった」

ばあちゃんは、茶わんにニンジンをよそった。だが、アキラのところに持っていったときには、本人はもう畳の上で眠っていた。

ちょうどそのとき、じいちゃんが入ってきた。戦利品の大きなタマネギを一個、高々とかかげて。でも、もうニンジンが料理されているのを見ると、がっかりした顔になって、怒ったようにばあちゃんにいった。

「これを入れれば、うまくなったものを！」

ばあちゃんは、ハナコを横目で見ると頭をふった。

「また、じじいのタマネギが始まった！」

ばあちゃんとじいちゃんはにらみあって立っている。たった一個のタマネギでけんかを始めるのだろうか？　でも、じいちゃんがぽーんと高くタマネギを放り上げて、ハナコにいった。

「戦時中は、こいつをリンゴみたいに、ありがたーく食ったもんじゃ」

それから、タマネギをテーブルに置くと、ばあちゃんに肩をすくめてみせた。

「わしもちっとは役に立とうとしただけじゃ。だが、おまえのいうとおり。わしは何かというと、すぐタマネギじゃ」

母が立ってきて、ニンジンの入ったアキラの茶わんをハナコの前にやった。

「ハナ、温かいうちにあなたが食べなさい。冷めたら、もったいないから」

それから、母は、両手でハナコのほほをはさんだ。ハナコがはらいのけたくなるほど、ぎゅうっと。

「ハナ、悪かったねえ。昼間わたしが家にいたら、今夜ごはんが食べられたのに」

そういって、母はほほをはさんだ両手をゆすって、ハナコの脳みそをゆさぶった。

「ママのせいじゃないって」

やわらかくなったニンジンはほんとはあまり好きじゃない。でも、ハナコは、べチョべチョしたニンジンを一さじ一さじ、大事に食べた。この上にいためたタマネギがのってたらなあと思ったが、口にはしなかった。そんなことをいえば、この家にまた戦争が勃発する！

ハナコは、戦時中の祖父母の生活を想像した。働いて、タマネギとおがくずを食べて、風呂に入って、眠って、また働いて……。それでも、二人はまだ運が良いほうだったのだ。

その夜、みんなが寝静まってからも、ハナコは一人、冷たくなったこたつにいた。父はまだ帰ってこない。アメリカのレストランで夜遅くまで働いていたあのころのようだ。

父が当時やっていたことのすべて、夜中までの長い長い労働は、ハナコとアキラが大きくなったとき、日系人を受け入れる最高の大学に入れるように、その学資をかせぐためだった。ただし、大学進学に意味があればの話だ。もしハナコが、大学に行く代わりにレストランを継ぐほうを選択すれば、父はそれを許しただろう。正しい選択をするには、ある程度柔軟に考えなければならないといつもいっていたから。もちろんそれも、将来に選択の余地があると思っていたころのことだ。

当時ハナコは、自分の将来はたくさんの選択がのっかった大きな皿のようなものだと考えていた。時がきたら、その中から選べばよいのだと。

だが、正直いって、ここまでの成り行きにハナコは失望していた。結局、アメリカで自分はあまやかされていたのだ。日本には、将来の選択がのっかった大皿などどこにもない。他の国ではどうなんだろう？　とハナコはぼんやり考えた。

家の中はほんとに静かだ。父は今どこにいるのだろう？　でも、見当はついている。闇市で、手持ちの物資を売っているのだ。なぜ、そんな取り引きが夜遅くおこなわれるのかはわからないが、父にたずねたことはない。「闇市」というだけで、ハナコはちょっぴりこわかったから。

今の日本は、「整然とした無法地帯」とでもいうような状況にあるらしい。つまり、闇市はふつうの人の生活の中できちんと機能していて、それでも闇市は違法で、そのくせ公然と開かれている。しかも、ときどき「やくざ」が闇市を仕切っていたりするそうだ。

「まったくめちゃくちゃだよ！　まるで開拓時代の西部だ」と父は何度もいっていた。

ハナコには、そういう父が、その片棒をかつがされていることを恥じているとも思えるし、そんな物資を運んだり売り買いしたりするのを楽しんでいるようにも思えた。

とつぜん、ハナコは痛いほどの空腹におそわれた。ベーコンの脂をあれだけ腹に入れたのに、胃袋はもっともっとほしがっている。思いは当然、盗まれたコメに向かった。あのコメを、キヨシはどこで炊くつもりだろう？　なべは持っているんだろうか？　マッチは？

善悪の判断をするのは、ときどき本当に難しい。たとえば今回のことだ。うちにコメがあることをハナコがほのめかしたことによって、キヨシとミミは、これから二、三週間のあいだ、ちゃんと食べていけるだろう。それって、悪いことだろうか？

しかし、一番大切なのは、家族だ。父はいつもそういっている。それに父は、ハナコにはいつもアキラのことを自分より大切にしなくてはいけないといい、アキラには、つねにハナコのことを自分より大切だと考えるようにいっていた。それなのに、今日、ハナコはアキラをがっかりさせてしまった。ということは、それって悪いこと？　そう、もちろん悪いことだ。

　とつぜん、ふたたびハナコは感じた。収容所の先生が話していた、まさにここに生きているという感じを。ただし、今感じているのは、むしろ痛みだ。まるで、世界で一番美しい場所に立っているのに、愛する人がたった今死んだとでもいうような。おそらく、母が一度話してくれたあの気持ちだろう。まばゆいほど明るいハワイの海岸沖で、自分の母親がおぼれ死んだという場所を確認したときの。

　アメリカ帰りの大人たちは、自分たちの子どものために、この種の痛みを受け入れるのだ。父も受け入れるだろう。コメやベーコンの脂を家に持って帰るためなら、どんな屈辱も苦痛も危険も。それはまた日系人だけのことではないと、ハナコは歴史の本から学んだ。いつの時代にも、どこの国でも、おおぜいの人々に起こることだ。世界中のすべての民族のすべての世代が、この痛みを感じてきたのだ。

　あのとき、収容所のあの場所で、ハナコがわけがわからないという顔をしていると、先生がいった。

「いつかあなたにもわかるでしょう。そうやって、大人になっていくのよ」

　そうか、それではたぶん、今がその「いつか」なのだ。日本に来て数週間がたった今、自分は成長しているのだ。弟がひもじい思いをしているのを、自分もひもじい思いをしながら見ることによって。

30

　父は一週間に一度、水揚げから二日たった魚を買ってくる。進駐軍には大量の塩があって、日本には塩が足りないことを知った父は、給料を塩で支払ってもらい、闇市で魚と交換するのだ。だが、その魚さえ、アキラは最近喜ばなくなった。

　アキラはなんだか変わってしまった。ハナコには、アキラの体からエネルギーが吸いとられていくように思えた。疲れている、というのではない。むしろ、怠け者になった、というほうが当たっている。先日、ハナコとアキラとじいちゃんは、ふたたび神戸へバターと砂糖をもらいに列車で出かけたが、座席にすわったときも、アキラはつねに体のどこかをゆすっていた。頭をふったり、足をゆすったり、ときどき両手をぶらぶらさせたりした。

　家では、ハナコをじっと見つめるときや、ただ壁を見つめているときさえ、目つきがどこか変だった。ハナコは心配のあまり胃が痛くなった。アキラのせいで胃潰瘍になったのだろうか。たいていアキラはじっと壁を見つめていて、そんなアキラを母がじっと見つめていた。

　考えてみれば、アキラはハナコとちがって、父が経営していたレストランはもちろん、収容所に入れられる前の生活をまったく覚えていない。だから、将来楽しみにするものを思いつけないのかもしれない。アキラは、自由で、かつ、食べるものがたくさんある、という暮らしを思いだせないのだ。だから、その暮らしがアキラの希望にならないのだ。

ときどきハナコは、アキラの奇妙な目つきからのがれられるというだけで、登校するのをうれしく思った。朝の冷たい空気の中を歩くと、そんな心配から遠ざかって、ほっとした気分になれた。

学校で、他の子どもたちがハナコのアメリカ人っぽさに興味をしめしたのは、結局、初日だけだった。ところが、ある日の休み時間、女の子たちが何かたくらんでいるようすでハナコのところに集まってきた。その中に、長身のハナコよりさらに背が高く、かがやくような白いはだをして、いかにも好奇心旺盛な感じの丸顔の女の子がいて、ハナコにたずねた。

「あんた、なんで髪長うしとるん?」

ハナコは思わず守るようにおさげに手をやった。その子がハナコの髪にいきなり危害を加えるようには見えなかったけれど。

「この髪型が好きだから」とハナコは答えた。

「じゃけど、ここじゃ、だれもそんな髪型しとらんよ」と今度は小柄な子がいった。

その子は一度も靴をはいてきたことがなく、ハナコと同じで、スカートも二枚しか持っていないようだった。その子が続けた。

「あんた、天皇陛下に忠誠心がないいん?」

ハナコはさっぱりわからなかった。三つ編みと天皇とどういう関係があるんだろう？　それに、天皇のことはあまり知らない。知っていることといえば、天皇がラジオ放送で、日本が連合国に降伏することを国民に知らせたこと、今も一般の人々や軍人たちにあがめられていること、大きな御殿に住んでいること、それくらいだ。

でも、連合国軍最高司令官のダグラス・マッカーサー将軍が、天皇から神らしさを引きはがしてしまったから、天皇も今は神ではなく人間だ。神を人間に変えるのだから、マッカーサーという将軍はよほど大きな、計り知れないほど強大な権力の持ち主なのだろう。収容所にいたとき、収容所の所長は強い権力を持っているように思えたものだが、マッカーサー将軍の権力は、まったく比べものにならないほど強大なものにちがいない。

「わたし、天皇のことはよく知らないの」とハナコは正直にいった。

女の子たちはわけがわからないという顔つきだ。

「じゃあ、なんで、あんた、日本に来たん？　天皇陛下に忠誠心も感じとらんくせに」と小柄な子があざけるようにいった。

ハナコはちょっと考えてから答えた。

「父が、日本に来るって決めたから」

「じゃあ、あんたのお父さんは、天皇陛下に忠誠心を持っとるんじゃね？」

ハナコはもじもじしながら、とうとううそをついた。

「父は天皇が大好きよ。いつか会いたいと思ってるの」

女の子たちはキャッキャと笑いだした。

「天皇陛下にお会いする者なんか、おらんわ！」

ハナコはとつぜん、天皇の名前がヒロヒトだったことを思いだしたが、そんなことをいったところで、この女の子たちを感心させることはできないにちがいない。そのとき、急に大胆な気持ちがわいてきて、逆に質問した。

「わたしの髪型と天皇と、どういう関係があるの？」

すると、小柄な子がいった。

「うちらをバカにしとるんじゃないか、いうとるん。あんたら、ほんのちょっと前まで、うちらと戦うとったんじゃもん。うちらをバカにしとるに決まっとる！」

ハナコは、自分が収容所に何年も閉じこめられていたことを話そうかと口を開きかけたが、そうすれば、またきりなく質問されるに決まっている。そこで、ハナコは簡単に答えた。

「わたしはだれだって尊敬してるわ」

そう、自分はだれにも礼儀正しくする。日系人を閉じこめたルーズベルト大統領にだって。大統領には一度も会ったことがないし、もう亡くなったけれど、もし生前会っていたら、きっと礼儀正しくしただろう。でも、礼儀正しさと尊敬は同じだろうか？

グループのリーダーらしいアヤコという女の子は、まだ一言もしゃべらない。首をかしげて、まゆを寄せている。他の女の子たちがアヤコを見た。
とうとう、アヤコが口をきいた。
「ええよ。あんたがうちらをバカにしとらんいうんなら」
休み時間の終わる鐘が鳴った。ハナコには、その鐘が神の祝福に聞こえた。

父が、アメリカから持ち帰ったドルを持って広島の闇市に行き、コメを一袋買ってきた。その日、父は家族の夕飯に間に合うよう早く帰ってきた。ハナコは、自分でも驚くほどほっとした。コメを盗まれる原因をつくって、家族に悪いことをしてしまったことには変わりないが、気持ちはとても楽になった。ただ、こんなことは、父にお金があったからこそできたことだ。

さあ、今また家にはコメがある。台所でハナコといっしょにごはんを炊く間、ばあちゃんは口笛をふいた。じいちゃんよりずっとうまい！　家族全員が有頂天だった。

居間のほうから、キーッというアキラの歓声が聞こえてくる。そんな声を立てるのは、父がアキラの両手をつかんでぐるぐるまわすときだけだ。父は、特別に上機嫌のときしか、そんなことはしない。ふだんはどちらかといえばまじめなほうで、収容所に入る前も子どもとバカ騒ぎすることはほとんどなかった。家族で収容所に入れられてからは、それはもう、まじめ一点張りだ。

ハナコは聞いてみた。

「ばあちゃん、パパはものすごく泣き虫だったの？　それとも、たまに泣くくらい？　小さいころも、いつもまじめだった？」

「まさか！　ふざけてばっかりじゃったよ。そりゃもう！」

「じゃあ、まじめになったのは、アメリカに行ってからなのかしら。それとも、行く前から？」

雑炊のなべから湯気が立ち、ばあちゃんが顔の汗をぬぐった。

「行く前からじゃね。アメリカに行くと決めたとたん、まじめになった。たいへんな決意だったんじゃねえ。そんでも、幸せなまじめさじゃ。今みたいじゃのうて。あんときに比べると、ずいぶん変わってしもうた」

「ふざけてたころのパパが、なつかしいの？」

ばあちゃんは床を見つめていたが、やがて目を上げた。

「変わったことを思うと、よけいにせつのうなる。なぜといえば、……なぜといえばのう、ずいぶん苦労したことを知っておるからじゃ。考えるだけで、つらい」

そういって、ばあちゃんは涙をぬぐった。

「かといって、日本に残っとれば、生活はもっと苦しゅうなっておったじゃろう。だが、わたしらは、あの子の暮らしが楽になるよう、いろんなことをしてやった。わたしら、あの子をあまやかして育てた。そりゃ、あの子も、ときどきは畑で働かにゃならんかった。いや、むしろ、しょっちゅうじゃった。でも、家に帰ると、あの子に一番風呂を使わせた。あの子に一番温かい毛布をやった。食事の量もあの子に一番多く。とにかく、わたしらがやれるもんは、みんなあの子にやった」

　ばあちゃんはそういって、胸に手をやった。

　ハナコはばあちゃんの手から玉じゃくしをとって、なべをかきまわした。話題を変えたほうがいい。思いださせてしまった。何かわからないけど、何かを……。ばあちゃんの目は涙にぬれている。手はまだ胸に置かれたままだ。

　ハナコは話題を変えた。

「ばあちゃん、天皇って、いい人？」

　そのとき、とつぜんアキラが居間から走りでてきた。半分ぬぎかけたシャツを顔にかぶっている。目が見えないので両手を前につきだして走っていたが、流し台にぶつかった。ハナコがアキラのシャツを引っぱりおろしてきちんと着せている間、アキラはただゲラゲラ笑っていた。

　こんなふうにはしゃいだのは、日本に来てから初めてだ。アメリカにいたころ、アキラはいつもエネルギーにあふれていて、シマリスみたいに走りまわっていたものだ。ここでは、たいていすわりこんでいる。父のレストランに来ていた老人たちのように。

　ばあちゃんがうなずき、それから顔をしかめ、それからまたうなずいた。

「いい人じゃという人もおるし、ちがうという者もおる。戦争を始めたのは軍部で、天皇ではないという人もおる。ついこの間まで天皇がすべてじゃったのに、今は無じゃ。神じゃったのに、今はなんの力もない。天皇を説明するのは難しい。みんな心配しとるよ。日本はアメリカに降伏したから、この国の日本らしさは無うなるんじゃなかろうかって」

「わたしにもわかるような気がする。日本って、たしかにアメリカとはちがうもの。道を歩くだけで感じるの。そう、今も感じてるわ！」

ハナコはあらためてこのことに気づいた。

「授業で天皇のことを勉強したん？」

「授業じゃなくて、女の子たちがわたしに聞いたの、天皇を敬ってるかって」

「その子らに、何かいじわるされたん？」ばあちゃんが心配そうにハナコを見つめた。

「うーん、いじわるされたわけじゃないの。集団でわたしを攻撃したともいえるけど、いじわるだったわけじゃない。むしろ、好奇心からだったんだと思う」

「そうじゃねえ、ハナちゃんは、日本の女の子とはたいぶちごうとるけねえ。でも、わたしはそこが好き」とばあちゃんが愛情たっぷりにほほえんだ。

アキラがとつぜん口をはさんだ。

「ばあちゃんは、ぼくが天皇のことを知ってるかどうか、聞かないんだね」

「アキちゃんは、天皇のこと、知っとるん？」とばあちゃんが驚いた。

「知ってるよ。今の天皇の時代は、昭和っていうんだ。『明るく賢い平和』っていう意味なんだけど、戦争をして、平和はなかったんだよ。ハナコ、このこと、知ってた？」とアキラが得意げに聞いた。

「知らなかった」とハナコは正直に認めた。

「アキちゃんは、もうそんなことを知っとるんね！　どうやって知ったん？」ばあちゃんは感激したようにいうと、今度は泣きだしそうな顔になった。「まだ、たったの五歳で、もう学者じゃ。アキちゃんは天才かもしれん！　将来が楽しみじゃあ！」

「ママが教えてくれたんだよ。それに、ぼくはもうちょっとで六歳だよ」

　アキラはなぜか両手を上げて、自分のつめの「とんがり」に見とれた。

「ばあちゃん、ばあちゃんは天皇が好き？」

　ばあちゃんは左右を見まわし、だれかに盗み聞きされるのを心配しているみたいに、ひそひそ声で話した。

「天皇には会うたこともないけえ、好きにはなれん。敬うこともできん。ちょっと前じゃったら、こんなことというたが最後、警察につかまってしもうたろうね。だけど、あんたらにはっきりいう。わたしは、会うたこともない人をどうこう判断することはできん。その人が、自分の家ん中でどんなことをいうたりしたりしているか知りもせんで、その人が好きかどうかなど、どうしていえる？　いい人か悪い人か、いえるかね？」

　ばあちゃんは、それから、片手をひたいにかざして、日ざしの中で遠くを見るような格好をした。

「わたしは遠くまでは見えん。この家、畑、家族のおるところがせいぜいじゃ。天皇を理解するなんぞ、そんな遠くのことを考えるんは、わたしの運命とはちがう。わたしの運命は、ハナちゃんやアキちゃんを見ること、世話すること、あんたらのためにごはんをつくること。それが、わたしの望んどるすべてじゃ」

「でも、ばあちゃん、天皇がどんな人か、知りたくないの？」とアキラが聞いた。

ばあちゃんは首をふった。

「たぶん、あんたらが大きくなったら、自分の家よりうんと向こうまで見えるようになって、そんな人たちのことも知るようになるんじゃろうね。それが、あんたらの運命じゃろう。わたしの運命は、それとはちがう」

ほんの一瞬、ばあちゃんの顔に思いがけない表情、うらやみとも見える表情がよぎった。が、たちまち消えて、ふたたびいった。

「もし、それが本当にあんたらの運命だったら、わたしは鼻が高い。天狗じゃ。でも、もし、それがあんたらの運命でのうても、わたしはうんと自慢に思うじゃろう。そう、あんたらは、わたしの誇りじゃ！」

31

二月の初め、父は自分の誕生日に、塩を少し持ち帰った。そこで、ばあちゃんも、となりからほんの少しの海苔と百粒ばかりのゴマをもらってきて、ハナコとばあちゃんは、夕食におにぎりをこしらえた。

ばあちゃんが、海苔をいろんな幅に切って美しくおにぎりにはりつけ、海苔のないてっぺんの部分に、ハナコがゴマをふりかけた。

できあがったおにぎりを、ハナコは穴のあくほど見つめた。このきれいなおにぎりを生涯忘れないよう、目に焼きつけておきたかったのだ。父のためにおにぎりをつくることがどれほどうれしかったか、また、ばあちゃんがこの単純な食べ物を、まるで芸術家のようにデザインしながら仕上げていき、それをながめるのがどんなに楽しいことだったか一生覚えておきたかった。あまりにも幸せで気持ちが高ぶったせいか、その夜、ハナコは遅くまで寝つけなかった。

三週間後、ハナコとアキラとじいちゃんは、またバターと砂糖をとりに神戸に行き、コメに替えてきた。だが、それまでは、アキラを始め家族のだれもがひもじい思いをしなければならなかった。

たまに父は、手持ちのドルを少しだけ使ってコメを買ってきた。また、一度きりだが、母にお金をわたしてみんなを驚かせたりした。自転車のベルを鳴らして村にやってくる行商の魚売りから、母が前日の売れ残りの魚を買えるようにだ。だが、たいてい、父は倹約に倹約を重ねてお金をためていた。いったいなんのために？　ハナコにはよくわからない。

神戸からコメを持って帰る日は、家族にとって幸せなひとときだった。それでも、帰ってきた次の晩になると、ハナコは、横になったとたんにキヨシのことを思いだして眠れなくなるのだった。とつぜんハナコはキヨシを殺してやりたくなる。駅では餅菓子をやったし、そのあとは靴。その恩を仇で返すみたいに、今度はコメまで盗んでいった！

腹にすえかねた怒りが口の中までせり上がってきて、くさった肉の味がした。頭の中からキヨシを追いだそうとするが、できない。人にうらみを持つのはまちがいだといつも父はいうが、このにがにがしい気持ちをいったいどうすれば心の中からとりのぞけるというんだろう？

ふと、そのとき、ハナコは、居間から明るい光がもれているのに気がついた。起き上がって見に行き、驚いてしまった。父が電気スタンドを使っているではないか。

「この家、電気が来てるの？」ハナコは思わず大声を出した。

「ああ、だが、高い。使わんほうがいいんだが、ランプの灯油が手に入らなかったんだ」

目の前には、電気扇風機、というより、その部品が並んでいた。父はストレスを解消しなければならなくなると、物を分解するというくせがある。なぜ、そんなことをして緊張をゆるめることができるのか、ハナコにはさっぱりわからない。ハナコだったら、むしろ、よけいにストレスになりそうだ。だって、もとどおりに組み立てられなかったら、どうするの？

父も、ふだんはそんなことはやらない。何かでとても心が乱されていたり、ものすごく不安なときだけだ。たとえば、以前、父はレストラン経営を拡張するために借金をしたが、そのとき、家にあったたった一台の自転車を解体して、歯車やチェーンや金属のさまざまな部品の山にしてしまった。そして、結局、もとの自転車にはもどせなかった。

畳の上に、扇風機の前面の格子と羽根が転がっていた。父はせっせと他の部品をとりはずしていた。コードは切られていて、中の電線の束が切り口からのぞいていた。一分間ほどそれらの部品をながめているうち、ハナコは父のことが心配になってきた。

「パパ、だいじょうぶ？」

「ん？」

ちらっと父は顔を上げたが、ハナコの質問には答えなかった。

「ハナこそ、今ごろ起きて何してる？」

「眠れなかったの。パパは何をしてるんだろうと思って」

父はふたたび顔を上げ、ハナコの顔をまじまじと見た。それから、ねじまわしを畳の上に放りだした。

「いろいろ考えることがあってな。でも、それより、学校にはなれたか？」

「まあまあ。まだ、すっかりってわけじゃない」

父が真剣な顔でうなずいた。

「アメリカが恋しいか?」

ハナコはちょっと考えてから答えた。

「よくわかんない」

正直な気持ちだった。この家の生活にはすっかりなれたが、日本にはなじんでいない。

「パパ、ずっと考えてたんだけど、日本でいつごろレストランを始められると思う?」

とたんに、父の目が光を失った。それから、さびしげにいった。

「あれは、いいレストランだったなあ」

「うん。わたしたち、また新しいレストランを開ける?」ハナコはしつこく聞いた。

「簡単にはいえないな……。ハナには話したことがなかったと思うが、うちの親がここの畑で何十年も働いていた間に、三年間だけ、けっこうな利益を上げたことがあるんだ。そして、その三年間、アメリカにいるおれに金を送ってくれた。その金を、おれはレストランを始める資金にした。だが、それ以来、親のほうは借金がどんどんかさんでいった」

「どうして利益が出せないの?」

「肥料代、畑の借料、この家の家賃、それに不作が何年も続いたんだ」

「じゃあ、じいちゃんたちは運が悪かったの?」

「いや、他の小作人も同じようなもんだ。小作人はみな、同じような運命をたどる」

父はそこでため息をついた。

「おれのほうは、……そのころハナの母さんの両親が亡くなって、遺産として四百ドルが入った。そこで、おれは知り合いの日系二世から金を借りた。そんなこんなで、やっとレストランを始めることができたんだ。だが、そんなめぐりあわせは、もう二度とないだろう」

父は、扇風機の金属の部品に話しかけているみたいに、畳の上のバラバラの扇風機を見つめていた。

それで⁇

「収容所に送られたときは、その二世からの借金をちょうど返済し終わったときだった。レストランを拡張したときの銀行からの融資も返した」

「でも、パパ、じいちゃんとばあちゃんから送ってもらったお金は返したの？」

父は目を閉じ、頭をぐるり、ぐるりと二度まわして、天井を向いたまましばらくじっとしていたが、頭をもどしてハナコの質問に答えた。

「送金したのは一回だけ。おれはそれより、二世の男からの借金と銀行からの借金を返すこと、それに、おまえやアキラの必要なものを買うことを優先させた。それで、借金からぬけだせた。たぶん、親に何がしか送ろうとすれば、さらに借金するしかなかっただろう。だが、おれはいつかは家を持ちたいと思っていた。そして、両親も、自分たちには何も送らんでいいと手紙をくれた。自分たちも孫に家を持たせてやりたいと。それが、おれの両親の夢だったんだ」

「でも、パパ……」

父はハナコの顔を正視すると、急に激しい調子でいった。

「そして、それが、おれに対していつかおまえたちにしてもらいたいことだ。おまえたちの子どもに家を買ってやること」

「でも、パパ……」

ハナコはふと、扇風機がさびてほこりだらけだということに気づいた。もうずいぶん長い間使われていなかったのだろう。

「おれは自分の将来などどうでもいい。おれが考えているのは、おまえたちの将来だ。それは、おまえたちが生まれる前から、おれがおまえの母さんに会う前から、そうなんだ。自分の子どもの将来がどうなるか？　おれの頭にあるのはそれだけだ」

ハナコは父の言葉をよく考えてみた。それから、口を開いた。

「わたしは、パパの将来のことを考えるわ、パパ」

「わかってるよ、ハナちゃん。でも、そんなことは考えなくていい。ただ、一生懸命勉強するんだ。じいちゃんとばあちゃんを手伝えることがあったら、なんだってやってくれ。おまえができることは、すべてやれ。でも、今はもう寝なさい。あすは学校なんだから」

そういって、父はハナコをぎゅっと抱いた。

ハナコは自分の部屋へもどった。アキラは寝言でべそをかいている。

ハナコはアキラのそばに横になって、片手をアキラの体にまわした。すると、自然にハナコの考えは、アキラがやがて大人になり年老いて死ぬことにおよんだ。だが、ハナコがどんなに一生懸命考えても、アキラの将来は見えてこなかった。

ハナコは思いだした。アメリカで父が刑務所につれさられるとき、ハナコにさけんだ言葉を。

「やれることはなんでもやるんだ、ハナコ！」

それから、戸口を出る直前にこういった。

「いつも弟の面倒を見るんだぞ！」

そのとき、ハナコは父の言葉を「弟の世話をするように」という意味だと思っていた。でも、今、「いつも」という父の言葉をあらためて考えると、将来ずうっとアキラの心配をしなければならないという意味だという気がしてきた。たぶん、ハナコが今アキラの体を抱いていて、その体がいかにも小さくたよりないせいかもしれない。

とにかく、アキラより絶対に長生きしなくてはならない。アキラが自分を必要とするときのために。父と母が年をとったら、二人に対して責任があるのは、もちろんアキラではなく、自分だ。アキラは長男だが、両親の面倒を見るのはアキラの運命ではなく、自分の運命なのだ。

将来、自分もレストランを経営するようになるかもしれない。この町にある、せいぜいテーブルが八脚か十脚くらいの小さなラーメン屋みたいな店を。でも、ひょっとしたら、この町よりも広い世の中を見たり、天皇のことや、もっといろいろなことを理解するようになるかもしれない。

アメリカにいるときは、ルーズベルト大統領がどんな人物か判断できると思っていたし、知っているような気がしていた。つまり、自分が望むのは、ばあちゃんのように家事や家族の世話をすることであると同時に、それを越えて、さらに遠くを見ることでもあるのだ。

しかし、耳もとでアキラのぐずる声を聞き、アキラの温かい息をほほに感じていると、ただアキラより長生きしたい、アキラをひとりぼっちにさせたくない、とそのことばかりが心をしめる。そして、そう思うと、ハナコはコメを盗んだあの少年を許す気になれた。キヨシは妹を養おうとしている。ただそれだけのことなのだ。これから先、もしキヨシに会うようなことがあっても、自分は決してコメをわたしたりしないだろう。でも、怒りは消えた。

だから、もう眠れる。

32

学校で、ハナコが一日だけ人気者になった日があった。あるとき、父がアメリカ製の鉛筆を三本持って帰ってきて、授業で使うようにハナコにくれた。クラスの生徒たちも鉛筆は使っているが、消しゴムは持たない。イカの甲羅を干したもので、まちがった部分をゴシゴシけずりとっていた。そういうわけで、先端に消しゴムのついた鉛筆をハナコが見せると、クラスはちょっとした騒ぎになり、その日、ハナコはほとんど人気者といってよかった。

そこで、ハナコは、みんなが自分を好きになってくれるかもしれないと思って、鉛筆を三本ともやってしまった。だが、そううまくはいかなかった。クラスの子たちとの関係は、だれにも何もやらなかったのと少しも変わらなかった。

また、ある日、先生がハナコに二年生の国語の本をわたした。そこで、クラスの子たちは驚き、一人が無遠慮に大声でいった。

「あいつ、もっと頭がええのか思うとった！」

先生が向こうを向いたすきに、ハナコはその本を閉じて反抗した。それから、ばあちゃんが編んでくれたわらぞうりをぬぐと、机の下で足の指をもぞもぞ動かした。学校で、はだしになれるのが、ハナコは気に入っていた。足が解放されたような気がする。思いつくかぎりで、これが日本の学校の一番いい点だと思う。

そのあと、やっと二年生の教科書を開いて読みはじめたが、うれしいことに、最初の話をほとんど問題なく読み進めることができた。色あせてはいたが、さし絵もすばらしかった。

休み時間になると、女の子たちがみんな集まって、だれもが読んでいるらしいある本について、こそこそとおしゃべりを始めた。ハナコが立ち聞きしたことから想像すると、どうもその本は「悪い」本で、女の子たちは読んではいけないことになっているようだ。みんな、しゃべりながらクスクス笑ったり、キャーッとさけんだりしている。

ハナコは、だれかが話に入れてくれることを期待しながら、その集団のはしっこにとどまっていた。でも、女の子たちは一人残らずハナコを無視(むし)し続ける。そこで、ハナコは思いきって話しかけた。

「ねえ、リトル・ウーマンの日本語訳(にほんごやく)があるかどうか、知ってる？　わたし、その本が大好きなの」それから、こうつけ加えた。「わたし、すごい読書家なのよ」

みんながいっせいにハナコを見た。それから、またいっせいに背(せ)を向け、自分たちのおしゃべりを続けた。

顔がかっと熱くなった。ひとりぼっちで立ちんぼするのは、もううんざりだ。ハナコはとつぜん、みんなに大声でいった。

「もし、わたしが髪(かみ)を切ったら、あなたたち、わたしのことをもっと好きになる？」

一人の女の子が、ハナコを品物でも値(ね)ぶみするようにじろじろと見て、やっと一言いった。

「もしかしたらね」そして、すぐに顔をそむけた。

でも、ハナコは髪(かみ)を切ろうなどとは思わなかった。「もしかしたら」程度の可能性のために、大事な髪(かみ)を切るつもりはない。

ということは、「もしかしたら」、自分は日本で一人も友だちをつくれない、ということなのかも。

ハナコは考えた。どっちが自分にとって重要なのだろう？「もしかしたら」友だちができること？　それとも、このおさげ？

それに続いたのが、歴史の授業中の出来事だった。先生が、何を思ったか、とつぜんハナコに質問した。

「先の戦争について、どういうことを知っていますか？」

とっさのことにハナコは驚いたが、とりあえず答えた。

「えーっと、わたしが知っているのは、日本が負けて、アメリカが勝ったということです」

だまっているよりさらにだまる、ということがありうるだろうか？　だが、次に起きたことは、まさにそれだった。だれもが、だまっていた一分前より、さらにだまりこんでしまった。ハナコは、気まずい思いでまわりを見まわした。きっとみんなが自分を見つめているだろうと思ったが、見つめている子はほとんどいなかった。机に目を落としている子もいた。とにかく全員がだまってすわったきり、微動だにしない。それから、先生が何ごともなかったように授業を続けた。

その日、学校から帰ると、母の顔が泥でよごれている。

「ママ！　畑で働いてるの？」

信じられなかった。以前、母が一度だけばあちゃんを手伝ったことは知っていたが、それからもずっと畑で働いていたとは！　ハナコは急に気がとがめた。母は見るからに疲れている。もうくたくたに疲れきっているではないか。

　母がだるそうに話しだした。

「毎日、草とりをしてるの。できるだけ手伝いたいのよ。じいちゃんもばあちゃんも本当によくしてくれるからねえ。ほら、覚えてる？　アメリカにいたときは、家の裏庭で一年間野菜をつくってたでしょ？　だから、畑仕事もなんとかやれるわよ」

「ママの野菜畑は枯れちゃったじゃないの！」さけんでから、ハナコは考えた。「いいわ、わたしも手伝う。学校から帰ったら」

　母が力なくいった。

「ゆくゆくは、全員で手伝わなきゃならなくなるんだろうねえ。でも、ハナは、学校が休みに入るまで手伝わなくていいから」

　だが、ハナコはすぐさまいった。

「ママ！　わたし、今日から手伝う！」

　畑で働いて悪いわけがない。だって、レストランだって手伝わなきゃならなかったのだ。子どもが家族の仕事の一部を引きうけるのは、当然ではないか。

　母が無理に明るい顔をして聞いた。

「ハナちゃん、今日の学校はどうだったの？　そのことを話しましょ！　わたしの一日のことはいいから」

いきなり、学校でのことがよみがえった。それから、あらためて目の前の母の疲れた顔を見た。そして、このふたつのことを考え合わせた。そう、ママはまったく不慣れな新しいことをやっているのだ。じゃあ、わたしだって！

ハナコは思わず口走った。

「ママ、わたし、何か新しいことがしたいの！　わたしの髪、切って！」

ハナコは頭を一ふりして、われに返った。髪を切る？　なんでこんなこといっちゃったんだろう？

母が目を丸くしている。

「ハナコ、本当にいいの？　あなた、そのおさげ、お気に入りじゃないの！」

ハナコは背中に手をやって、おさげをさわった。太い三つ編みを思いきりぎゅっとつかんで思った。もちろん、切りたくない。ずっと前、今のアキラくらい幼かったころは、友だちのことなんか、全然気にしなかった。家族だけが自分の世界だった。でも今は、たった一人でも友だちができるのなら、髪を切ってもいいとさえ思えるのだ。

とつぜん、あの女の子のいった「もしかしたら」が、じゅうぶん価値のある言葉に思えてきた。ためしてみたい。できることはすべてやらなきゃ。でしょ？

「わたし、みんなにもっと溶けこみたいの。なかよくなりたいの。ママ、お願い！　わたし、友だちがほしいのよ！　わたしの気が変わる前に、切っちゃって！」

そういうわけで、アキラがあっけにとられて見つめる中、母はハナコの太いおさげを裁ちばさみで切り落とした。そして、ハナコの髪を、他の女の子たちのように耳たぶが出るほど短いおかっぱではなく、肩の長さに切りそろえた。

「どうしても、これより短くできない。わたしにはその勇気がない。ハナちゃん、これでじゅうぶんかわいいから！」

母は、それから前髪を短く切りそろえた。そして、ほとんど一時間も、あっちをチョキチョキ、こっちをチョキチョキやった。はさみを動かしながら、母は無意識に「ふん、ふん」といい続けた。それが、うまくいっている証拠なのか、うまくいっていないということなのか、ハナコにはよくわからなかった。

アキラは畳の上に腹ばいになり、両手を重ねてあごをのせ、ハナコの散髪を熱心に観察した。そして、ハナコの髪型をすてきだと思ったり、ひどいと思ったりするたびに、いろんな顔をしてみせた。

ようやく散髪を終えると、母はハナコの三つ編みを拾い上げた。

「これは、ばあちゃんにあげようね。きっと喜んでくださるよ」そういって、ひたいの汗をふいた。「やれやれ、たいへんだった！　わたしには理容師の素質なんかないんだから。でも、とってもかわいいよ」

「前よりよくなったの？　悪くなったの？　ねえ、いつか鏡、買えない？　鏡を売ってるような店は、このへんにないの？」

「さあ、それは知らないけど……、でも、これは保証する。今度の髪型、とってもすてきよ」

「前より悪くなった。でも、かわいい」とアキラが無遠慮にコメントした。

「アキ！」母にしかられ、アキラは顔をしかめた。

　しかし、自分でも驚いたことに、ハナコはアキラにそういわれても、泣きたくなったりしなかった。アキラが気に入らないのはちょっとがっかりだが、自分としては、なんだかちょっとうれしいような、ちょっぴり楽しみなような、わくわくするような気持ちだった。

　新しいことをして、何が悪いの？　もし、これでも友だちができないとしたら、また髪をのばせばいいのよ。少なくとも、今は友だちを手に入れるチャンスがあるんだもの。

　ハナコは頭をぱっとふって、髪をゆらしてみた。この感じ、悪くない。母が、いとおしげに、切り落とされた三つ編みをテーブルの上に置いた。そして、ハナコのほうを向いたが、その顔は、ちょうど赤んぼうのアキラが初めて歩いたときのような、うれしいのかさびしいのかよくわからない、なんともあいまいな表情だった。

　母が立ち上がって、もう一時間ほど畑で働いてくるという。

「でも、ママ、ものすごく疲れてるみたいよ！」

「ハナコ、あなただって、レストランで一日働いて帰ってきたときには、ずいぶん疲れていたでしょう？　もちろん、わたしは疲れてますよ。でも、パパやじいちゃんやばあちゃんのほうが、もっと疲れてらっしゃるわ」

「でも、ママ……」

　ハナコはそれ以上いうことを思いつかない。

　そこで、三人で畑へ歩いていった。首筋で髪が軽くゆれる。この感じは新鮮だ。それでも、やはり後悔の気持ちが頭をもたげた。家に鏡がなくて、かえってよかったのかも。それより、日に日に暖かくなって緑が多くなってきたこの風景を楽しもう。

　歩いていると、雑草がふくらはぎにあたってチクチクする。ハナコはふと立ちどまった。なんだか自分が急に大人になったような気がした。若い女性になったような。いや、そこまではいかない。でも、少し大人びたような。

　畑に着くと、母はただちに黄色く穂をつけた麦のほうに向かった。手前の草原には敷物が敷いてあって、アキラがさっそく遊びはじめた。草の葉をつんではその敷物の上に並べていく。何をつくろうとしているのかは、まったくわからない。草の葉を一枚ちぎりとり、二、三秒考え、それから、どうしてそこなのかは謎なのだが、ここ！　と決めて置いていく。すぐに敷物全体がたくさんの葉っぱに隠れてしまった。

　ハナコは、そんなことに夢中になれるアキラが少々うらやましかった。敷物に葉っぱを置くなんてことが楽しいとは、自分にはとうてい思えない。

「鬼ごっこでもする?」

ハナコのさそいにも、アキラはきっぱりと首をふった。

「隠れんぼ、する?」

今度は無視。

ハナコは、敷物のわきで軽く体操をした。切りそろえた髪がほほにかかるのが新鮮だ。ハナコは前にかがんだまま頭をふって、その感触を楽しんだ。それを見て、アキラがふといった。

「その格好のままかたまっちゃったら、悲しいだろうね。ばあちゃんと同じだ」

ハナコは起き上がった。

「でも、ばあちゃんは悲しんでなんかいないわよ」

「うん、それはそうだ」

アキラはじっくり敷物を見まわして、一枚の葉っぱをそうっと置いた。

「今日は、ばあちゃんを五回にっこりさせた。ぼく、ばあちゃんを一日に十回にっこりさせようと思ってるんだ」

アキラがポケットから紙切れと折れた鉛筆をとりだした。紙には#の印がたくさん書きこまれていた。アキラが印が五個集まったところを指さした。

「これが、今日の分」

畑の中で何か動いたので、ハナコが目をやると、祖父母と母が麦畑から出てくるところだった。仕事をやめるんだろうか？　でも、まだ明るいのに。三人とも、大きな袋を引きずっている。母はふたつもつかんでいる。いったい何をしているんだろう？
敷物のところまでやってくると、じいちゃんがハナコを、いや、ハナコの髪をほんの一瞬見つめた。でも、すぐにまゆをつりあげ、声をひそめてこういった。

「わしらは、今日から毎日、麦を刈って闇市で売るんじゃ」

「えっ？　そんなことしていいの？　闇市って、法律に違反してるんじゃないの？」とハナコもひそひそ声で聞いた。

「その通り、違法じゃ。わしらが育てた作物をどうするか決めるんは、政府なんじゃ。だが、わしはもう、政府のいうことはきかん！　もっと金になることをするんじゃ！　政府に供出する代わりに、闇市で売る！　さ、早う！」とじいちゃんがしかるようにハナコにいった。

　母がハナコに袋をひとつわたし、じいちゃんそっくりにハナコをせかす。

「さ、早く！」

　ハナコは急に吐きそうになった。そういえば、母がパジャマのぬい目に二十ドルをぬいこんだときも、見ていて胃のあたりが気持ち悪くなった。もし兵士に見つかったらどうしよう？と心配でたまらなくなって。でも、自分のものを持っていくことを政府が禁じるのだって、悪いことといえるんじゃない？　問題は、善い悪いではなく、政府というものはとても大きくて、自分たちはとても小さい、それなのだ。

「ハナコ、ぼんやりしないの！」と母がどなった。

胸がドキドキする。なんだか、わからないことだらけ。闇市で麦やコメが売られているのは知っている。でも、そこで売っている人たちが、それを祖父母みたいな人たちから買っているなんて、考えたこともなかった。

「ハナコ、早う行って！」とばあちゃんまでせかす。

アキラがぴょんと立ち上がり、ハナコをおしのけて麦の袋をつかんだ。

「ぼくがやる！」

ハナコはすぐに袋をとり返した。

「わしら、政府の麦を盗んで、一か八かやってみるんじゃや。この年になって牢屋に入りとうはないが、やらにゃならんという気がするんじゃ」

じいちゃんのひたいに玉のような汗がふきだし、それがまゆの中に流れこんでいる。

「でも、どうしてふつうの方法で売らないの？」

「闇市のほうが高く売れる。おまえたちにうんと食わせられる」

そういうじいちゃんの目は、異様なほど光っている。

「でも……」

「どうして土地を買わないの？」とアキラが聞いた。

「そんな見こみはない。金がない。わしらは両親の耕した畑を引きついだ。だが、土地を買いとるなんてことはできん」

ハナコは、自分が持っている茶色い麻袋をじっと見た。それから、空を見上げた。雲ひとつない美しい青空だ。ハナコはまた袋に目をもどした。これはわたしが運ぶ袋。ふとキヨシのことが浮かんだ。キヨシは盗みを働くとき、こわくなかったんだろうか?

「わたし、こわくない。ちっともこわくなんかない」

ハナコはアキラに、そううそをついた。そして、麻袋の口をにぎりしめ、みんなを待たずに袋をかかえて歩きだした。

「早く! 行くよ、アキラ。わたし、こわくなんかないんだから!」

うしろから母たちがぞろぞろついてくる。ハナコはこわくてこわくて、すぐにでもかけだしたかった。

「あすは一輪車を持ってこよう。そうすりゃ、もっと楽に運べる。この計画は、さっき思いついたことなんじゃ。一輪車の準備まではできんじゃった。あすはちゃんと準備するんじゃ」

じいちゃんのほほをぽろぽろ涙がこぼれた。

それからは、だれも口をきかなった。ただ、麦の入った重い麻袋を引きずるように運んだ。

家が近くなるにつれ、ハナコはしだいに勇気がわいてきた。わたしたち、正しいことをやってるのよ! この麦を闇市で売る。いい考えじゃないの! だれだってやってるわ。だからこそ、闇市で麦やコメが売られてるんだもの。売ればもっとお金が手に入る。アキラはどんどん太って、丸々した子になるわ。

だが、森をぬけたとたん、ハナコの勇気は干上がってしまった。ここではもはや隠れようがない。

そして、実際、ハナコたちが開けた場所に出たとたん、一人の女の人がこっちに向かって歩いてきた。その人は歩きながら、じいっとこちらに目をこらしている。ハナコは一生懸命、なんでもないふりをした。大きな袋を引きずりながら、ただ散歩しているだけよ、という顔で頭を高く上げ、すれちがうときも、その人に目も向けなかった。

「ハナコ、返事しろ！」

とつぜんアキラのどなり声が聞こえ、ハナコは驚いてふりむいた。

「どうしたの？」

「ずっと呼んでたんだぞ、すぐうしろから。それなのに、ぼくを無視して」

「ごめん、聞こえなかったのよ」

「聞こえないわけないだろ！」

すれちがった女の人が、ハナコたちのほうをふり返った。が、そのまま歩き去った。ハナコはなんとなく、その人からよい印象を受けた。まるで、「おたがい、がんばりましょうね！」とでもいわれたような。

「何がいいたかったの？　アキラ」

「その袋が重いかどうか、聞いたんだよ」

「それほどでもない」

そう答えて、ハナコは家の前の石段を登っていった。

家の中に入ると、みんなが追いついてくるのが待ち遠しかった。母がふらつきながら入ってきた。

「ああ、やっと着いた」

じいちゃんが次に入ってきて、そのまま大きいほうの部屋へ入っていったので、ハナコと母もあとに続いた。じいちゃんはおし入れのところに行き、中に置いてあった小さなマットをずらした。マットで隠されていたのは、床下に通じるはねあげ戸だった。その戸を引き上げ、じいちゃんが勝ち誇ったようにさけんだ。

「ついにやったぞ！　ハナ、その袋を中に入れるんじゃ」

ハナコは袋を持ち上げると、暗い穴をのぞきこんだ。

「この中に落とし入れればいいの？」

「いや、中におりていかにゃならん。はしごがある」

ハナコはおそるおそる穴の中をのぞいた。

もしネズミがいたら、どうしよう？　以前、ネズミにかみつかれた友だちがいたけど……。

それでも、ハナコは、そのぐらぐらするはしごをおりていった。二、三歩おりてから、自分の袋に手をのばした。じいちゃんがハナコの袋をとってわたした。重い袋を持つと、あやうくバランスをくずしそうになったが、もう一方の手ではしごをしっかりとつかみ、袋を落とさずおりていった。穴の中におりたつと、はしごのすぐそばに袋を置いた。中はまっ暗。だれか、ランプか何か、わたしてくれればよかったのに。

数分後、麦の袋は四つとも穴倉の床におさまった。袋の口はどれもしばってあるし、袋の生地はとても厚い。それでも、ネズミが袋を食いやぶらないという保証はない。だが、おそらく袋はまたすぐに運びだされるのだろう。

ハナコは一刻も早く穴から出たくて、大急ぎではしごをよじのぼった。じいちゃんが引き上げた戸を閉じ、マットをその上にかぶせると、ハナコはやっと一息ついた。

「あの女の人は、じいちゃんのこと、密告しないよね？」

「女の人？」じいちゃんはきょとんとしている。

「道ですれちがった人」

「ああ、あの人は、決していわん！　あの晩わしらが助けたんは、あの人の息子なんじゃ。ずうっとおし入れの中に隠れておった。わしらはここで、何もなかったふりをして寝ておった。その子は、夜中にこっそり出ていった」

じいちゃんは下くちびるをすぼめ、目はその夜の光景を見ているようだ。

「今も覚えとる、あの晩のことは。わしはふとんに横になったまま考えた。『あの子のことは、赤ん坊のころも、小さい子どもだったころも、よう知っとる。それが今、うちのおし入れにいるんじゃなあ』と。その子はそんとき、十七歳じゃった。一九四四年のことじゃ。それ以前は、兵隊にとられるのは二十歳になってからじゃったのに、そのころはもう、政府は、十五歳の少年にさえ兵士になるようすすめておった」

「おし入れの中で、その子はどんなにこわかったでしょうねえ！」感きわまって母がさけんだ。

ハナコは、日本に上陸するとき同じボートに乗っていたダックテールの髪の青年たちを思いだした。かれらの一人が同じ理由でおし入れに隠れるとしたら？　そこまで考えて、ハナコははっとした。

アキラが大きくなったときに、また戦争があるとしたら？　そのときは、アキラも戦争に行かなくちゃならないんだろうか？　思っただけで胸が痛んだ。そうだ、家を建てるときは、地下に絶対おし入れをつくろう。ひょっとしてアキラが隠れなくちゃならないときのために。ハナコはアキラを見た。そして、オーストラリア大陸の形のシミが、まばたきするたびに動くのをじっと見つめた。

「そんな目でぼくを見るな。こわいよ」

「あんたをこわがらせるわけないでしょ。わたしはあんたのお姉さんなのよ！」

「だって、変な目で見るから」アキラがいやそうに顔をしかめた。

ハナコはアキラから目をそらした。そして、アキラが、将来についてなんの不安も抱かないことに気づいた。アキラの考えることは、現在のことだけだ。あす、空腹かどうかなんて考えない。今、空腹か満腹か、今、こわいか、幸せか、悲しいか、それだけ。あす、自分がどう感じるかは、アキラの頭にはない。

将来あるかもしれない戦争のこと、それどころか、あすのこと、いや次の瞬間のことさえ気にかけない。そんなことをアキラに代わって考えるのは、他のみんなだ。きっと、アキラが大人になっても、それは変わらないだろう。いつまでたっても、アキラは、……今の、このアキラなのだ。

「生きてくうちには、良いときもあれば、悪いときもある。それが世の中ちゅうもんじゃ」

そういって、じいちゃんはハナコに明るい顔を向けた。

「じゃが、心配するな。今日はこわい目にあわせたが、それでも良い日じゃ。もし、一年前の日本を知っとったら、わしのいうことがうそじゃないとわかるじゃろう。これだけはいえる。今日はじつに良い日じゃ」

V

新しい決意

33

その夜、ハナコが台所で雑炊を煮ていると、居間のほうからアキラとばあちゃんの笑い声が聞こえてきた。ハナコはうれしくなったが、同時に、なぜかたまらないさびしさにおそわれた。それは、奇妙なさびしさ、日本独特のさびしさだった。先日、学校の俳句の授業で教わったもので、すべてはある瞬間、完璧であると同時にしみじみと哀れだという感覚だった。

家族のみんなは、自分たちの畑の麦を盗みだしたことに興奮して、ハナコの髪型なんか大したことではないと思っているようだ。そのことが、悲しいのか、うれしいのか、ハナコにはわからなかった。自分は今、自由。だが、さびしい。愛に囲まれ、でも、空腹。自分の気持ちがうまくいえない。ハナコは、急に、もうこれ以上考える気がなくなってしまった。

そこで、いきなり居間に走っていった。ばあちゃんの胸に寄りかかってすわっているアキラを見たとたん、なぜか嫉妬にかられておしのけた。

「なんだよ、ハナコ！」

アキラが怒って、ハナコの腕を引っぱる。

だが、ハナコは目をつぶり、ばあちゃんに寄りかかった。そして、そのちょっとかびくさいような、古びたようなにおいを吸いこんだ。すると、ハナコはもうさびしくなくなって、ただただ幸せなばかり。ばあちゃんがハナコの髪をなでた。そして、そのとき初めて、うなずきながらこういって、ハナコの頭をなでまわした。

「ああ、この髪型、とってもかわいいねえ」

　アキラがハナコをおしのけて、すわる場所をとり返そうとする。でも、ハナコはどうしてもそこにいたかったので、アキラをおしやった。もちろん、手荒にではないが。

　アキラが手を腰にあて、仁王立ちになって怒っている。その姿があんまりかわいくて、とうとうハナコはばあちゃんのひざの席をゆずってやった。アキラは、「やったー！」と勝ちどきを上げると、さっそく祖母のひざにのっかった。

　ハナコは台所にもどり、居間の声を聞きながら雑炊を仕上げた。今夜は、みんなの話し声がいつもより高い。だから、闇市で売るために麦をいくらかとってきたのは、たぶんよかったんだろう。でも、そのあと食事のときになると、今度は、今にもだれかが家の中に入ってきて隠した麦をとっていくのではないかと、ハナコは心配になった。

　早くパパが帰ってくればいいのに。そうすれば安心するのに。

　夕食の片づけをすますと、ハナコは外に出て家の前にすわった。だいぶたって、やっと、道の向こうから暗い人影が近づいてきた。父は早足で歩いていたが、どことなく疲れているのがわかった。父に麦のことを話したいが、わずらわすのもはばかられる。父は朝五時に家を出て、夜八時に帰ってくる。休みは日曜だけだ。父が玄関までやってくると、いかにくたびれているかがはっきりわかった。

「お帰り、パパ」

「ハナコ！　また、寒い中、待っててくれたのか?」そして、ハナコを見たとたん、大声を上げた。「どうしたんだ?」

父がハナコの顔を両手ではさみ、右へ向け、左へ向けた。ハナコは麦を盗んだことばかり気になっていたので、そのとき初めて、髪を切ったことを思い出した！

「ママに切ってもらったの。もうおさげはあきちゃって」

父は目を閉じ、ゆっくりとあけた。目の前に見ているものがまぼろしではないのをたしかめるように。

「しかし……、そうだな、とってもかわいいよ」

本当はそう思っていないことがすぐにわかって、ハナコは一瞬、泣きたくなった。が、泣かずに気持ちを切り替えた。

「ありがとう、パパ」

疲れきった父の顔は、まるでもう五十歳くらいに見える。

「パパをここで待っていたかったの」

父は手をのばしてハナコの髪にふれ、一ふさつかむと、また放した。そして、今度はさっきより自信を持っていった。

「うん、とってもかわいい。で、おさげは持ってるよな？」

「ええ、ママがばあちゃんにあげるって」

「ああ、それなら、それもいいだろう……」

二人はいっしょに居間に入っていき、父がリュックをアキラにわたした。

「中にプレゼントが入ってるぞ」

毎晩、父は家族のだれかにリュックをわたして、そういった。アキラはわくわくしたようすでリュックをあけ、手をつっこんでさぐっていたが、ついに小さな緑色の木製の家を三個つかみだした。

「家だ！」

「それは、ボードゲームのコマなんだ。アメリカ兵がくれた。おまえにやってくれって」

「ありがとう！　パパ！」

アキラは、さもうれしそうに三個の家をテーブルに並べ、うっとりとながめた。それから、またそれを拾い上げて、今度は部屋のすみに行き、その三個の家で一人遊びを始めた。

ばあちゃんは台所に出ていくと、温めた雑炊の茶わんを持ってもどってきた。父はいつも、餓死寸前の人のようにものすごい速さで食べる。みんなにじっと見つめられながら。それから、二、三口、茶わんに残したところで食べるのをやめて、こういうのだ。

「おれはもう腹いっぱいだ。だれかほしい者いるか？」

そこで、アキラの飛びだす番となるはずだが、今夜は、小さな家で遊ぶほうがいいらしい。

「アキ、来なさい。あんた、どんどんやせていってるんだから」と母が呼んだ。

アキラはしぶしぶ立ち上がり、家をポケットに入れてやってきた。茶わんをとると、スプーンも使わず雑炊を口の中に流しこんだので、汁が少しあごのほうにたれてきた。それから、茶わんをテーブルに置くと、大きな声でみんなにいった。

「この三個の家は幸運の家なんだ。だから、きっとおコメがたくさん手に入るよ」

それから、申し訳なさそうにハナコを見た。

「そのときは、ハナにも分けるね。ごめん、今日は分けてやらなくって」

「分けなくていいわよ」

父のとなりにすわっていた母が、さらにすり寄って父にいった。

「あなた、疲れてるみたい」

「おれが？　疲れてなんかないさ。全然！」父が無理に陽気をよそおって、アキラに笑いかけた。「こんなできのいい息子がいるのに、なんで疲れたりするもんか、なあ！」

「そのとおりだよ」とアキラがうれしそうに答える。まったく、じいちゃんそっくりだ。

父はますます顔をほころばせ、顔じゅうをしわだらけにした。

「パパ、わたしが今日学校で学んだことはね、戦争について話すときは、いうことによく気をつけなきゃならないってこと」

父は急にまじめな顔になって、ゆっくりうなずきながらハナコに聞いた。

「戦争について、何をいったんだ？」

「わたし、日本は負けたっていったの」

「そのことには、だれも反対できないさ。だが、いうことには気をつけなきゃいかん。おれたちは、日本ではよそ者だ。わかるな？　もし戦争について話したくなったら、おれに話すこと。いいか？」

「わかった。でも、わたしが話したかったわけじゃなくて、質問されたのよ」

「とにかく、気をつけるんだ」と父がさっきより強くいった。

「はい、パパ」

みんな口をつぐみ、部屋はしんとしてしまった。ハナコもうつむいたが、また顔を上げて、大人たちを見た。麦を隠していることをだれが父に話すんだろう？　やっぱり母がいうべきじゃないだろうか、とハナコが考えていたとき、アキラがとつぜんしゃべりだした。

「パパ、今日はとっても楽しかったんだよ！　ぼくたち、みんなで麦を盗んで、おし入れの穴の中に隠したんだ！」

部屋がふたたびしんとなった。

「どういうことだ？」と父が不機嫌な顔で聞いた。

「盗んではおらん！　自分らの麦なんじゃけえ。闇市で売るために少しばかりとったまでじゃ。

自分のものを盗むなんてことはできんわい！」とじいちゃんが弁解した。

「ハナコも、でっかい麦の袋をずっと一人で運んだんだよ！　こわがってたけどね。ぼく、顔を見てわかったんだ！」

「こわくなんかなかったってば！　わたし、こわがりじゃないんだから！」

「こわそうな顔してたくせに！」

「やめなさい！」と母が大きな声でしかった。

「みんな、静かに！」と父がどなった。

それから、むすっとして、ただテーブルの表面をじっとにらんだ。

ばあちゃんが立ち上がり、父の茶わんを台所へ持っていこうとしたとき、とうとう父が口を開いた。

「あ、お母さん、ちょっとすわってください」それから、みんなのほうを見ながらいった。

「ずっと考えていたんだが、今、決心がついた」

父の顔があんまり真剣なので、ハナコはこわくなって、おそるおそる聞いた。

「なんなの？　パパ」

父が咳ばらいをする。そして、もう一度咳ばらいをしてから、話しだした。

「じつは、おれたちのように、アメリカの国籍を放棄した者を助けようという弁護士がいる。

ウェイン・コリンズというアメリカ人だ。もし、放棄したアメリカ国籍をとりもどしたければ、コリンズ氏が手続きを手伝ってくれるというんだ。ルーズベルト大統領は、おれたちをアメリカから追いだそうとした。だが、コリンズ氏は、おれたちが今でも自分たちはアメリカ人だと思っているんなら、アメリカに帰ることができるはずだと考えている。国籍を放棄するというおれたちの決定は、強迫のもとにおこなわれたものだと、コリンズ氏は思っているんだ。まったくそのとおりだと、おれも思う。おれたちはみんな無理やり決定させられたんだ」

ハナコは反射的にばあちゃんを見た。ばあちゃんは、まるで、たった今、腹を切られたみたいな顔をしている。だが、すぐに、熱に浮かされたようにしゃべりだした。

「そうじゃとも！　日本に孫の将来なんかあるもんかね！　食べ物もない、学校は古い、着るものもない、レストランなんぞ一生開けるはずもないし、土地も絶対に手に入らん。この上、麦を盗んだといって警察につかまったら、いったいどうなるんじゃ？」

「でも、ばあちゃん！　パパ！」

「ハナ、最後まで聞きなさい。おれたち夫婦は、きのうの夜、このことについて話し合ったんだ。おれたちは、自分たちの生活がひどく混乱している中で、国籍放棄の決断をしてしまった。だが、状況が落ち着いた今、あらためて決断すべきだと思う。コリンズ氏は、ツールレイク収容所は異常な施設だったし、そもそもルーズベルト大統領は日系人を収容する法案にサインすべきじゃなかったといっている。アメリカでは、今、日系人がまた一からやりなおしているという。もちろん、やりなおすなんて簡単なことじゃない……」

父はそこで深いため息をついた。しばらくだまって、何度か一人でうなずいていたが、また話しだした。

「おれは、同じように国籍を捨てた日系人から、コリンズ氏のことを聞いた。そして、さっそくコリンズ氏と連絡をとった。おれたちの件についてどう思うのか知りたくて。それが、二日前だ。だが、今夜、おれは決めた……」

「でも、パパ、パパ」とアキラが口をはさんだ。

「なんだ?」

「ぼくたちがいなくなったら、二人とも泣いちゃうよ」

アキラは、ばあちゃんとじいちゃんのことをいっているのだ。

「それは、わかってるよ、アキちゃん」

「わたしも泣いちゃう」とハナコはいった。

「わかってる、わかってるよ」

母は、ばあちゃんを見ながら、手の甲を口にあてている。

ハナコもばあちゃんに目を向けた。ばあちゃんの目はぎらぎら光っていた。でも、悲しそうには見えなかった。ばあちゃんがハナコの顔を両手ではさんだ。

「わたしはあんたに、未来をやりたい。そりゃ、もちろん、わたしは泣く。じゃが、わたしの背中を見んさい。もしハナちゃんがこのまま日本にいたら、しまいには、わたしみたいになってしまう。日本じゃ、自分の運命を変えるのは難しい」

　ばあちゃんはそういうと、とつぜん、手を天井に向かってさし上げた。

「あんたがやることは、こーんなにある。ここじゃ、それはできん。前にもいうたが、日本で、小作人の娘が定められた運命からのがれるんは、ほんにほんに難しい」

　じいちゃんが二度咳ばらいした。さっき父がやったように。それから、もう三度。これじゃまるで、咳ばらいコンテストだ。のどにものすごく大きなものでもつまっているみたいな咳ばらいなので、みんなが驚いて目を向けると、じいちゃんが、重大発表でもするようにいばって立っていた。

「そうじゃ、ばあさんのいうとおりじゃ。わしは強いから、安心しろ。おまえたちは、自分の運命を受け入れちゃいかん。なぜなら、それは、おまえたちの本当の運命ではないからじゃ。おまえたちはアメリカ人なんじゃ」

　じいちゃんの話しかたは、まるで大統領が演説しているようだった。ただし、声はきいきい声だったけれど。

　つらい決定だった。だが、一方で、ハナコは自分でもわかっていた。ばあちゃんみたいな背中にはなりたくない。小作人になるのは、いやだ。たとえ自分が百姓をするにしても、少なくとも自分の農地を手に入れるチャンスがなくては。

　今までは、自分もばあちゃんと同じ運命をたどるかもしれないなんて、考えたことはなかった。自分の人生がばあちゃんと同じように終わるなんてことは。もちろん、ばあちゃんは文句なくすばらしい人だ。でも、ばあちゃんの生き方は、ハナコが望んでいるものではない。

頭の中で、ラーメン店の夢がみるみるしぼんで消えていく。体の奥から、収容所のころのように、また怒りがわき上がってきた。ハナコは思わずこぶしをにぎった。そのとき、ばあちゃんの手がハナコのこぶしをやさしくなではじめた。すると、怒りはしぼんでいった。怒りはどんどんしぼんで、とうとうすっかりなくなってしまった。

ばあちゃんの手は、ハナコのこぶしより強かった。

34

そんなわけで、父は家族でアメリカにもどるよう動きだしたが、そのあと、二、三週間以上たっても先方からの連絡はなかった。ほんとに実現するんだろうか。ふたたびハナコは日本でラーメン店を開くことを考えはじめた。

ある暖かい日曜日、じいちゃんとハナコは、二人で近くの山に登ろうと家を出た。最近ハナコは神経がピリピリしているから、とじいちゃんがいうのだ。それに、ふだんはハナコとアキラを平等に気づかっているが、たまには一人ずつつきあうのも悪くない。山登りはそんな試みだという。

遠くからながめるその山は、緑に包まれていた。ハナコは、じいちゃんと二人きりで歩くのが気はずかしかった。道ぞいにぽつんぽつんと農家がある。ハナコはわらぞうりをぬいで歩き、ひんやりとした草の感触を楽しんだ。

しばらくだまって歩いていると、じいちゃんがとつぜん道端の草を指さしてさけんだ。

「おう、ズボナ！　たいていは川端に生えとるがのう。この穂を食べてみい」

じいちゃんはうなりながらかがんで、穂を一本引きぬくと、ハナコにわたした。ハナコはその穂をかじってみて、思わず顔をしかめて笑った。

じいちゃんは自分でも一本、穂をとった。

「子どものころは、これが好きでな」といいながら口に入れたが、とたんに吐きだした。「あいや！　なんでこんなもんをうまいと思うとったんじゃ？」

山がしだいにせまってきた。ふもとをふちどるように百姓家がかたまって立っている。二人は、頂上まで続く細い山道に入っていった。

「ここらの者は、こんな山里に古墳時代から住んでおる。古墳というのは知っとるか？」

「えーっと……」

「古墳時代は、そうじゃのう、千五百年くらいも前かのう。つまり、そこのでっかい木が赤ん坊の木だったころじゃ」じいちゃんが道端の巨木を指さした。「あれは、広島県で一番古い木なんじゃ」

ふもとのこのあたりには、ハナコが初めて見るような木がたくさんあったが、山自体はほとんど松の木でおおわれていた。じいちゃんはどんどん登っていって、少しも疲れを見せない。むしろハナコのほうが息切れしてきた。

ハナコは、松の木の根もとを一本一本見ながら歩いた。じいちゃんが、マツタケという特別高級なキノコが見つかるかもしれないといったからだ。まだ時期は早いが、ならずもんのマツタケが一本くらい顔を出しとるかもしれんと。

「マツタケ、見つかるかも！」

「マッタケー！」と、じいちゃんがときの声でも上げるように大声でいった。「もし見つかったら、ばあちゃんが料理してくれるぞ。マツタケは高価なもんじゃ。他のキノコとは全然味がちがうという話じゃ。わし自身は食ったことがないけえ、はっきりとはいえんが。じゃが、わしにはたくましい想像力がある」

小さな花をつけたやぶがあって、赤い実のなっている茂みもあった。

「春になれば、花ももっとたくさん咲く」とじいちゃんがいった。

道がけわしくなり、二人はまただまりこんだ。急にじいちゃんが道端にすわりこんだ。

「じいちゃん、だいじょうぶ？」

「ふだんから歩いてはおるが、山はあまり登らんけえのう」それから、ハナコにほほえんだ。「よし、もうええぞ」

じいちゃんは立ち上がって、また登りだした。ハナコは心配で、じいちゃんのようすを見ながら歩いたが、じいちゃんはまったく疲れを見せなかった。

頂上まで二時間かかった。道はだいたい松林のかげになっていたが、それでも汗をかいた。頂上に着くと、ハナコは、地面からつきでた大きな黄褐色の岩に走り寄って抱きついた。なんという岩かは知らないが、地面にそのかけらのような小石が落ちていたので拾い上げ、キスしてリュックに入れた。じいちゃんと一日をすごした記念の石として、大切にとっておこう。それから、二人は腰をおろして、ごはんとつけものの弁当を食べた。

じいちゃんが、遠く、ふもとの家々に目をやって話しだした。

「この山に初めて登ったのは、二十年前じゃ。山というのは、日本人にとって特別なもんじゃ。日本じゅう、山のないところはないくらいじゃ」

そのことはハナコも知っていたが、だまって聞いていた。じいちゃんはフンフンと一人でうなずいていたが、今度は、なんの歌かハミングを始めた。それから、急にやめて、また話しだした。目はぼんやりと遠くをながめている。

「二十年前、わしはこの山に、おまえの父さんと二人で登った。その日、おまえの父さんは、十八歳になったらアメリカに帰るつもりだといった。じゃけん、悲しい思い出ではあるんじゃ。じゃが、そういってくれたのは、よかった。それからの二年間を、せいいっぱい楽しもうと思えたけえのう」

じいちゃんはぎゅっと口を結び、弁当の残りに目を落とした。

「その夜、ばあさんは、そりゃあそりゃあ泣いた。聞こえんように声を殺してな」

じいちゃんがハナコにほほえみかける。

「じゃが、今は、こうやっておまえたちがおる。ばあさんは毎晩（まいばん）幸せじゃ。ほんに、おまえはええ子じゃなあ」

ハナコははずかしくなって、うつむいた。

「ありがとう、じいちゃん、いっしょに山に登ってくれて。わたし、日本の石を拾えたわ」

「石の好きな女の子か。もっと前にそれを知っておればのう。この年になるまでに見てきた石は、たいへんな数じゃ。とっとくこともできたのに。そうすりゃ、おまえは大石持ちじゃ」

二人は大声で笑って、弁当をまた食べだした。山をおりながら、じいちゃんはよほど感心したように、何度もくり返した。

「石の好きな女の子か！　それを知っとりゃよかった！　知っとりゃよかったのう！」

35

ハナコが髪を切って初めて学校に行った日、クラスのだれもがそれに気づいたはずだ。みんながハナコを見つめるようすから、それはたしかだ。でも、だれ一人、何もいわなかった。

つまり、ハナコは風変わりな「アメリカ帰り」で、ときどきみんなの気を引くようなおかしなことをする。ただそれだけのことで、みんなはすぐに日常にもどり、ハナコはまた忘れられるのだ。

ふと、ハナコは収容所のことを思いだした。あそこでは、子どもたちは別にさそわれなくてもみんな勝手に他のグループに入って遊んでいた。だから、ここでもそうやればいいのだ。自分から思いきって。

ある日の休み時間、校庭で、クラスの女の子たちが何人かアヤコという子のまわりに集まっていた。どうやら、アヤコが男の子から短い手紙のようなものをもらったらしい。その男の子がどの子なのかもハナコは知らなかった。それでも、ハナコは女の子たちのほうへ近づいていき、少し手前でようすをうかがった。それから、じいちゃんがときどきやるような大きな咳ばらいをした。二、三人の女の子がハナコのほうをふりむいた。

今だ。ハナコは大きな声でいった。

「それ、ノリから？　ノリって、すごくかわいいよね！」

女の子たちがいっせいにハナコを見た。すると、アヤコが親しげに返事した。

「うん、そうなんよ！」

そのとたん、みんなはぱっとまわりを見まわし、クスクス笑いだした。まるで、そのノリという男の子に聞かれたみたいに。それから、ぺちゃくちゃしゃべりだし、ハナコがそこに入って聞き耳を立てたり、いっしょに笑ったりしても、だれも気にするふうではなかった。

授業開始のベルが鳴ると、なんと一人がハナコのほうを向いて、声までかけてくれた。

「行こう！」

幸せのあまり、ハナコはずっとスキップしながら校舎にもどった。

もし、ウェイン・コリンズという弁護士が両親のアメリカ国籍(こくせき)をとりもどしてくれるとしても、一、二年はかかるだろう。だとしたら、それまでに友だちをつくる時間はあるはずだ。国籍(こくせき)をとりもどす手続きがどのくらいかかるかまったくわからなかったが、一般(いっぱん)に弁護士という人たちは、何をやるにも長い時間をかけるものだ。

教室に帰っても、女の子たちとの距離(きょり)がぐっと近づいたと思うと、ハナコはうれしくて仕方なかった。いつのまにかハナコの心は、ツールレイク収容所(しゅうようじょ)時代の友人たちの思い出へとさまよいでていた。友だちだった子の中には、ハナコの両親がアメリカ国籍(こくせき)を放棄(ほうき)しようとしていることを知ると、ハナコと絶交した子もいた。反対に、同じ理由でハナコの味方になってくれた子もいた。だが、レイコという一番の親友を失ったのは、国籍が問題になる前だった。

一九四三年、アメリカ政府は収容所の日系人に、ある質問状に答えさせた。日系人を、アメリカに「忠実」な者と「不忠実」な者に分類するためだ。父によると、政府は、「忠実」な日系人を兵役につかせ、その他の日系人を「不忠実」として捨てさろうとした。父は、そんなことを考えついたのは、中間レベルの役人たちだといっていた。「平々凡々たる大バカ者が、人の運命を決定する。政府のやりかたはいつもそうだ」と。

その質問状に、父は自分の気持ちに正直に答えた。「あなたは、アメリカ合衆国の軍隊に入り、命ぜられたいかなる場所でも戦闘義務を果たすか?」という質問に対し、父は、「もし家族の市民権が回復されれば、喜んでそうするだろう」と答えた。つまり、「ノー」だ。だが、もうひとつの質問、「……天皇始め、いかなる外国政府、権力、組織への忠誠も服従も、拒絶するか」に対しては、「拒絶する」、つまり「イエス」と答えた。

したがって、父は、ふたつの重要な質問のうち、市民権に言及したひとつの答えのために尋問され、合衆国に「不忠実」な者とされた。そして、その結果、ハナコたち家族は、ジェローム収容所から、きびしいツールレイク収容所へと移されたのだ。

父は実際には「ノー・イエス」と答えたのに、「ノー・ノー・ボーイ」と呼ばれ、アメリカ合衆国に不忠実な者とされた。ハナコは最初、そのことがはずかしかった。自分の父親であるにもかかわらず。ツールレイクに送られる列車の旅の間じゅう、ハナコはずっとはずかしかった。ただ、ジェローム収容所からは、他の収容所よりずっと多くの「ノー・ノー」の者が出ていて、そのことが多少のなぐさめにはなった。でも、ハナコの親友とその家族は、「ノー・ノー」ではなかった。

当時親友だったレイコは、いかにも楽しそうに大声で笑う足の速い女の子だった。二人で悪ふざけをして逃げるときも、いつもレイコがずっと先をかけていき、あとからハナコが追いつくのを待っていた。二人は長い間友だちだった。戦争が始まる前からいっしょに学校に通い、ジェローム収容所でもいっしょだった。

レイコの父親は、忠誠を問う質問のどちらにも「イエス」と答えた。そこで、父親は徴兵され、日系人で構成された第四四二連隊に入って戦った。第四四二連隊は、アメリカ史上、もっとも多くの勲章を受けた部隊となった。隊のモットーは「当たってくだけろ」。実際、非常に多くの死傷者を出した。

レイコの父親は、イタリアのある町をナチス軍から解放する戦闘で戦死した。父親の戦死を知らせてきたレイコの手紙は、怒りに満ちあふれていた。まるで父親の死がハナコのせいだといわんばかりに。でも、どうしてそういうことになるんだろう?

レイコは、ハナコの父のことを臆病者と書いていた。ハナコはいいようもなく傷ついたが、ツールレイク収容所に行ってからは、父が兵役につく条件として市民権の回復を要求したことをとても誇りに思うようになった。だが、同時に、レイコの父が進んで兵役に応じたことも非常に誇り高い行為だと思っていたので、戦死には胸が痛んだ。

今では、自分とレイコが友だちではいられなくなったことも理解できる。どちらの父親も自分が正しいと信じたことをおこなったのだが、それが正反対のことだったのだ。

「タチバナさん！」

はっと気がつくと、先生がハナコの机を棒でコツコツたたいている！　でも、先生はそれ以上しからなかった。

先生は俳句についての説明を始めた。ハナコが収容所時代のことを考えている間に、俳句の授業が始まっていたのだ。

先生が俳句を一句黒板に書き、みながいっせいに声に出して読んだ。

白露に　浄土参りの　けいこ哉

終業のベルが鳴り、床そうじをしたあと、二、三人の女の子が、ハナコに「さいなら！」といってくれた！　ハナコはあいさつを返しながら、ていねいに頭を下げた。

ハナコは一人、木々と草と青空に囲まれた静かな道を歩いて帰った。今日の一日は、とてもいい日だった。今は、すべてがおだやかで平和だ。空から爆弾が降ってくることなど想像もできない。ただ、つねに状況は変わる。今より悪くもなりえるし、よくなる可能性もあるのだ。その中でできることは、父がいつもいっていること。

「やれることは、すべてやりなさい」

それでも、どうしようもないほどひどい状態になることだってある。そのことを、広島を見たハナコは知っている。

家に着くと、玄関先で、泣いているアキラを母があやしていた。ハナコはリュックを放りだして走り寄った。

「どうしたの?」

「じいちゃんからもらった石を、わっちゃったんだって」

見れば、地面にわれた石が落ちている。キラキラ光る内部をあらわにして。

「でも、こんなにきれいじゃないの! アキ、この石、今まで見た中で一番きれいよ!」

アキラは首をふった。

「今日はいいこと何もなかった。ぼく、収容所に帰りたい」

アキラがハナコの腕をつかみ、たのむようにハナコにいった。

「ぼく、おなかがすいた。ここに来て、一度もピーナッツバターを食べてない! 収容所にもどろうよ」

「アキ! そんなことというもんじゃありません!」と母がめずらしく怒った顔をした。

「でも、ぼく、おなかがすいたんだもん！」

ハナコはアキラの手をとったが、とがらせていたつめが丸くなっているのに気づいた。

「あのね、アキ、今日の夜、つめをうーんととがらせて切ってあげる。それから、約束するわ。今にきっと、食べたいものはなんでも食べられるようになるって。わたしが料理してあげる。えっと……スパゲッティだって、アイスクリームだって！」

アキラが泣きやんだ。

「アイスクリームをどうやって料理するんだよ？」

しまった！　アイスクリームまでいうんじゃなかった。

「それは、秘密！」

アキラは、じっとハナコのいった意味を考えているようだったが、やがて、われた石をていねいに集め、手の中に入れた。もう満足そうにほほえみさえ浮かべている。

「これ、ハナのきれいなお茶わんに入れていい？」

「もちろんよ。わたしの茶わん、使っていいわ」

ハナコはすぐに後悔した。でも、アキラはうれしそうだ。

三人は家の中に入った。アキラは、あとでみんなに見せるつもりなのか、われた石をこたつのテーブルに置いた。それから、三人でずいぶん長い間トランプをして遊んだ。

しばらくすると、玄関で戸をたたく音がした。ハナコが行って戸をあけると、四歳くらいの小さな男の子がいた。その子のずっとうしろに、母親らしい女の人が立っている。ちょうちんをさげているが、まだ暗くなっていないので灯（ひ）はともしていない。

男の子が小さな靴（くつ）をさしだした。

「おコメととりかえてください」

その子の母親が、はなれたところからいい足した。

「かわいい靴（くつ）でしょう？」

「おコメはないんです。ごめんなさい」

ハナコはそういいながら、じいちゃんがおし入れにかくしている麦のことを考えていた。その男の子はとてもかわいく、心がひかれた。それでも、ハナコはもう一度はっきりいった。

「うちには何もありません」

あすハナコが学校に行っている間に、じいちゃんが闇市（やみいち）で麦を売ってくることになっている。あれ以来、さらに麦を「盗（ぬす）んで」いて、じいちゃんが脱穀（だっこく）した麦はかなりの量になっていた。ハナコはそのことを一生懸命（いっしょうけんめい）考えまいとした。ひょっとして、この男の子にハナコの心が読めると困（こま）るからだ。その子は母親のところに走っていって相談していたが、やがて二人とも歩きだした。男の子ははだしだ。

アキラがハナコに寄ってきていった。

「あの子、おなかがすいてるんだ。かわいそう」

「あんただって、おなかすいてるでしょ。そのことのほうが大事よ」とハナコは冷たくいいはなった。そう、ハナコにはアキラのほうが大事なのだ。

「どうして、ぼくがおなかをすかしているほうが大事なの？」アキラが不思議そうに聞いた。

「ハナコ、だれかがだれかより大事ってことはありませんよ」と母が口をはさんだ。

でも、ハナコはあごをつきだし、あやまらなかった。自分にとっては、アキラのほうがあの子より断然大切なのだ。でも、ときどき、夜中に空腹で眠れなかったりすると、ひどい考えが浮かんできたりするのも事実だ。世界じゅうのだれより、自分が一番大切だと。空腹になると、悲しいことだが、人はそんなふうに思うものらしい。

一本のニンジンを弟と分け合うのが、ものすごく難しいこともある。それだけのことに、ものすごいエネルギーをついやして、そのあとは、まるで十キロも歩いたみたいに疲れはててしまう。自分の最後のニンジンをアキラに半分分けてやったりすることもあるが、そのあと、ふとんの中で泣けてきたりする。そんなことをしている自分は、ひどい人間なんだろうか？

36

真夜中に目が覚めた。はっきりしないが、わめき声のようなものが聞こえたのだ。おそろしさにしばらく動けなかった。それでも、とうとう起き上がり、足音をしのばせてふすまのところまで行った。父を起こしたほうがいいだろうか。でも、父はいつもくたくたに疲れている。

ハナコはそっとふすまをあけると、居間に入って、ふすまを閉めた。声は、じいちゃんとばあちゃんの寝ている部屋から聞こえてくる。どうもばあちゃんの声らしいが、それにしては、あまりにもひどく取り乱しているようで、とてもばあちゃんとは思えない。祖父母はけんかしているのだろうか？　まさか。

ハナコはしのび足で暗い居間を進んだ。ばあちゃんが何かいいながらすすり泣いている。

「あんたがいうてくんさい！　行くなと、あんたからいうてくんさい！」

ハナコは一瞬、何かおそろしいこと、愛する人が死んでしまったとか、そんなことが起こったのかと思って、思わず耳を手でおおった。だが、やはり聞かなければならないと思いなおして、ばあちゃんのわめき声に耳をかたむけた。

すると、じいちゃんの声がこういった。

「子どもらにとっては、行くほうがいいんじゃ。あの子らがほしがっとるような食べ物を、わしらは食べさせてやることができん。ちゃんとした教育も必要じゃ。日本におっては、小作人の娘に将来はない。結婚して、自分のものにもならん畑で必死に働いて、とうてい金などかせげんまま一生を終えるのがオチじゃ。日本を出たほうがいいんじゃ」

「いいや、どうか日本に残るようにいうてくんさい！　あんた、あの子の父親でしょうが。あの子はあんたのいうことなら聞きますけえ！」

それからは、もういいあらそう声はなく、ただ泣きじゃくる声がするばかりだ。

ハナコは暗い居間のまん中に立ったまま。祖父母の部屋に入っていくべきか、自分の部屋にもどるべきか、決めかねていた。目をつぶって一生懸命考えた。それから、目をあけると、ふすままで歩いていった。

祖父母の部屋のふすまの前で、さらに二、三分じっとしていたが、やっと小さい声でいった。

「ばあちゃん？」

たちまち、泣き声がやんだ。

じいちゃんがふすまをあけた。

「ハナちゃんを起こしてしもうたのう」

「わたし、真夜中になると起きちゃうの。毎晩のように起きるのよ」

もちろん、真夜中に起きたことなどほとんどない。背たけはばあちゃんと同じくらい大きくなっているくせに、ハナコは急に自分がとても小さく幼くなったように感じた。

「ばあちゃん、わたしたち、日本にいてもいいよ」

「悪かったねえ」

ばあちゃんはかがんでおじぎをしようとしたが、曲がった背中はそれ以上曲がらなかった。

ばあちゃんはすわりこんだ。

「ごめんなさいね。あんげなこと、いうちゃならんかったのに。あんたらは日本を出にゃならん。わたしにもわかっとるんよ」

だが、ハナコはいいはった。

「でも、わたしたち、日本に残ってもいいの。だって、アメリカにもどっても、行くところなんてないんだもの」

「そんなことなんぞ、どうにでもなる」

まるで日本をはなれることが何より重大なことのように、じいちゃんが強くいった。

ばあちゃんがいった。

「とにかく、まだすぐってわけじゃない。たぶん二年くらいは、いっしょにおれるんじゃないかねえ。わたしには、今まで一番幸せな月日になる。ハナちゃんたちが日本を出るときは、泣かんよ。約束する。もう二度と泣かん」

「ばあちゃん！　わたしなんか、しょっちゅう泣いてるよ。泣くことはちっとも悪くないわ。アキラを見て。毎日泣きっぱなしよ！」

ばあちゃんがハエでも打つように手をふった。

「子どもじゃあるまいし、わたしがハナちゃんに泣きつくわけにはいかん。あんたはこれから成長せにゃならんのじゃ。わたしが泣いたりすりゃ、そのじゃまになる」

そういうばあちゃんの曲がった背中（せなか）に、じいちゃんがやさしく手を置いた。

「このばあさんめ！　今までずうっと泣きどおしじゃったくせに、それが急にやむもんか！」

ばあちゃんがほほえんだ。じいちゃんもほほえんだ。二人はハナコがそこにいるのを忘れたみたいに、たがいに顔を見合わせてにこにこしている。ハナコはこれ以上いてはいけない気がして、部屋をぬけでた。

暗い居間を用心しながらそろりそろりと通りぬけて、自分の部屋にもどった。横になったが、頭がさえて少しも眠くない。でも、泣きたいのとはちがう。全然。それより、ここ、この家に、この家族に囲まれて、このままずっと横になっていたいような、そんな気持ちだった。

となりでアキラがぐずっている。悲しい夢でも見たのだろうか。だれも口にしないが、ハナコはわかっていた。日本に残ればハナコに将来がないというのなら、アキラにだってないのだ。ハナコと同様、決して自分のものにはならない田畑で働いて、一生を終えることになるのだ。何ひとつ所有することなく、お金もかせげず、生きるためにただ働く毎日。運がよくても、休みはせいぜい週に一日。悪ければ、休む日もなく死ぬまで働く。日本に残れば、それがアキラの運命なのだ。

37

次の日は土曜。日本では半日だけ学校がある。でも、だれもハナコを起こさなかったので、目を覚ましたときは、もう登校するには遅すぎる時間だった。

家の中はしんとしている。居間に入るとメモが置いてあって、母の字で、となりの人にお茶に呼ばれたのでアキラをつれて出かけると書いてあった。雨の音がしているが、他のみんなは働いているのだろう。

そのとき、玄関の戸をたたく音がした。ハナコは下着の上に紫のコートをはおり、急いで出ていった。

玄関にいたのは、キヨシだった！　とたんに怒りがもどってきて、体の中で音を立てて爆発した！　今度はいったい何がほしいの？　少なくとも、今日はノックするだけの礼儀はわきまえてたのね。

キヨシが新聞紙に包んだものをさしだした。誇らしげに包みをかかげたまま、深々とおじぎをした。

「あのコメの代わりじゃ」

驚いて見つめる間に、ハナコの怒りは消えていった。キヨシの髪は雨にびっしょりぬれている。ミミはどこ？

キヨシは体を起こすと、包みをハナコの手におしつけた。そこで、ハナコは包みを受けとり、ゆっくりと開いた。

着物。紫の着物だ。

ハナコの心は落ち着かなくなった。美しい、とはいえない。そんなには。つまり、婚礼用の着物ほどには。でも、手ざわりから、上等の絹だとわかった。それに、花をあしらった模様はたしかにきれいだ。

もっとよく見ようと包みからとりだしてみて、ハナコは驚いた。思ったよりずっと美しい。すそから二十センチほどは濃い紫色になっていて、すそは藤色でふちどりされている。濃い紫色の部分には白い花が散らされていて、実際、かなり大胆な、はでな柄だ。ハナコはコートの上からはおってみた。着物をはおるのは生まれて初めてだ。着物はハナコには大きすぎて、長くすそを引きずってしまう。だから、ばあちゃんにはもっと大きすぎるだろう。

だが、着物はハナコの気持ちを変えてしまった。まるで別の時代の別の世界につれていかれたよう。そんな力が着物にはあるんだろうか。ハナコは、自分が大人になって愛する人のそばに立っているような気がした。

結婚式のとき、ばあちゃんとじいちゃんは、さぞ幸せだったにちがいない。ばあちゃんは、自分の背中がいつか曲がってしまうなんて考えもしなかっただろう。子どもも一人ではなく、もっとたくさんほしいと思っていたかもしれない。着物をはおって、ハナコは、結婚式の日のばあちゃんの心がわかったような気がした。

ハナコはわれに返り、キヨシがそこに立っているのを思いだした。キヨシは、不思議そうな顔でハナコを見ている。ハナコは着物をぬいで、ていねいにたたんだ。ばあちゃんの誕生日にプレゼントするといっても、日にちもまだ知らないが、その日まできちんと保管しておこう。そう決めて、ハナコが深呼吸すると、ふと雨のにおいがした。この前、キヨシにコメがあることをほのめかしてしまったのは、ハナコの落ち度だったが、そのことから、今日、こうやって、よいことも生まれたわけだ。それによって、ハナコがしたことが正しくなるわけでは決してないが、少なくとも、それほどひどいことにはならなかったのだ。たぶん。

キヨシがおじぎをした。

「おまえにはそう思えんかもしれんけど、おれはずるいことはしたくない。人としての誇りは守るつもりじゃ。そう親からしつけられた。あのコメにその着物じゃ、不足か？」

「いいえ、でも……、この着物、どうやって手に入れたの？　盗んだ？」

「働いて、ゆずってもろうたんじゃ」

キヨシはうそをついてるんだろうか？　ハナコはさらに聞いた。

「何をして働いたの？」

「おれ、ミミをおんぶして、『紫の着物はありませんか』いうて、一軒一軒たずね歩いたんじゃ。『着物をくれるなら、働きます』いうて。ここの村じゃのうて、別の村で。ミミとおれ、ずいぶん歩いたぞ」

キヨシがはだしの足を上げてハナコに見せた。足の裏はひどくすりむけていた。

「うわっ、痛いでしょう?」

キヨシは笑った。まるっきりハナコをバカにしたように。

「おれはピカにやられたんじゃ。足の裏なんぞにかまうか!」

それでも、ハナコは家のほうを見ながらいった。

「包帯があるかもしれない」

キヨシは、いかにもどうでもよさそうに肩をすくめた。

「とにかく、きれいな着物を持ってきてくれて、どうもありがとう。祖母への贈り物にするつもりよ。それから、あなたが名誉を守ってくれたことに感謝してる」

ハナコはキヨシに頭を下げた。キヨシも、もう一度おじぎをした。

「ところで、ミミは今どこ?」

「市内の孤児院におる。おれたち、ときどき孤児院で寝るんじゃ。今日は雨がひどいけえ、ミミはそこに置いてきた。ふだんは、おれにぴったりくっついてはなれんけどな。今日は雨ん中、おれ一人で歩いてきたんじゃ」

「じゃあ、今は二人とも孤児院に住んでるの？」

キヨシが思いっきり顔をしかめた。

「いや。あそこはすかん。ああしろ、こうしろ、ばっかしで。おれの家じゃ、全然そうじゃなかった。おれの親は、いつだっておれの自由にやらしてくれたんじゃ」

キヨシはそういうと、すねたように下くちびるをつきだした。こんな顔、アキラもしそうな気がする。それから、いきなり耳のあたりをゴシゴシかきはじめた。

「傷あとが、かゆうて……」

そういいながら、ますます激しくかきだした。それはもう、すごい勢いで。

「やめて！　痛いじゃないの！」ハナコは思わず大声を上げた。

キヨシは、今度こそハナコはバカだと確信したように、あきれた顔をした。

「痛くない、いうたじゃろ！　かゆいんじゃ！」

それから、今度は背中に手をまわしてかこうとした。

「なんでか知らんが、ときどき、いっぺんにどこもかしこもかゆうなるんじゃ！　おまえ、おれの背中、かいてくれんか！」

かゆくて気が変になりそうだというようすで、キヨシが背中を向けた。

ハナコは手をのばした。が、やっぱりためらわれる。おさげにさわって気を落ち着かせようとしたが、おさげはない。今日、キヨシは上着を着ていない。ついに、ハナコは意を決して、ぬれて体にはりついているキヨシのシャツを左手でめくった。とたんに声を上げそうになったのを、必死でこらえた。

　背中は傷でびっしりとおおわれていた。切り傷、えぐれた傷、それら大小の傷がつながりあい、背中のあちこちで盛り上がっている。ハナコはほとんど卒倒しそうだった。目の前の傷もさることながら、キヨシがこの傷を受けたときのすさまじい光景、その音、その恐怖を想像して……。ハナコは、そうっとキヨシの背中をかきはじめた。よく知りもしない人の背中をかくなんて、まったく妙なことだと思いながら。

「もっと強く！」とキヨシがいった。

　でも、ハナコにはできない。

「だって、痛いでしょう？」

「ミミのほうが、よっぽど強うかくで！」

　そこで、ハナコは少し強くかいた。傷あとはでこぼこだ！　それに、キヨシはなんてやせているんだろう！　胴まわりなんて、ハナコより細い。

「もっと強うて、いうとるじゃろ！」

　本当に、もう気絶しそうだ。ハナコだって転んでひざをけがして、おびただしい血を流したことがある。そのときは、それはそれは泣いたものだ。でも、そんな傷さえ、まったく傷あとを残していない。それに比べ、キヨシのこの傷あとは！

ハナコはつめを立て、キヨシの傷だらけの背中を上から下へ、下から上へと何度も何度もかいてやった。盛り上がった傷あとが赤くなった。ハナコは船酔いのように吐きそうだった。

「ああ、ありがとう。もうええ」キヨシがやっといった。「助かった。背中がこんなに気持ちよかったのは初めてじゃ！　おまえ、ミミよりうまいな」

ハナコはシャツから手を放した。ハナコのほうに向きなおったキヨシに、自分がどんな顔をしていたのかハナコにはわからなかったが、キヨシはすぐにぶっきらぼうにいった。

「そんな、あわれんだような顔するな。おれはすかん」

「あわれんでないわ！　ただ、気の毒だって……。いや、ちがうの……」

キヨシが玄関の戸にふれて、思い出にふけるように話しだした。

「おれにも家があったよ。うちの家は、けっこうええ家でな」とキヨシは壁をパンパンとたたいた。「じょうぶな家じゃった。おやじとおじさんで建てたんじゃ」

キヨシはそういうと、ハナコを見た。その目は、ときどき母がハナコの頭の中まで見とおそうとするときの目を思わせた。

「おまえに、今までだれにもしゃべっとらんことを、しゃべってもええか？」

「いいわよ」

ハナコはすぐに答えた。これ以上、キヨシに昔の家のことや傷のことや爆弾のことを思いだしてほしくなかったからだ。

「このことは、これからもミミには絶対にしゃべらんつもりじゃ。じゃが、あれ以来、だれかに聞いてほしかったんじゃ。ピカが落ちたとき、おれは庭のリンゴの木に登っとった。リンゴが大好物なんじゃ。おれは地面にたたきつけられて、気を失った。気がついたとき、背中が燃えるように熱かった。たぶん、実際に燃えとったんじゃろう。おれは助けてもらおう思うて、おふくろを探して見まわした。その日はほんとはクラス全員が工場に勤労奉仕に行く日じゃったが、おれはえろう疲れとったから、親が休ませてくれとったんじゃ。そういうわけで、おれがリンゴの木に登っとって、おふくろが木の下におった。おふくろは、リンゴは体にいいといつもいうとって、まだ八月じゃったが、一個ぐらい、もう食べられるのがあるかもしれん、いうたんじゃ」

キヨシは早口でしゃべり続けた。話しはじめたからには、急いで全部吐きだしてしまわなければ気がすまないという勢いだった。

「とにかくじゃ、おれは爆発のあと、起き上がってから気がついた。一人の、というか、人のような姿のもんが、近くに動いとるんじゃ。おれは、その姿の前を見とるんやら、うしろを見とるんやら、わからんじゃった。顔もないし、髪もなかったんじゃ。けど、そんとき、それがおふくろだとわかった。どうしてわかったのかはわからんが……」

キヨシが、何か助けを求めるような顔で、ハナコを見た。

ハナコは動けなかった。腕を少しだけ持ち上げて、口をほんの少し開いて「おお……」というのがせいいっぱいだった。何も考えられないまま、もう一度背中をかいてあげようか、といいかけた。だって、キヨシは何かしてほしそうな……。いや、ちがう。でも、この顔は、何を望んでいるんだろう？　ハナコはキヨシの手をとって、自分の両手で包んだ。

「わたし……、わたしにも、見える……。あなたの話しかたが上手だから」

これって、また、バカなこといっちゃった？

だが、キヨシはほっとしたような顔をした。

「見えたんか？　ほんとか？　おれ、だれかにわかってほしかったんじゃ！　それで、そのあと、おれは板切れを拾うた。そして、おふくろがもうそれ以上苦しまんでええように殺そう思うたんじゃ。じゃけど、おれ、できんじゃった」

キヨシの顔がひどくゆがみ、ぎゅっと目をつぶった。ふたたびあけた目から、涙があふれそうだった。

「おれは臆病者じゃ。おれは自分にうんざりする。おれは自分が許せん。おれたちは、ただ、つったってたがいを見とった。おふくろはおれのほうに手をのばそうとしたが、手が上がらんのじゃ。何か話したかったんじゃと思う。だが、できん……。口がないんじゃけえ。たぶん、苦しんだんは一分くらいじゃったと思う。それから、おふくろは横になった。まるで床に寝るように。倒れたんじゃない。しとやかに横になったんじゃ。おふくろは、だれよりも上品な人じゃった」

もう、キヨシは激しく泣いていた。だが、なんとか誇りをとりもどしてこういった。

「ミミも、きっとおふくろそっくりになると思う」

そういう事情なら……。でも！　ハナコの心は大きくゆれていた。キヨシにおコメをやりたい。でも……、アキラもものすごく大切。おなかをすかせた家族のだれもが、ハナコにとってはとても大切なのだ！　そのとき父の言葉が思い浮かんだ。

やれることはすべてやれ。

そうだ……。ふと思いついて、ハナコはキヨシに聞いた。

「うちの祖父母のために、あなた、畑で働ける？　でも、この手……」

ハナコは、にぎり続けていたキヨシの手、やけどでフックみたいにかたまってしまった手に目を落とした。

怒りが、いや、憎しみが、キヨシの目にひらめいた。

「この右手はなんだってやれる！　左手と同じじゃ！」

「祖父母に、あなたが畑で働いてもいいかどうか、聞いてみてもいいわ。麦とコメと野菜をつくってるから、手伝う人が必要だと思うの。仕事をしてくれたら、食べ物ではらえるんじゃないかしら……、たぶん」

とたんに、キヨシの目が、取り引きをするときの商売人の目つきに変わった。ハナコはこわくなった。キヨシは今、ハナコがいった申し出が自分にとって得かどうか、もっと有利な取り引きに持っていけるかどうか、抜け目なく計算しているのだ。

とうとうキヨシが口を開いた。

「いいかもしれん。じゃが、はらいはコメじゃ。おれはコメのためにしか働かん」

やはり、取り引きに出てきた。

ハナコはうなずいた。何度もうなずきながら、ハナコのほうも考えた。

「じゃあ、そう聞いてみる。その返事を、どうやってあなたに知らせればいいの？」

「ひまを見て、おれがここに来る。これから先も孤児院にいるとしたら、学校に行かんならんかもしれんし」

「わかったわ。とにかく……着物を持ってきてくれて、ありがとう。こんなきれいな着物見たの、わたし、初めてよ」

キヨシはかしこまって頭を下げた。それから、気軽に手をふって帰ろうとしたが、その前にハナコに聞いた。

「おまえの名前、なんていうた？」

「ハナコ」

「ハナコいう子に会うたのは、初めてじゃ」

キヨシがいったのは、それだけだった。

ハナコはちょっと考えてから、たずねた。

「キヨシ……、それからどうしたの？　お母さんが亡くなってから」

キヨシは首をかしげ、めずらしいものでも見るようにハナコを見た。まるでキヨシのほうがハナコに質問したみたいに。

「おれは、おやじを探しに出た。そして、死体の山の中におやじを見つけた。おれはあわてて逃げた。そんなふうになった親の姿を見るんは、ほんとにおそろしかったんじゃ。おれは、ぼうっとしたまま歩きまわった。たくさんの人間が、うろうろ歩きまわっとった。体がまっ黒に焼け焦げた人間、血だらけの人間、とっくに死んどってもおかしゅうないような人間が、それでも歩いとるんじゃ。おれは町からはなれていなかのほうへ行った。体じゅうが痛うてたまらんかったが、歩き続けた。じゃが、とうとう歩けんようになった。おれは横になった。もう、死のう思うて。今が死に時じゃとわかった。もうなんもかんもない。痛みがすべてじゃった。そんまま気絶したんじゃと思う。目をあけたときは、夜になっとった。寝たまんま空を見上げて、おれは生まれて初めて気がついた。夜空はなんと美しいんじゃろう、なんとたくさん星があるんじゃろうと。それまでは、ずうっと働かんならんかったし、戦争中はあんまりいろんなことがあったけえ、そんなふうに夜空をながめるひまがなかったんじゃ。やっぱり生きようと決めたんは、そんときじゃ」

それだけいうと、キヨシはまわれ右して雨の中を歩き去った。ハナコは呼びとめたかった。どしゃぶりがやむまで家の中で待つようにと。でも、同時に、家の中でキヨシと二人きりになるのが、少しこわいような気もした。たしかに、キヨシは名誉を重んじる少年かもしれないが、妹のためならなんだってやりかねない兄でもある。そのことはすでに思い知っている。

雨足がますます強くなった。キヨシがどこを歩いているのかも、もう見えない。

「キヨシ！」

やっぱり、家に入れて雨宿りさせなきゃ！　ハナコは玄関の石段をかけおりて、もう一度呼んだ。

「キヨシ！」

それから一分もの間、ハナコはその場所でキヨシを呼び続けた。そして、そこに立ったまま、下着の上にコートを着ただけの格好で、生まれて初めて見る、まるで白い幕をおろしたように降りしきる雨に打たれながら、ハナコはわっと泣きだした。

何を思って？　思いだすかぎりのすべてのこと。収容所で流行の髪型をしていた若者たちのこと、急に老けた父のこと、やさしい大好きな祖父母のこと……。だが、何よりキヨシのことを思って。

あの爆発の瞬間、キヨシが感じたにちがいないおそろしい苦痛を思って。かさぶたになった傷の痛みはもうなくなっているかもしれないが、決してなくなることはないキヨシの心の痛みを思って、ハナコは泣いたのだ。

38

ハナコは紫の着物を、おし入れの中にある母の空っぽのトランクの中に隠した。しわになるのではないかと心配だったが、他に隠す場所がなかったのだ。

キヨシがまた来るかもしれないと気にかけていたが、現れなかった。何日かがすぎ、何週間もたった。キヨシのことを考えながら、畑の手伝いが必要かどうか、祖父母にたずねる機会をうかがっていた。でも、やっと思いきって聞いたときには、まだいらないという返事だった。

春休みになった。じいちゃんは代掻きのために、いつもよりさらにいそがしく働いている。ばあちゃんのほうは、苗代に種もみをまいた。そのもみから芽が出て早苗が育ったら、いよいよ田植えだ。そのときには、母とハナコとアキラも手伝うことになるが、今の時点では手伝わない。というのは、よい収穫のためには、最初のこの作業を完璧にやらねばならないからだ。

「おまえたちが田んぼにいると、わしは仕事に集中できん。それに、わしの仕事は万全を期する作業じゃけえ、おまえたちが手伝うのは無理じゃ」とじいちゃんが説明した。

田植えももちろん完璧にやらなければならないが、じいちゃんはそれより、苗を植えるために田の土をくだいてよくかきならす代掻きのほうが、さらに重要だと考えていた。

「毎年、代掻きは、一番心をこめてやらにゃならん仕事じゃ」とじいちゃんは何度もいった。

ついに田植えの日が来た。祖父母と母とハナコとアキラは、田のあぜに立って、水の張られた田んぼをながめた。じいちゃんは、おし入れにしまってあった明るい青のシャツを着て、古い太鼓を手にしている。ばあちゃんは同じ色の木綿の着物に、大きな麦わら帽子をかぶっている。じいちゃんは、古来の田植えの儀式も知らないし、よその村でやってるような今風の田植えの祭りも見たことがないが、毎年、田植えの前には、ばあちゃんと二人で自分たちだけの小さな儀式をやるのだという。

「もし前の年が豊作じゃったら、次の年も同じようにやる。そうでなかったら、ほんのちょっと変えてやる。春になると山から山の神さまがおりてきて、田んぼを見張ってくれるんじゃ」

じいちゃんが手で太鼓をたたいた。単純だが、何かうっとりするようなリズムだ。じいちゃんとばあちゃんが、そのリズムに合わせて体をゆらす。ハナコたちもいっしょにゆれた。

じいちゃんが大声で祈りの言葉を唱えた。

「豊かにコメが実るよう、じゅうぶん雨を降らせたまえ」

ばあちゃんも大声で続いた。

「孫らをちゃんと養えるよう、たくさんのコメを実らせたまえ」

「ハナコ！」とじいちゃんが催促する。

ハナコは驚いた。知らなかった、自分も何かいわなきゃならないんて。いったいなんていえばいいんだろう?　あー、まったく!　とにかく大声で風に向かってさけんだ。

「えー、春は、……えーっと、田植えの季節です!」

一方、アキラはいうことをちゃんと考えていた。

「人来たら　蛙となれよ　冷し瓜」

母は少々照れくさそうだったが、いきなり金切り声でさけんだ。

「田んぼよ!　どうか子どもたちにおなかいっぱい食べさせてやってください!」

それから、じいちゃんたちは青い衣装をぬぎ、いつもの作業着姿になった。

みんなは仕事を始めた。苗は十五センチほどに育っている。快い風が、田んぼの水面にさざ波を立てた。

「田植えにまたとない天気じゃなあ」じいちゃんが感慨深げに孫のほうを向いた。「今日のように助っ人の来てくれる日のために、わしはずいぶん前にこれをつくっとったんじゃ」

そういうと、作業袋から何やらとりだした。それは、強そうな長い麻ひもを巻きつけた箸のような二本のくいで、ひもには一定の間隔で小さな玉がつけられている。じいちゃんは一方のくいをハナコにわたすと、田んぼのすみまでつれていった。そして、田んぼの一番はじにそのくいをつきさした。

「このくいが動かんように、しっかりおさえとくんじゃ。いいか、絶対に動かさんように」

じいちゃんがひもをのばしながら田んぼの向こう側まで歩いていく間、ハナコは足でくいをおさえていた。向こうのあぜに着いたじいちゃんが、ひもをぴんと張って、くいを田んぼにつきさした。ところが、ハナコはじいちゃんのやることがめずらしくて見とれていたので、ひもがぴんと引っぱられたとき、くいが引っこぬけてしまった。ハナコはあわててくいをつかみ、両手でぐいっと田につきさした。

顔を上げると、じいちゃんが両手を腰にあて、明らかに怒ったようすでこちらを見ている。じいちゃんが、ひもを引っぱりながらくいをつきさした。ハナコは必死で自分のくいにしがみついた！

ばあちゃんが、二十本くらいの苗をとりわけて、ハナコにいった。

「さあ、どうやるか教えるけえ。まず苗をこのくらいとって、……こんなふうに泥の中につっこむんじゃ。苗が、ちょうど、ひもの玉のすぐわきに来るように」

そういいながら、苗をすっと田におしこむ。すると、苗は、ずっと前からそこに植えられていたみたいに、まっすぐに立った。苗はとても幸せそうだ！

ばあちゃんは手早く、手際よく、次々に苗を玉のそばに植えていった。

「こうやって、ひとつの玉の横に、ひとつの苗」

ばあちゃんが苗をハナコにわたして、じっと見ている。ハナコは注意深くその苗を泥の中につきさした。だが、かたむいてしまった。苗がしょんぼりしている！　おそるおそるばあちゃんを見上げると、困った顔をしてうろたえている。

でも、すぐに気をとりなおして、ハナコにいった。

「もう一度やるけえ、よう見といて」

ばあちゃんは、ハナコの植えた苗をそっと引きぬくと、まっすぐ立つように植えなおした。苗は幸せそうにぴんと立った。

ハナコはもう一度やってみた。苗はやっぱりかたむいてしまった。でも、さっきよりはマシだ。ハナコはじゅうぶん満足だったが、ばあちゃんを見れば、口を結んで不満顔だ。

やっとまっすぐ植えられるようになるまで、二十分もかかってしまった。ハナコははずかしかった。じいちゃんといっしょに作業しているアキラの苗は、完璧に植えられていたからだ。アキラは、一回一回にとても長い時間をかけた。まるでチェスの一手を考える人のように、まず田んぼをじっとにらむ。それから、おもむろに苗をかまえ、泥の中にぽんとおしこむ。

そういえば、日本の田畑の作物はどれもみなきれいに並んでいる。

もう一度慎重に苗を泥にさしこんでみると、驚いたことに、今度はぴんとまっすぐ立った。ようし、次だ。ところが、今度はまたほんの少しかたむいてしまった。

いったい、まっすぐ立てて植えることに、どれほどの意味があるんだろう。そう思いながら、その苗を三度も植えなおしているうち、今度は心配になってきた。こんなに何度も引っこぬくより、少々かたむいても一度で植えるほうがマシじゃないかしら。だって、苗が痛むかもしれないじゃないの？　それじゃ苗がかわいそう！

ハナコがそんなふうにやっと六メートルくらい進んだときには、もう一時間もたっていた。その間に、祖父母は数えきれないほどの列を終えていた。母の速さは三番目だ。アキラが一番遅いが、アキラの植えた列はまるで芸術作品のように完璧だった。

ハナコは立ち上がって、体をそらせた。背中がもう痛くなっている。それから二時間ほど働いたとき、やっとばあちゃんがやってきて、晴れ晴れした顔でいった。

「さあ、じゅうぶん働いてくれたけえ、みんなで休憩しよう。じいちゃんは別じゃ。じいちゃんは休むのがすかん」

休憩といわれてこんなにうれしかったのは、生まれて初めてだ。ところが、ハナコが田んぼからあぜに上がると、アキラが金切り声でさけんだ。

「見て！　ハナの足！」

自分の足を見下ろし、ハナコは悲鳴を上げた。ヒル！

母とばあちゃんがかけつけた。

「いったいどうしたん？」

「ヒルが！」ハナコは指さしてさけんだ。

すねに三匹もくっついている。小指より長い深緑色のヒルは、三本の小さな山脈のようだ。この世のものとは思えないほどいやらしい生き物！　それがハナコの足にべったりとはりついている！　まるで、自分のなわばりだといわんばかりに！

「ああ、田んぼにゃヒルがいるけえねえ」ばあちゃんはポケットをさぐって、プラスチックの薄い小さな板をとりだした。「ギターのピックじゃ。じいちゃんが昔弾いとった。ヒルをはがすのにちょうどいいんよ」

ばあちゃんが、ひょいひょいと三匹のヒルを引きはがした。血が足首までたれてくる。

「ヒルにかまれると、血がとまらんようになるんじゃ。しばらく流れるじゃろうが、心配せんでええ。休んどきんさい」

アキラの目は、ハナコの足にくぎづけになっている。心配しているのか、おもしろがっているのかわからない顔をしていたが、最後は心配顔になってたずねた。

「血が足りなくならない？」

「ああ、このくらいはだいじょうぶじゃ。たくさん流れとるように見えるけど、体ん中には、もっともっとたくさん血があるんじゃけえ」

血は、まっ赤な絵の具のようにハナコの足を流れ落ちている。でも、痛くもかゆくもない。

ばあちゃんが手ぬぐいで血をぬぐおうとすると、アキラがとめた。

「待って。もうちょっと、血を見てていい？」

そこで、ばあちゃんはアキラに見せてやった。アキラはじゅうぶん観察すると、ハナコの血を手ぬぐいでふいてやった。

「ぼくが手当てしてあげる」いっぱしの医者きどりだ。

母とばあちゃんが仕事にもどると、アキラはゆでた白菜の弁当を食べた。コメは、きのうでなくなった。「盗んだ麦」を父が売りに行ったのだが、闇市にコメがなかったのだ。

白菜だけの弁当をむさぼるように食べるアキラを見ながら、ハナコはアメリカのことを考えた。アメリカに行けば、いつかアキラも、食べたいものを食べられるようになるのだろう。それが一年先か、三年先かはわからないが。

父は、おばのジーンとおじのケントに、自分たち家族がアメリカに行くとしたら、助けてくれるだろうかと電話で聞いたそうだ。戦前と同様、おばはメイドとして、おじはビルの管理人として働いているそうだ。できるだけお金をためるために、たった一部屋のアパートに住んで。子どもは二人いるが、収容所に入れられる以前から、その子たちはおやつに小さなアメ一個をもらうのがせいぜいという生活だった。

おじたち家族は、収容所に入るときもお金を失うことがなかった。あわてて売らなければならないような財産を持っていなかったからだ。持っていたのは、働きづめでかせいだ貯金。子ども二人を大学まで出してやるために、おじとおばは必死で貯金していた。

おじの家族とは、年に一度クリスマスのときに会うくらいだったが、ハナコは、なんて自分の子どもに冷たい人たちだろうと思っていた。だが、それはすべて、子どもたちの将来のために節約していたせいだったのだ。とにかく、アパートはせまいが、ハナコの父にいい仕事が見つかるまで、ハナコたち家族を住まわせてくれることを承知してくれたそうだ。

そんなことを考えながら、ハナコは美しい空を見上げた。青空を白い雲がゆっくりと横切っていく。ここの空は、ツールレイク収容所で見上げた空より美しいような気がするが、きっと自分自身の気持ちのせいなんだろう。

ハナコは空に向かって大きな声でいった。

「わたし、日本にいるの。田植えをしてるのよ」

ツールレイク収容所にいたときは、学校からの帰り道に、ほんとに日本に行くんだろうか？　いったいいつになるんだろう？　と毎日考えていたものだ。結局、日本に来たものの、今また日本を去ってアメリカに帰ることになったわけだ。悲嘆にくれるじいちゃんとばあちゃんを残して……。今、その二人は田んぼの中。身も軽げに、ひょいひょいとなれた手つきで列から列へ苗を植えている。

ハナコはおぼつかない足どりで田んぼにもどると、また苗を泥の中へと植えはじめた。驚いたことに、さっきよりずいぶん上手にできる。祖父母に比べれば動きはのろいが、植えなおさなくちゃならないほどかたむいた苗はほとんどなかった。

そのとき、いきなり聞きなれない音がして、はっと見上げると、まっ白い鳥の群れが低く飛んできた。強風の中でシーツがはためくような力強い羽音だ。

ばあちゃんと母も腰をのばして見上げているが、じいちゃんはがんこに田植えを続けている。白い鳥の群れは田におりることなく、また高く舞い上がって飛び去っていった。

アキラがやってきて、ハナコの腕を引っぱった。

「ぼく、あれ、なんだか知ってるよ」

「ツル？　それとも、カモかしら？」

どちらのようでもなかったと思いながら、ハナコはそう聞いた。

「あれはね、山の神さま。だから、今年はおコメがたくさんとれるよ」

アキラはわけ知り顔にそういうと、自分の頭を指していった。

「頭いいじゃろ、ね？」

39

次の朝、ハナコとアキラは好きなだけ寝坊した。やっとハナコの目が覚めたときも、アキラはまだやわらかな寝息を立てていた。きのうの田植えのせいで背中が痛い。空腹でおなかがぐうぐう鳴っている。そのせいで目が覚めたのかと思ったが、母が居間から呼んでいるのに気がついた。でも、急用ではなさそうだ。

ふとんから飛びだして、ハナコは下着姿のまま居間に走っていった。パジャマはダッフルバッグといっしょになくなったきりだ。ところが、居間に入ってみると、そこにキヨシとミミが立っているではないか！　ミミがハナコを指さして大声で笑った。

「下着じゃ！」

ミミは笑いがとまらないようすだ。

「おお！」

ハナコはもとの部屋に走ってもどり、母のパジャマをとりあえず着た。紫色のコートは居間に置いてあったからだ。パジャマはだぶだぶだったが、とにかく、また急いで居間にもどった。キヨシとミミのことを、だれに一番に紹介すればいいんだろう。ハナコのしゃべりだすのを待っているかのように、家族の大人たちがじっとこちらを見ている。

ハナコは、まず父のほうを向いた。

「こちらはキヨシと、妹のミミよ」

キヨシは深々と頭を下げ、ハナコが話している間、頭を上げなかった。

「それで、……それでね、パパ、キヨシはわたしの友だちで、そしてね、パパ……」

ああ、もう、今しかない！　ハナコは思いきって、話を切りだした。

「キヨシに、田んぼでじいちゃんとばあちゃんの手伝いをさせてもらえないかしら？　ねえ、パパ、お願い！」

キヨシが頭を上げて、父を見た。少年の顔には、人を値ぶみするような例の表情が浮かんでいる。

「一生懸命働きます。ようけ働いて、三人分仕事をしますけえ」

父が、値ぶみするような目つきをキヨシに返した。それから、ハナコに英語でいった。

「ハナ、こんなことを聞いちゃ悪いが、この子は働けるのか？」

父の目が、キヨシのけがをしたほうの手に向いた。

キヨシが体をかたくする。だが、すぐにはっきりといった。

「見とってくんさい！」

キヨシは、テーブルの上に置いてあった空っぽの湯のみをフックのような手でつかむと、空中にぽーんと投げ上げ、ばあちゃんがひっと息をのむ間に、やすやすとその手で受けた。

「おれの手は、けがをする前よりよく動くんじゃ。毎日この手を使うて、きたえとるけえ」

父とじいちゃんが、だまって顔を見合わせた。

とうとう、じいちゃんがうなずいて、キヨシに日本語で話しだした。

「うちじゃ、毎年、若い衆を雇うとる。だが、ようけははらえん。ほんにわずかな給金じゃ。一週間後、朝早うきてもらおう。だが、気合を入れて働いてもらわにゃならん」

ハナコは英語でじいちゃんにいった。

「キヨシは絶対よく働くわ！　保証する！　じいちゃん、この子が、わたしたちが最初の日に駅で会った子なの！」

「でも、盗みをしてもらっちゃ困るよ」と母が口をはさんだ。

「しないわよ！　わたしが約束するから！」

そういってハナコはみんなを安心させようとしたが、心の中では、それがほんとでありますようにと願っていた。そうだ、じいちゃんに、おコメはいつもおし入れの穴の中に隠しておくようにいっておかなくちゃ。

ミミは、かごにかかった紫色のコートのところまでぶらぶら歩いていくと、まるで猫でもなでるみたいにコートをなでながら、あわれをさそうような口ぶりでいった。

「このコート、もらえんかのう」

ハナコは飛んでいって、ミミからコートをとりあげた。

「これはダメ！　悪いけど、わたしの宝物なの！」

その口調がこわかったのか、ミミは兄のところへかけもどり、足の間に顔をうずめた。

キヨシがハナコにあやまった。

「すまん。ミミは何も持たんし、まだ小さいけえ、わけがわからんのじゃ。おれたちだって、人の宝物をほしがりゃせん」

キヨシは、家族の一人一人に深々と頭を下げてあいさつした。下着姿で起きてきたばかりのアキラにさえ。ついでに、妹のミミにまでおじぎをした。それから、みんなにいった。

「では、来週来ますけえ」

そして、ミミを抱え上げると、立ち去った。

ふと鼻をすする音が聞こえたので、ハナコが見まわすと、ばあちゃんが半泣きになっている。

「ばあちゃん！　心配しないで。キヨシはとっても働き者なんだから！」

だれも何もいわない。なんだか妙な目つきでハナコを見ている。アキラまで！

ハナコははっとしてたずねた。

「え？　どうかしたの？　キヨシのことじゃないの？」

父が、うなり声とも、うめき声ともつかない声を立ててから、一語一語、かみしめるように話しだした。

「おれは、今まで、いろんな重大決定をしてきた。この数年はとくに……。いや、今回は、われわれはというべきだな。たった今、われわれはひとつの決定をした」

父は、じっと畳に目をやった。まるでそこに、何かよほどおもしろいものがあるみたいに。そのうえ、その何かを、片足でけりとばすようなしぐさまでした。それから、顔を上げ、ハナコを見ながら、また話しだした。ひたいに思いきりしわを寄せて。

「判決がくだった。弁護士のコリンズ氏は、われわれのアメリカ国籍をとりもどすための集団訴訟ができないことになった。集団訴訟なら、コリンズ氏が一度裁判手続きを準備すれば、われわれのような日系人が何千人もいっぺんに国籍をとりもどせたんだ。だが、今後、コリンズ氏は、われわれ一人一人の裁判のために、ひとつひとつ手続きをしなければならない。つまり……、裁判は何年も続くということだ。何年も何年も。だから、すぐに決着のつく者もいれば、長い間待たなければならない者も出てくることになる」

ハナコは父のいうことを理解しようとした。でも、自分はアキラほど頭がよくない！

「つまり、パパ、わたしたち、長い間、日本にとどまるってこと？」

両親が何か重要な決定をするたびに、それがどんな決定であれ、ハナコの生活は大変革を強いられてきた。この前は、二、三年のうちに日本をはなれるといわれた。それもショックだったが、今度は、長い間日本にとどまる？　それもまたたいへんな変更だ！　それで、結局は小作人になるかもしれないってこと？　ちゃんと考えようと、ハナコは何度も頭をふった。

「おまえに話さなくちゃならないのは、そのことだ。おれたち夫婦は、アメリカの国籍をとりもどすまで、日本にとどまるしかない。たぶん、五年くらいはかかるだろう」そういって、父は下を向いた。「ひょっとすると、二十年になるかもしれん」

それから、頭を横に向け、しばらく目をつむった。

「そこでだ……、おれたちは決めた……」

「何を？　パパ」あまりの緊張に、ハナコは体が動かない。

「先におまえとアキラを、ジーンおばさんのところへ送る必要があると」

ハナコの体がかっと熱くなった。

「でも、……じゃあ、パパたちといっしょに暮らせないってこと？」

父が、どかっと、こたつのテーブルの上に腰をおろした。こんなこと今まで見たことがない。

テーブルにすわるなんて、日本人にとってはありえないことだ。父は、自分のそんなふるまいにもまったく気づかないようすで、すわったまま、自分の両のてのひらを見たり、意味もなく二本の指先を合わせてみたりしている。

「ハナコ、おまえたちをアメリカに送り返すしかないんだ。日本にいても、おまえとアキラに将来（しょうらい）はない」

父が立ち上がった。もう話はすんだ、というように。

「アメリカで成功するのは難（むずか）しい。だが、少なくとも可能性はある」

今度はじいちゃんがハナコにいった。

「わしの両親も小作人じゃった。そのまた両親も。そのまた両親は、それ以下の生活じゃ」

ばあちゃんは泣いている。よだれが糸を引いて、畳（たたみ）の上にたれた。

「ここにおっても、なーんも手に入らん。いつもいつも食べ物の心配ばっかりじゃ。ハナちゃんたちは、何かええもんを手に入れてほしい。ええもん食べて。あー、ピーナッツバターでも」

ばあちゃんは、「バター」を「ブッテル」みたいに発音した。

「わたしら、この家さえ、自分のものにすることができん。何十年も住んどるのに」

それから、しばらくだまりこみ、目の前のこたつを指さした。

「このこたつだってじゃ。これは、この家を借りたとき、最初からあったもんじゃけえ。アメリカには、あんたらが買えるテーブルがたくさんある。ピーナッツバターもたくさんある。アキラが腹をこわすほど、そりゃもうたくさんにある！」
　ハナコの気持ちは複雑だった。まるきり正反対の気持ちを同時に感じていた。両親や祖父母とはなれるなんて絶対にいやだ！　と思う反面、日本で一生小作人としてすごすのもいやだった。足にヒルを吸いつかせ、腰が曲がるまで働くなんてまっぴらだ！　と思う一方、この家から絶対にはなれたくないとも思うのだった。ハナコの手がおさげをさぐる。おさげはもちろん、もうない。

　父がぎゅっと目をつむった。涙がほほを転がり落ちた。

「テーブル……、ハナ、問題はテーブルなんかじゃないんだ」

　父はそこまでいうと、今度はばあちゃんのほうを向いた。

「お母さん、お母さんの気持ちはわかっています。たぶん、わたしが利己的なんでしょう。でも、わたしはいやなんです！　自分がどんなに働いても、自分の子どもがただ生きのびるために働くような生活しかできないなんて！　じゃあ、いい、テーブルならテーブルで！　そもそも、なんで自分の使っているテーブルが自分のものにならないんです?!」

　父は、苦しげにがっくりと頭をたれた。それから、顔を上げ、アキラに向かって両手を広げた。アキラが飛びこんできて、父のおなかにぶつかった。二人はたがいにぎゅっと抱き合った。

「うー、痛いよ、パパ」アキラが悲鳴を上げる。

　父は腕をゆるめ、アキラの目の中をのぞきこんだ。そこに、何かとても悲しいものでも見つけたみたいに。

「こわいよ！　そんな顔」

そこで、父がアキラを放してやると、アキラは母のところへすっとんでいった。

「でも、パパ……」

ハナコは、この新たな変更(へんこう)についてちゃんと理解しようと思うのだが、どうしてもまだはっきりしない部分があるような気がするのだ。

「ねえ、パパ？」

うわごとのようにそうくり返しながら、ハナコはふとキヨシのことに思い当たった。キヨシはたった一人で妹の面倒(めんどう)を見ている。妹のためにできることはなんだってやっている。ハナコはぎょっとしてさけんだ。

「パパ、それじゃあ、アキラのことにわたしが全部責任を持つの？」

「そんなことはない！　おまえはまだ子どもなんだから！」

アキラがさけんだ。

「どうしてパパたち来ないの？　ママ、いっしょに来てよ」

母が悲しそうに答える。

「行けないの。パパもママも、世界のどこへも行けないのよ。わたしたち、ここにいるしかないの」

アキラが両手で耳をおおった。

「ぼく、行かない！　こんな話、聞きたくない！」

母がアキラを抱き上げ、ゆすりながら、アキラが赤ん坊のころ歌っていた歌を歌いだした。

月の光と天使が出てくる歌だ。

もうどうでもいい、という例の目つきで宙を見ていたアキラが、こんなことをいいだした。

「でも、おじさんたち、自分の子どものほうが好きだよ！　ママだって、ぼくのほうが好きでしょ。ハナよりぼくのほうが」

ハナコは、そんなわけない、と思って聞いていたが、母はアキラのいうことを否定しなかった。ハナコへウインクをよこすと、アキラをなだめるようにいった。

「もちろん、そうですよ。アキラのことが世界で一番好きよ」

「ママは、ぼくのことがだれより好きだよね」

「もちろんよ。だれだって、アキラのことが一番好きよ」

ハナコもアキラをなぐさめようと、わたしもアキラが一番好きよ、といおうとして、はたと思った。

「そうよ！　おじさんたちだって、自分の子どもを一番かわいがるに決まってるわ！」

ハナコのいいかたは、両親を責めるような口調になった。

「アキラにはわたしがいる。わたしがアキラを愛してあげる。でも、わたしには、だれがいるのよ?」

ハナコはわっと泣きだした。

アキラが、母をおしのけるようにしてハナコへ走り寄り、ハナコの腕の中に飛びこんだ。

「ハナ! ぼくが愛してあげる」

二人はこれでもかというほど、強くたがいにしがみついて抱き合った。ハナコは、今、弟を放したら、二人ともおぼれ死んでしまいそうな気がした。この居間のまん中で。

母が話しだした。

「ハナ、アキ……。じつはね、わたしは、アメリカのあの小さな家の浴槽で、ハナコ、あなたを産んだの。そして、そのとき、妹のジーンが家にいたのよ。生まれたばっかりのあなたをきれいに洗ってくれたのは、ジーンなの。ジーンたちにはまだ子どもがいなかったから、まるで自分の子どもみたいにあなたをかわいがってねえ。手放そうとしなかったくらいよ。だから、だいじょうぶ。ジーンはあなたたちの面倒をちゃんと見てくれるから。もし、ジーンを信頼していなかったら、あなたたちをアメリカに送るわけがないじゃないの」

でも、ハナコはとつぜん五歳児にもどった! 足を踏み鳴らし、腕組みをしてさけんだ。

「そんなこと、覚えてないもん!」

「そりゃ、生まれたばっかりだったもの」と母。

父が咳ばらいした。

「このことを徹底的に話し合うからには、この際、もうひとつ、いっておかなくてはならん。おれたちが国籍をとりもどせたとき、運よく、まだじいちゃんとばあちゃんが生きていてくれていたら、おれは日本に残って二人の面倒を見る。親を残してアメリカに行くようなことはせん。でも、おまえたちの母さんは、その時点でアメリカにもどる」

ハナコはあんぐりと口をあけた。

「それって、二十年も先になるかもよ！」

「さあ、それはわからん」

父はそういって、両手を開いてみせた。まるで、種もしかけもありませんとでもいうように。

「だれにもわからん」

じいちゃんがハナコをなぐさめるようにいった。

「わしらはそんなに長く生きん。おまえたちから、父さんをとりあげるようなことはせんから、心配はいらん」

ハナコは大声でさけんだ。

「長生きしてほしいよ！　それに、パパには、じいちゃんたちのところにいてほしいよ！」

じいちゃんとばあちゃんがまた二人きりでさびしく暮らすなんて、絶対にいやだ！　絶対に、絶対に！

でも……、とにかく、こうなってしまったのだ。新たな選択が与えられて。そう思ったとき、ハナコに、あることが見えてきた。そうか、キヨシにはこんな選択なんてものはないのだ。そして、おそらく、テーブルひとつ手に入らない一生を送るのだろう。

そのとき、ハナコははっとした。無視できない重大なことを思い出して。

「でも、パパはいったわ、アメリカがおれたちの人生をめちゃめちゃにしたって！　そういったのは、パパなのよ」

ばあちゃんが、ひと声うめいて、畳にすわりこんだ。曲がった背中で、ひっくり返るようにしてハナコを見上げた。

「ハナちゃん、わたしは外国をたくさん知っとるわけじゃない。けど、どんな国におったところで、成り行きによっちゃあ、生活が立ちゆかんようになることはあると思う。どんな国であろうと。じゃけど、あんたは、一番いい将来が手に入りそうなとこに行かねばならんじゃないかね。今、あんたの選べる国は二つじゃ。日本か、アメリカか」

ばあちゃんの話を拒絶するように、ハナコはぎゅっと畳をにらんだ。そこにある破れ目のひとつを。祖父母の家にあるすべて、実際には借りものであるすべてのものが、古びていた。二人は田畑で一生働き続け、今では自分たちも古びてしまった。

でも、ハナコは知っている。借りものでない祖父母の持ち物のいくつかを。ハナコや父の名前が書かれた小さなぬいぐるみ。おそらく、アキラの名前のものもあるのだろう。でも、もし祖父母が何百万個も物を持っていたら、そんなぬいぐるみを大事にとっておこうなんて考えただろうか？

ばあちゃんが立ち上がって、ハナコの髪をなではじめた。

「あんたたちがここに来てくれたんは、ほんにうれしい。ほんにほんに感謝しとるんよ。わたしの人生で最高の日々じゃ。一生忘れはせん」そして、ひとりで何度も何度もうなずいた。

「忘れるもんかね」

遠くを見るような目でそういったばあちゃんが、顔をかがやかせてハナコを見た。

「はーい、よーう覚えとるよ、あんたに初めて会うたときのこと。あれは、絶対に忘れやせん」

40

その夜、ばあちゃんと台所であとかたづけをしていたとき、ハナコはふと思いついた。

「パパたちが国籍をとりもどせたら、ばあちゃんたちもアメリカに来てよ」

ばあちゃんはほほえんで、おだやかにいった。

「ああ、そんときには、もう死んどるよ」

「ばあちゃん！」

ばあちゃんがうなずきながらこういった。

「たとえ五年以内だとしても、死んどるかもしれん。生きとりゃええがとは思うけど。そんな心配そうな顔せんでもええ。年をとりゃあ、だれだっていつかは死ぬると納得するもんじゃ。とにかく、わたしはここに残る。この年じゃあ、引っ越しは無理じゃ。歩くのじゃて、もう、あんまりすかんようになってしもうた」

ばあちゃんはそういって、またほほえんだ。

その晩、ばあちゃんは、ハナコとアキラを見ながら、ずうっとほほえみっぱなしだった。

ばあちゃんが風呂に入ると、その間にハナコは洗った皿を戸棚にしまった。アメリカにもどる旅はつらい旅になるだろう。船で日本に来たときの、あのひどい経験をまたくり返すのかと思うと、ぞっとする。しかも今回は両親がいない。

だが、一方で、ハナコは知っている。ときどき思いがけず親切な人が現れて助けてくれることもあることを。そんなことを実際に経験したのだ。ジェローム収容所にいたとき、ハナコは嵐の中、広い敷地内で道に迷ってしまった。服は泥だらけ。どのバラックもまったく同じに見えて、どっちに行けばいいのか見当もつかなかった。そのとき、どこからともなく中年の夫婦が現れて、ハナコに声をかけてくれた。すぐに夫のほうがハナコをおんぶした。ハナコは自分のバラックの番号すら覚えていなかったが、夫婦はなんとかハナコのバラックを見つけだし、送りとどけてくれたのだ。

おそらく、人は、広い世の中に出ていって、悪いことは起こらないと信じるしかないこともあるんだろう。世の中にはきっと善い人がいる、たとえば、コリンズ氏や、あの中年の夫婦や、祖父母のような善い人たちがいると。それが生きるということだ。これがまた、キンツクロイなのだ。こわれたものを金で修理すること。それこそコリンズ氏がやろうとしていることだ。

でも、それにはきっと長い時間がかかるだろうと、ハナコは思った。

41

父は、コリンズ氏とさらに数回会って相談した。そして、この調子じゃ、コリンズ氏は毎晩、二、三時間しか寝てないんじゃないかと思ったそうだ。そうでなければ、どうやってすべての国籍放棄者と話をしたりできるだろう？

コリンズ氏は、父に一人の若い女性を紹介してくれた。その人自身はアメリカ国籍を持っていて、今は家族と日本に来ているが、また船でアメリカに帰るのだという。父は、その人にお金をはらって、ハナコとアキラをいっしょにつれていってもらおうと考えた。ただ、問題は、その人がすぐに出発するということだ。

すぐもすぐ、一週間後に。

このことを聞いたとたん、アキラは吐いた。それから、走っていって、あの小さな緑色の家を引っつかむと、たたみに投げつけた。そのあとは部屋のすみに立ったまま、決して動こうとしなかった。だれかが近づくと、けだもののようにさけんだ。

　ふつうなら、ハナコはそんなアキラになれているので難なく対応できる。だが、今回、部屋のすみにがんこに立ち続けるアキラを見ていると、こんなアキラに今後ハナコひとりで責任を負うことができるんだろうかと、空おそろしくなった。

　いったいキヨシは、あの小さな妹を世話するという重圧にどうやって耐えているんだろう？　むしろ、自分のほうこそ世話されたいとは思わないんだろうか？　でも……、そう、キヨシに選択の余地はないのだ。

　毎晩、夕食が終わると、ばあちゃんはハナコを抱き、じいちゃんはアキラを抱き、そうやってこたつにすわった。話もせず、ただすわっているだけのときもあった。

「これが公平というもんじゃ。親と子どもは一生いっしょじゃ。けど、わたしらはもうちょっぴりしかいっしょにおれん。だから、今、こうやって抱いとかにゃ」とばあちゃんがいった。

　じいちゃんも賛成する。

「おまえたちは、またすぐ親に会える。だが、わしらは年寄りじゃからのう」

　ある夜、父がとつぜん大声でいった。

「そうだ！　お父さん、この村に写真屋はいますか？　みんなで写真をとりましょう！」

　二キロくらい先に、カメラを持っている人がいることがわかった。そこで、翌日、父は仕事を休み、みんなでその人のところに出かけていった。ハナコたち一家がそろって玄関に立っても、その人は少しも驚かなかった。ただうなずいて、中に入れた。

「この村にアメリカ帰りがおられることは、聞いておりましたんじゃ」

その人は、みんなをいろんな高さのイスにすわらせた。そして、一人一人に小道具をもたせた。母には日傘、父には金づち、じいちゃんには古いランプ、ばあちゃんには陶器の猫、そして、ハナコとアキラには造花。そのしろうと写真家は、写真を二枚とった。ハナコとアキラがイスを部屋のすみに片づけている間に、父がお金をはらった。

アメリカに行く船は二日後に出るから、ハナコもアキラも現像された写真を見ることはできない。その晩、別れを惜しんだみんなは、夕食の茶わんもこたつのテーブルに置いたまま話しこんだ。次の朝、母がそれに気づいて、大あわてで片づけはじめた。まるでとりつかれたように、よごしていないものまで洗った。

「遅くなっちゃったわ」

片づけを終えた母は、ひざをつき、目を閉じた。祈っているのだ。ときどき、ジェローム収容所のキリスト教信仰復興集会にハナコとアキラをつれて出席していたが、そのときも、そうやって祈っていた。

「ママ、神様にお祈りしてるの？」

「いいから、静かにして」何かぶつぶついいながら、にぎりしめた手にひたいをおしつけた。

そばで、父もそっくり同じ格好で同じことを始めた。その間は、だれもしゃべらなかった。

やっと父母が立ち上がった。母はまたすぐ、いそがしそうにハナコたちの荷物を詰め始めた。

父がハナコの前にすわって、両手でハナコの顔をはさんだ。

「船に乗ったら、あの大海原を一度わたったことを思いだすんだ。そうすれば、きっともう一度やれる。船旅は永久に続くわけじゃない。それに、今回は友だちができるかもしれんぞ」

じいちゃんもいった。

「だれを信用すればいいかは、自然にわかる。どうやればわかるか、教えるひまはなかったが、わしの孫じゃ。それに、わしらはそっくりの足なんじゃ！ きっと体で感じるはずじゃ。山に登ったとき、そう話したじゃろう？ ほーれ、わしは年寄りにしちゃ記憶力がいい！ じゃが、ハナちゃん、今、教えることはできんのじゃ。少なくとも二年はかかるけえのう」

父が続けた。

「おれたち夫婦は、おまえたちのことをとても誇りに思っている。おれたちは、いつもおまえたちのことを考えるよ。一分一秒たりとも忘れたりはしない。だから、おまえたちも、時間があったら、おれたちのことを考えてくれ。わかったかい？ おれたちも、おまえたちのことをつねに考えると約束する」

ハナコはうなずいて、次の言葉を待った。だが父は何もいわない。

ひょっとして、父の教えって、これだけ？

ふすまがあいて、母がとなりの部屋から首を出した。

「ハナコ、そろばんは持っていくんだっけ？」

「いらない。というか、それ、二度と見たくないの」

結局、ハナコはそろばんがうまくならなかったのだ。田植えと同じで。どうも手先が器用ではないらしい。

父がハナコをやさしく抱いた。

「じいちゃんとばあちゃんのことも忘れるんじゃないぞ。いいかい？　何かやってても、ときどき手をとめて、おれたちのことを思いだしてくれ。いいね？」

「ええ、約束する。アキラにもそうさせる」

いや、そうさせる必要などまったくないだろう。なぜなら、アキラが両親のことを考えない時間なんて一分だってないにちがいないからだ。そう、ハナコ自身も！

父がうなずいてハナコを放すと、今度はばあちゃんが話しはじめた。

「わが子と暮らした日々は楽しかった。けど、何年も前のことじゃけえ、どのくらい楽しかったか、忘れてしもうた」そういうと、てのひらを胸のまん中におしつけた。「今は、この中に、あんたたちと暮らした楽しい思い出がちゃーんとある。その思い出が楽しいほど、あんたらには、アメリカに行って良い生活を送ってほしいと思うんじゃ」

じいちゃんがさけんだ。

「心配するな！　二人はきっと良い暮らしをする。わしには、ちゃーんとわかるんじゃ！　そりゃ、うんと働くことにはなるじゃろうが、りっぱな暮らしをするとも」

ハナコとアキラはちらっと目を合わせ、アキラが金切り声で発表した。

「ぼくたち、ばあちゃんとじいちゃんにプレゼントを用意したんだ！　ひょっとして……」

ひょっとして、二度と会えないかもしれないから、といおうとして、アキラが、しまった！と口をつぐむ。

ハナコたちは自分たちの部屋に走っていって、それぞれ準備していた包みを持ってきた。

まず、アキラがじいちゃんにプレゼントをわたした。

「おーっ、わしにプレゼント！　プレゼントなんぞ、もうずいぶん長いこと、もろうとらんのう」じいちゃんは、その包みを大事そうにながめ、じいちゃんにしては控え目にいった。

「うん、うん、わかっとるよ。わしは、けっこういいじいさんじゃ。自分でいわせてもらえばな。たぶん、おまえたちなら、抜群にすばらしいというじゃろう、ね？」

「たぶん、抜群にすばらしいというじゃろう、ね？」とアキラがじいちゃんのまねをする。

みんながどっと笑った。アキラはいかにも満足そうだ。もちろん、じいちゃんも。

いよいよ祖父はひもを解いた。包みの布がはずれると、現れたのは、アキラがじいちゃんからもらった石の半分だ。断面には結晶がキラキラかがやいている。

「あとの半分は、ぼくが永久に持ってるよ。それから、かけらもじいちゃんにあげる」

包みの中には、キラキラした結晶のかけらもいくつか入っている。

「うーん、たしかに、わしはけっこういいじいさんじゃった」とじいちゃんがうなずきながら、つぶやいた。それから、顔を上げてアキラを見た。

「ありがとう、アキちゃん。これからは、さびしくなるのう。アキちゃんも、けっこういい孫じゃったよ。わしと同じで、な？」

あまりにもそっくりな二人を見ていて、ハナコははっと思い当たって聞いた。

「じいちゃん、じいちゃんの名前って、何？」

じいちゃんはとてもはずかそうな顔をしたが、とてもうれしそうに答えた。

「ああ、じつは、わしもアキラなんじゃ」そして、涙のたまった目でアキラにほほえんだ。「な？わしらは二人とも、アキラじゃ」

ばあちゃんがハナコに説明をくわえた。

「日本じゃ、ふつうは、親と同じ名前をつけたりはせんのじゃけど、孫に同じ名前をつけてもろうて、わたしら、ほんにうれしいんよ」

それから、とたんに子どものように目をかがやかせて、ハナコの持っている包みを見た。

ハナコはばあちゃんにプレゼントをわたした。ばあちゃんはふるえる手で包みをあけた。だが、中の紫色の着物をとりだしても、ばあちゃんの表情は変わらなかった。

「ばあちゃんの結婚式の着物！」とハナコとアキラはさけんだ。

ばあちゃんは着物をながめてはいたが、目はぼんやりとして、心がどこか遠くへ飛んでいってしまったようだった。ばあちゃんの顔に喜びはなかった。ハナコは、ばあちゃんを怒らせてしまったのではないかと心配になった。

ばあちゃんは長い間、ただ宙を見つめ、何もいわずにすわっていた。みんなはばあちゃんの言葉を待った。

「光陰矢の如し」

やっとばあちゃんがそういった。

でも、「ありがとう」とはいわなかった。ただ悲しそうに着物をながめ、そっとなでながら、つぶやいた。

「絹にさわったことなんか、もう何年もなかったねえ」

「ばあちゃん、それ、ばあちゃんの婚礼衣装と同じくらい、きれい？」

ハナコはそれが知りたかった。

「いいや。でも、このほうが、わたしにはずっと大切じゃ、ハナちゃん。ずっと、ずーっと。たとえ飢え死にしようと、これは決して売りはせん」

それから、着物を包んでいたそまつな布を、とてもていねいにたたんだ。まるでとびきり上等の布みたいに。

ばあちゃんは、ゆっくりと戸棚のほうへ歩いていって、小さい箱をひとつとりだした。

「このことは前に話したね。わたしはハナちゃんの結婚式には出ん思うが、これをきっとつけてちょうだい。わたしが自分でつくったんよ」

ハナコは箱を受けとって、ふたをあけた。中には紫色の花の髪飾りが入っていた。

「わたしはこれをアメリカまで持っていって、また日本に持ち帰った。これは今から、ハナちゃんの行くところ、どこにでもついていく……」そこまでいって、ばあちゃんははっとした。

「そうじゃった！　もし、あんたが、たいていのアメリカ人のように白い衣装を着るんなら、こんな紫の髪飾りなんぞ、いらん！　忘れとった。アメリカじゃ、白を着るんじゃった。気にせんでええから。もしあんたが、わたしのためだけにこれをつけるようじゃ、かえってわたしは悲しい。じゃけど、これをアメリカまでつれていってちょうだい」ばあちゃんの目に涙があふれた。「まったくバカじゃ、忘れるなんぞ。アメリカじゃ、白を着るんじゃった」

ハナコはばあちゃんの腕に手をのせたが、ばあちゃんはその手をふりはらって泣きだした。

ハナコはその箱をスーツケースにしまった。

その夜、ハナコとアキラはいっしょに一番風呂に入った。今夜は早く寝なくてはならないからだ。風呂の湯は熱く、湯はたっぷり入っていたので、湯船の中でアキラは立っていなければならなかった。アキラは、ときどきあおむけになって髪をぬらした。湯船の外で体を洗い、何度も湯をかけて石けんを流した。風呂ではゆったりするものなのに、アキラは少しもじっとしていなかった。

そんなアキラを見ながらハナコが考えていたのは、家族が今までに失ったもののことだ。

家。

レストラン。

ハナコが飼っていた猫。

収容所に閉じこめられていた数年間という時間。

たくさんの友だち。

そのうえ、もうすぐ両親も失うことになる。おそらく数年間。そして、祖父母はといえば、おそらく永久に失われるのだ。

風呂から上がると、ハナコは少しの間一人になりたかった。家族とさえ、いっしょにいたくなかった。そこで、みんなにはっきりいった。

「外に行ってくる」

だれも反対しなかった。ハナコは紫色のコートを着て外に出た。そして、玄関から二百五十歩歩いていって、ひんやりした草の上に腰をおろした。暗闇に目をこらすと、遠くの家々の窓の灯りが見えた。ハナコはコートの前をかきよせた。

そのとき、ハナコは決心した。このコートはミミに残していこう。そうすれば、あの子は、一生で少なくともひとつ、自分のものを持つことになる。

そう考えてみれば、失ったものもあるが、手に入れたものもあったのだ。

ハナコは、自分の将来を追い求める心の準備ができた。こわくもあるが、今までで一番勇敢になった気もする。

日本でハナコは、原爆で顔さえ燃えてしまった母親の死に際に直面した一人の少年に出会った。そして、その子のおそろしい傷だらけの背中をかいてやり、そのことが、なぜかハナコに勇気をあたえた。それに、祖父母。祖父母の愛が、ハナコがそれまでにぎりしめていた怒りを洗い流してくれた。さらに、ハナコは、ここでたくさんの山を見た。戦争さえ破壊できなかった山々を。

そう。こうやって、わたしたちは前に進んでいく。

ね、そうじゃろう?

作者あとがき

一九四一年当時、約十二万七千人の日系人がアメリカ合衆国本土に住んでいました。そのうちの十一万人以上が強制的に収容所に入れられましたが、その六〇パーセントはアメリカ国籍を有するアメリカ市民でした。そして、収容所でのさまざまな経験と出来事の結果、終戦時には、ツールレイク収容所に収容されていた六千人もの日系人、当時そこにいたアメリカ生まれの成人の大多数が、アメリカ国籍を放棄したと考えられています。

ウェイン・コリンズ氏が、そのような国籍放棄者のために集団訴訟を起こしたとき、一人の裁判官は、コリンズ氏の主張を認めてこういいました。

「アメリカ市民が許可なく監禁され、そして、そのような拘束と強迫のもとに憲法上の権利を放棄した結果をアメリカ政府が受諾したことは、われわれの良心に対する衝撃である」。

しかし、その決定は、結局は無効とされました。そこで、コリンズ氏は、アメリカにもどることを望む国籍放棄者一人一人のために、たゆみなく働き、その本人と証人のための約一万部の宣誓供述書を提出しなければならなくなったのです。コリンズ氏は、しばしば依頼人から料金をとりませんでした。最初の市民権回復がなされたのは一九五一年で、最後が一九六八年です。（実際には、コリンズ氏が国籍放棄者のために集団訴訟を起こせないとの判決が出たのは、一九五一年ですが、この本の中では、その決定は一九四六年におこなわれたことになっています。その他の点では、史実に忠実に描いたつもりですが、最大限の努力にもかかわらず、あやまりがあるかもしれません。）

　コリンズ氏は、一九七四年に亡くなるまでに、罪なき男女と子ども一万人の損なわれた人生を少しでも回復しようとしました。この本をコリンズ氏に捧げるのは、そのためです。

　日本では、一九四六年から農地改革が始まりました。政府は大地主に土地を分割させ、公正な価格で強制的に売却させるという法案を成立させました。そして、その土地を小作人が「買う」ことを認めました。実際には、小作人がその土地を買えるように、三十年以内で返済する分割払いを認めたのです。これによって、日本じゅうの農村で多くの小作農が土地を所有できるようになりました。しかも、その改革当時、日本は急激なインフレに見舞われたために、小作人は支払いをわずか二、三年で終えることができました。つまり、ハナコのじいちゃんとばあちゃんも、ついに自分たちの農地を持つことができたのです!!

訳者あとがき

本書を訳しながら、私は四〇年ぶりに広島を訪れました。平和記念資料館をはじめ、市内に保存されている当時の建物を回るうち、偶然に巡り合ったのが、「近代広島の歩みと移民」展です。広島が日本一多くの海外移民を出した県だということを知ってほしくて企画したのだと、若い学芸員が話してくれました。ちょうどハナコの祖父母がアメリカに渡ったころの旅券が展示されていました。ハナコたちが収容されていたツールレイク収容所の写真、収容所から志願した日系人部隊の写真、ハワイやブラジルの移民団体から被爆地となった故郷広島に送られた寄付金の書類などを見ているうち、ハナコたち家族のように太平洋を渡った人々の姿が現実のものとして迫ってきました。

日本には、海外に移民を送り出した長い歴史があり、すでに明治元年、貧しい生活を脱してハワイやグアムに出稼ぎに行った人々がいます。その後、北米、南米、東南アジア、オーストラリアなどへの出稼ぎが盛んに行われました。一九〇〇年代になると、アメリカ政府は急増するアジア人の移住を制限し始めますが、それでも、一九四〇年には、ハワイに十五万人以上、アメリカ本土に十二万人以上の日系人が生活していました。出稼ぎ目的の移住ではなく、家族でアメリカに永住しようと考える日系人も増え、農場経営、商店やホテル業、ハナコの父親のようにレストランなどで成功した人も多くいました。移民一世はアメリカ国籍をとれませんでしたが、アメリカで生まれた子どもには自動的にアメリカ国籍が与えられ、二世以降には合衆国憲法上のすべての権利が保障されていました。

ところが、一九四一年十二月、日本軍がハワイの真珠湾を奇襲攻撃すると、日本は一夜にして敵国となり、日本に対する非難が、アメリカに住む日系人に向けられます。日系人に導かれた日本軍が次は西海岸を奇襲するかもしれないというヒステリックな不安がマスコミによってあおられ、とうとうルーズベルト大統領は、アメリカ国籍の有無にかかわらず、西海岸のすべての日系人を強制的に収容するという法案に署名しました。日系人は農地や店や家などの財産を処分する時間もなく、わずかな所持品だけで、気候のきびしい内陸の荒野に急造された十か所の大規模な収容所に入れられたのです。

有刺鉄線に囲まれ、監視塔から銃で見張られた収容所生活は、プライバシーなど全くなく、まるで囚人のようでした。この屈辱的な収容がいつまで続くのか見通しも立たず、人々は絶望感に苦しめられました。

その苦しみに追い打ちをかけたのが、収容所の日系人に対して行われた忠誠に関する質問です。アメリカの軍隊に入って戦うか、天皇に対する忠誠を拒絶するか、というふたつの質問は、日系人を悩ませ、互いに対立させ、家族内の不和を生み出しました。日本の親兄弟や親戚との交流を保っていた一世や、日本で教育を受けてアメリカにもどった二世にとって、アメリカ軍に入って日本と戦うことは親兄弟に銃を向けることです。また、強制収容という仕打ちに会い、それまで信頼していたアメリカという国に失望したハナコの父親のような人々は、アメリカのために命をささげる気持ちにはなれませんでした。

苦悩の末、大多数の日系人は、終戦後もアメリカで生きていくためには忠誠をしめすことが必要だと考え、ふたつの質問に「イエス」と答えました。そして、収容所から志願した若者たちは、アメリカ軍の日系人部隊四四二連隊に入ってヨーロッパの激戦地で戦い、四四二連隊は最も多くの勲章を受けた勇壮な連隊として知られることになります。他方、どちらかの質問に「ノー」と答えた日系人は、アメリカ合衆国に不忠実な者とされ、苛酷なツールレイク収容所や刑務所に入れられます。彼らの多くは、ハナコの父母のように、アメリカに残って生きていく自信を失い、国籍放棄と引き換えに日本に帰国する道を選びました。しかし、終戦直後の日本での生活は予想以上にきびしく、結局、大半がコリンズ弁護士などの助けでアメリカ国籍を回復して再びアメリカにもどりましたが、「ノーノーボーイ」が日系人社会で生きていくのは容易ではありませんでした。

「イエス」と答えてアメリカへの忠誠をしめした日系人も、終戦後は生活を一から立て直さなければなりませんでした。四四二連隊の目覚ましい活躍にもかかわらず、日系人に対する偏見は根強く残っていて、たいへんな苦労を味わいました。日系人社会がようやく力をつけて団結し、戦時中の強制収容が不正であったことをアメリカ社会に認めさせて謝罪と補償を勝ち取ったのは、収容から四十六年後です。

広島で、被爆電車を見ようと広島電鉄の車庫に行きましたが、それらしい展示はありません。作業服を着た若い人にたずねると、「広電前」と行き先をつけた電車を指差します。

「えっ？　今も走っているんですか？」

「走ってますよ！　ぼくたちが、こうやって整備してますから！」

その若い人の朗らかな答えに、私は胸が打たれました。

戦争や事故などさまざまなことで、私たちの道ははばまれ、夢はくだかれ、個人の生活も社会も、どう回復すればよいかわからない時があります。しかし、ハナコのじいちゃんは、キンツクロイで前に進んでいくんじゃといいます。日系人の国籍回復を手伝ったコリンズ氏も、失った名誉を四十六年後に回復した日系人社会も、被爆した電車を整備して記憶を受けつごうとする整備士の若者も、移民の歴史を掘り起こす若い学芸員も、みなハナコのように勇敢に前に進んでいるのです。

もりうちすみこ

二〇二〇年六月

シンシア・カドハタ

アメリカ合衆国、シカゴ生まれ。日系三世。『きらきら』(白水社)でニューベリー賞、『サマーと幸運の小麦畑』(作品社)で全米図書賞、その他の作品でも数々の賞を受賞し、高い評価を得ている。おとな向けの作品も発表している。カリフォルニア在住。

もりうち すみこ

福岡県に生まれる。訳書『ホリス・ウッズの絵』(さ・え・ら書房)が産経児童出版文化賞に、訳書『真実の裏側』(めるくまーる)が同賞推薦図書に選ばれる。他の訳書に『11番目の取引』(すずき出版)、『十歳、ぼくは突然「敵」とよばれた』(汐文社)など多数。

ハナコの愛したふたつの国

2020年7月21日　初版第1刷発行

作　シンシア・カドハタ
訳　もりうちすみこ

発行者　野村敦司
発行所　株式会社小学館
〒101-8001　東京都千代田区一ツ橋2-3-1
電話　編集03-3230-5416　販売03-5281-3555

印刷所　萩原印刷株式会社
製本所　株式会社若林製本工場

ISBN978-4-09-290637-2

ブックデザイン●坂川栄治+鳴田小夜子（坂川事務所）
装画●野田あい
制作●後藤直之　資材●斉藤陽子　販売●窪 康男　宣伝●綾部千恵
編集●喜入今日子